碎片流影

SUIPIAN LIUYING

刘进元 著

广西师范大学出版社
GUANGXI NORMAL UNIVERSITY PRESS
·桂林·

图书在版编目（CIP）数据

碎片流影 / 刘进元著. —桂林：广西师范大学出版社，2014. 8

ISBN 978-7-5495-5705-9

Ⅰ. ①碎… Ⅱ. ①刘… Ⅲ. ①回忆录—作品集—中国—当代 Ⅳ. ①I251

中国版本图书馆 CIP 数据核字（2014）第 167536 号

广西师范大学出版社出版发行

（广西桂林市中华路 22 号 邮政编码：541001
网址：http://www.bbtpress.com）

出版人：何林夏

全国新华书店经销

广西民族语文印刷厂印刷

（广西南宁市望州路 251 号 邮政编码：530001）

开本：880 mm × 1 240 mm 1/32

印张：11.5 字数：260 千字

2014 年 8 月第 1 版 2014 年 8 月第 1 次印刷

印数：0 001~3 000 册 定价：36. 00 元

目 录

苍茫北大荒

用眼睛透视

我的老爹（代序）

刘烨楠

我的父亲——刘进元同志，他不喜欢我这么称呼他，还是叫他爱听的老爹吧——他从小就生活在永定门内一条叫东坛根的胡同里。那是一条普通得不能再普通的胡同了，可东坛根对我老爹而言，意义大不一般。那里有他童年的美好记忆；有他对挨饿的深刻体会；有他熟悉的老街坊们；同时也是他成长成熟的见证地。在我的记忆里，东坛根是一条不长的胡同，从南头儿走到北头儿也不过三四分钟的路。但是胡同里的院子倒是真不少，几乎可以说是十步一个院门。每个院里又都有很多的住户，这些人我熟悉的并不多，但我知道他们大都是我老爹的老街坊们，所以见到他们，我也总是会和他们打招呼。

记得小的时候，每次老爹从幼儿园接我回家时，都要路过天坛，他总是骑着自行车沿着护城河边上的小路走，因为那里是一个小花园，是专供永定门这一带的居民散步或是闲坐聊天用的。我们管那里叫“河边儿”。凡是住在这里的人，只要说是去河边儿，大家就知道是指护城河边上的这一溜儿小花园。老爹边骑着车边给我讲一些他小时候的事情，从他的描述中，我知道护城河以前可没有现在这么好看，只是河边儿上有一条土路，不像现在到处是水泥铺的地面，还有台阶可以走到河的边沿那里，那时也没有河沿的护栏，不安全。老爹说，它虽然不好看，但可比现在好玩。河水的味道虽然也不好闻，总有一股一股的腥味儿，但是水的污染可比现在小多了，水面上有鸭子，水里面有鱼，不像现在什么污水都往护城河里排放。污染严重，水里就什么生物也没有了，只有河边的蜻蜓依旧。

说到蜻蜓，我从老爹那儿可是学到了不少关于它的知识。夏天，每次接我回家的路上，老爹总是把自行车停在小花园的路边上，然后领着我到花园里去捉蜻蜓。每捉到一只，他就会把蜻蜓的翅膀夹在我的手指缝里。我总是把指缝闭得紧紧的，生怕那些蜻蜓会从我的指缝中跑掉。一般，老爹每次都会给我捉八只，刚好可以让我的手指缝都夹满蜻蜓。这时，我们就回奶奶家去了。在路上，老爹会告诉我蜻蜓的种类，不一样颜色的蜻蜓都叫什么名字，还有蜻蜓的眼睛是复眼，为什么蜻蜓飞得很低的时候表明马上就要下雨了……等到了奶奶家，我就用线把所有的蜻蜓的尾巴系住，防止它们飞走，然后放到纱窗上，好让它们晚上吃蚊子。

我老爹的父亲，也就是我的爷爷，我并没有太多的印象，因为他过世的时候我才刚刚两岁。可是有一件关于他的事情，是我一直以来都引以为傲的，那就是我是全家所有的孩子里面唯一对爷爷有印象，并能一眼把他从照片上认出来的。我听老爹说，爷爷很疼爱我，虽然有我的时候他已经病得很严重，不能下床了，但他还是每天让老爹把我抱到他的屋里，给他看一看。每次看到我，无论爷爷被病痛折磨得多么难受，他总是会露出很欣慰的笑容。

奶奶对我来说，意义就和爷爷不一样了。除了我上幼儿园的那几年，每个周末才去看她，从七岁开始，我和她朝夕相处生活了六年半。奶奶是除我父母以外我最亲近的人，有时候这种感情甚至更胜我对父母的感情，因为他们总是很忙，陪在我身边时间最长的人就是奶奶。她是一位左邻右舍都公认的好老太太。五十岁的时候，奶奶因为半身不遂而导致右半身瘫痪，虽然她用惊人的毅力让自己重新站了起来，但走起路来，腿脚仍然不利落，右手也不能握东西。就是这样的身体状况，奶奶还是坚持每天给我做午饭。奶奶对我的爱是点点滴滴的，可这点点滴滴汇成了大海，用言语无法形容。后来，因为奶奶觉得住在楼里太寂寞了，就和我老爹商量搬回了东坛根的老房子里，和老街坊一起生活，她觉得踏实，开心。奶奶的年龄越来越大了，老爹和姑姑叔叔们为她请了一个保姆，来照顾她的生活。我则在每个星期的周末去东坛根看她，和她聊天儿，和她起腻，从来没有间断过。每到星期五的晚上，奶奶就会挨家给孩子们打电话，问明天什么时候来，盼着见到我们的心情从电话里都能感觉出来。第二天一早，奶奶就叫保姆去菜市场买回来新鲜的鱼、肉和蔬菜，做好了饭摆在桌子上，等着大家来一起吃。这一天，是她每个星期最开心的一天。孩子们都回家了，她可以尽享天伦之乐了……2001 年 4 月 8 日的早晨，奶奶安详地离开了我们，她走完了值得骄傲的一生。我一直在哭，跟我的老爹发脾气，不让人把奶奶抬走。直到火化前的那一刹那，我抚摸奶奶的脸庞，还是觉得她是有体温的。已经这么多年了，我还老是觉得奶奶并没有离开我。

老爹的老街坊们，我有印象的并不多。一个原因是在我出生的时候，有的人已经搬走或是过世了，另一个原因是他们都是我的长辈，我和他们没有太多的共同语言。我印象比较深的有两个人，一个是老爹书里写到的傻柱子，另一个就是傅婶。对傻柱子的印象源于他管我老爹叫“哥”。他年纪比我老爹大，看上去的年纪又比他自己的实际年纪大得多，满头华发，连胡茬儿都是白的多，黑的少，在我的眼里整个就是一个小老头儿；可是，每次他见到我老爹总是会很自然地叫一声“哥”，我曾经问过老爹为什么，他说他也不太明白，但叫得多了，应得多了，也就习惯成自然了。

傅婶，我叫她傅奶奶，老爹小的时候和她住在一个院子里，是我们家的老街坊。我认识傅奶奶的时候她已经是老太太了，她的样子现在已经有点儿模糊了，只记得她是一个非常和蔼开朗的老太太，头发盘成一个纂儿在脑袋后面，一笑，没牙的嘴张得老大。傅奶奶在天桥商场的门口摆茶摊儿，我认识她的时候，茶摊儿上的用具已经和老爹小时候的不一样了，粗瓷碗变成了玻璃杯，除了卖茶水，还添了茶鸡蛋，只有烧水用的大壶还是老样子。每次我和老爹路过她的茶摊儿，老爹总是要停下来和她说说话，聊聊家长里短。而傅奶奶每次就会递一个茶鸡蛋给我吃，那味道我现在记不太清楚了，但是我知道味道一定非常好，因为我就是从那个时候开始爱吃茶鸡蛋的。

永定门一带现在已经完全换了另外一个样子，老街坊们也都不知道搬到哪里去了。永定门的城楼修复了，我没有见过老的城楼，所以觉得现在这个城楼还是很气派的。前些日子，我和老爹路过那里，我们还讨论现在的步行街，以前到底是永定门的哪个具体的位置，讨论了很久，也没有一个满意的答案，只是知道永定门的变化是翻天覆地的。

老爹带我去过一次北大荒。那是一个夏天，当面对他当年住过的宿舍时，那栋残破歪斜的房子把我的目光推开，可他却是那样兴奋，那样充满深情；当看到一望无际的原野时，我既感到新奇，又茫然无措，可他却满怀留恋地说起当年在每一块地号里的趣事；当那些老乡围着我们东问西问时，我心里不由自主产生了一种隔膜，可他却哈哈大笑，神采飞扬，让我怀疑他又想到这里来种地了……

时代差异给人的记忆定位是不同的。老爹写的关于永定门和北大荒的那些文章，有些忧郁，有些伤感，甚至有些凄怆，与我对生活的看法差距很大，但我可以理解他。再过几十年之后，当我回忆往事的时候，一定也会像老爹一样，在甜蜜中掺入了些许苦涩。但是，我一定又会和他不同，因为时代在进步，这是谁也阻挡不了的。

以前，老爹的书出版后，他都曾郑重其事地在送给我的那本书的扉页上写下一句话："阿难，希望你永远做一个善良的人。"这句话他对我重复说过无数次，今天，我在老爹的这些文章里，更多读出的仍是那两个字：善良。

无论时代怎样前进，对于老百姓来说，善良都是非常重要的品德。

以上就是我为老爹这本书写的序。希望他能喜欢。

可永定门城门楼还在（我无论如何也想不起瓮城和箭楼的模样了），两侧的城墙也还在。城门楼三层飞檐，凌空翘起，楼顶绿琉璃瓦剪边，画栋雕梁，油漆剥落。

…… … ……… ………………… ……… …… ……

永定门的记忆

那时候……

永定门内大街东坛根胡同!

除我之外,我的兄弟姐妹都出生在那里;父母含辛茹苦把我们养大成人,然后他们又相继在那里去世。那里虽然不是我的家乡,但那里是我记忆中最温暖的地方。可是在2003年到2004年,它彻底从北京消失了……

我出生在长白山深处、鸭绿江畔的一个小县城,两岁时,为了躲避朝鲜战争的战火,跟着父母来到北京,住进了东坛根。对于出生地的两年生活,我曾经搜遍了记忆,一点点印象都没有找到。我的记忆是从东坛根这条胡同里开始的。

北京人管城门里面的那条街叫"门脸儿"。永定门内大街就是"永定门脸儿",这一带人把它简称为"门脸儿"。永定门北面正对着正阳门,也就是前门。前门里面是内城,建成于明朝永乐年间;前门外面是外城,建成于明朝嘉靖年间,前后差着一百多年。两座城门都在北京的南北中轴线上,一个是内城的主城门,一个是外城的主城门。老年间,如果有人问你住城里还是城外,十有八九,他不是问你住北京的城里还是城外，而是问你住以前门为标志的内城以里还是以外。因为，在嘉靖年没有修外城以前，后来的永定门一带确实是城外，是北京的郊区。重要的标志就是天坛，这座世界最大规模的“坛”就在这里。中国自周朝以来，凡大型祭祀活动，诸如祭天、祭地、祭日月等，都是在都城的郊区举行，即所谓郊祭。嘉靖年修了北京的外城，把天坛圈到了城墙里面，弄得住在前门以外，永定门以里的人跟别人说起自己的“身份”很是尴尬，不知道是说城里人好呢，还是说城外人好。

老北京讲究的是东富西贵，南贫北贱。永定门在南城，穷人居多，因此，住在永定门一带的人，身份自然就比不上住在内城的人。永内大街东西各有一片居民区。西边的居民区挨着先农坛，叫西坛根；东边居民区挨着天坛，叫东坛根。因此，住在这一带的人也管先农坛叫西坛，管天坛叫东坛。如果到前门以里，要是跟别人说起东坛西坛，大概听者会不知所云。

然而，东坛根这条胡同并不古老，我查过光绪年间刊印的《京师坊巷志稿》，上面没有它的名字。这说明它的历史只能从民国算起。小时候模模糊糊听人说过，这片房子的最初房产权，是吴佩孚的一位亲戚兼副官的，不知确否。

东坛根也好，西坛根也好，居住的以穷人居多，胡同勾连，各有六七十个院落，住有几百户人家。然而，这一百多个院子当中，只有在也属于东坛根这一片儿的三益里这条胡同里，有一座黑漆蛮子门的像模像样的四合院，可它还不是独门独院。这个院儿是三家合伙开买卖的人合住的。正房和耳房住着大股东，姓侯；东西厢房住着小股东，也姓侯，和大股东是乡亲；倒座儿南房住着另一个小股东，姓李。

他们的儿子和我是小学同学，一块儿边上学边玩儿着长大的。其他那些院子都是不规整的大杂院，住着各色人等。

先说永定门内大街。

我小的时候，老北京还古貌犹存，虽然年久失修，可永定门城门楼还在（我无论如何也想不起瓮城和箭楼的模样了），两侧的城墙也还在。城门楼三层飞檐，凌空翘起，楼顶绿琉璃瓦剪边，画栋雕梁，油漆剥落。它是那样高大，像一个庄严的老爷子注视着在它周围生活着的人们，以致我后来在想起它的时候，都要抬起头来。城门洞里两扇大门永远贴着墙，好像从来也没有关上过。夏天的时候，门洞里总是有许多人或站或坐，享受着飕飕的凉风。

站在城门向北看去，一条笔直的马路经过天桥、珠市口、大栅栏，通向前门。马路中间铺设着四根铁轨，过一会儿就有一辆电车响着当当的脚铃，轰轰隆隆地从这里驶过。永定门是电车的终点站。城外，护城河上从西北向东南斜架着一座铺着铁轨的木桥，不远就是电车厂。小孩子们过河，如果没有大人跟着，往往不走正对着城门的大桥，而走这座供进出厂电车通行的窄桥，因为它没有护栏，没有整块的桥板，只有支撑铁轨的枕木，能够看到桥下面流淌的河水——哪怕只有一点点危险，对孩子们的吸引力也是巨大的。一个比我大的孩子曾在这座桥上摔倒，正好这时有电车通过，他的一条胳膊被轧断了，成了残疾人。

大街两边有住户也有店铺，以店铺居多。油盐店、香店、纸铺、粮店、鲜果店、菜籽店、猪肉铺、羊肉床子、皮子铺、成衣铺、修车铺、黑白铁铺、小铁工厂、小银行、小饭馆、早点铺，一应俱全。还有一家小医院，叫刘达仁诊所。永定门小学在马路东，是这一带最具规模的“单位”，我刚上小学的 1956 年，只有两进院子，十个教室。两年以后，“大跃进”年代，又征用了邻居的两个小院儿，增加了四个教室。又过一年，马路斜对面的寺庙的正殿偏殿也被征用，成了学校的一部分。这座庙有一个大门，但看不出是寺庙山门的样子，院里的前一半的南边放着许多腌咸菜的大缸，归副食店管；北边是居民住房，里面的一半有一座正殿和两座偏殿，殿前有一棵大槐树。老师和学生们管佛殿的教室叫“大庙”，究竟是什么庙，好像没有人知道。直到 2004 年秋天，被拆的永定门修复，我到那里去怀旧，看到本来正在拆除的“大庙”佛殿被保护下来了，殿前立着一块清咸丰十年重修观音寺的石碑。碑文上说，因为寺庙年久失修，殿堂颓败，信士王均瑞等人出资重修了观音寺。我这才知道“大庙”原来叫观音寺。观音寺初建于何时，碑文上并没有说明。我想，既然咸丰年间因年久失修而重修，这说明观音寺的历史可以追溯到更远，也许能到清中期或者早期，甚至到明朝。不过，没有文献记载，不好妄断。咸丰十年是 1860 年。就是在这一年，英法联军攻打北京，熊熊的兵火烧了圆明园。之后不久，英国人从离永定门不远的南苑掠走了“美丽的动物”——麋鹿。

刚解放没几年的永定门一带，陈旧，规矩，缓慢。除有轨电车之外，很少有汽车通过。偶尔有一两辆挺着长长鼻子的汽车，还不是烧汽油的，它的背后背着一个炉子，里面烧着通红的木炭。倒是经常有马车在大街上行走，每匹马的屁股后面都带着一个粪兜子。那时，大街上还能见到拉骆驼的。骆驼们昂首阔步，气势非凡。如果没有记错的话，拉骆驼一般不会只拉一两头，而是七头骆驼前后穿在一起，这是“一把儿”。西坛根有几家大车店，我有时会一个人过马路来这里，站在大车店门口，看那些高傲的骆驼闭着眼睛倒嚼，一看就是好长时间,就跟逛了一趟动物园一样。

1957 年春天,正是鲜花盛开的时候,永定门迎来了也许是它历史上最盛大的一个场面。苏联最高苏维埃主席团主席伏罗希洛夫元帅访华,毛泽东、朱德、刘少奇、周恩来等中国领导人到南苑机场迎接。由南苑机场进城,永定门是必经之路。欢迎的人们早已经挤满了街道两旁。我刚刚八岁,少不更事,这几天却把“伏罗希洛夫”这个绕口的名字说得滚瓜烂熟。我和小伙伴们在人堆前后跑来跑去,自己也不知道忙些什么。终于,有人喊:来啦!来啦!人们开始欢呼:毛主席万岁!毛主席万岁!一队摩托车开道,黑色的敞篷汽车出现在城门楼前,后面紧跟着长长的车队。汽车开得很慢,人群开始涌动,我的个子小,怕看不清,于是跑到了一堆拆下来的电车铁轨前,爬了上去。刚站好,敞篷车就开了过来,我看到毛泽东和一个灰白头发的外国人站在汽车上,微笑着向道路两旁的人群招手。欢呼声更加热烈了,汽车从我面前开过去,我赶紧跳下铁轨堆,钻过人群,和其他孩子一起追着汽车跑了起来。我一边跑,一边跳,一边嘴里还“噢噢”地叫着,一直追到先农坛体育场大门那里,跑不动了,才停了下来。街坊光启兴奋地对我说:“毛主席穿的是红皮鞋!陈毅坐在汽车里,还戴着墨镜哪!”这些我都没有看到。后来,我为没有看到毛主席穿红皮鞋和陈毅戴墨镜而遗憾不已。

东坛根像一条屈成九十度的胳膊,南高北低,南边紧靠城墙,一溜儿慢坡向北,到第四根电线杆子,拐向西,通到永定门大街。拐向西的这一段胡同,人们习惯上叫它“大口儿”。这条胡同不算窄,可以顺顺当当地过一辆卡车。为了便于人们通行,东坛根有四条小胡同和大街相连,从北到南,分别叫头条、二条、三条和税局子(“文革”之后改叫四条)。顾名思义,税局子这条小胡同里,一定曾经有过一个税务机关,只不过年代久远,我这一辈人里没有人知道它究竟在哪里存在过。胡同南北两头儿各有一个自来水管子,除三条当中一个住着几十户人家叫“铁门儿”的大杂院,另有自己院中的水管子之外,几乎所有人家都到这两个水管子来挑水。公共厕所也是南北各有一个。因此,吃南边水,上南边厕所的人叫“南头儿的”;吃北边水,上北边厕所的人叫“北头儿的”。孩子们也以南北划分,各成一个小集团,一般来说,玩儿不到一起去。

胡同南头儿有好几家的院儿里拴着马车,做运输的营生,因此,他们为人行事便更豪放粗犷,或者说带有一些野气。北头儿虽也有两户拴着马车,但以买卖人和手艺人为主,还有几户是读书人,因此,为人行事就文雅细腻一些。这种区别外人是看不出来的,只有在这条胡同里住的时间长了,才能体会出来。

我家住在胡同中间,可是离北边的水管子近一点儿,属于“北头儿的”,不过,我有时也和“南头儿的”孩子一起玩耍。

那时的胡同里人不多,一天到晚多数时间是静静的,只有在傍晚时分,大人下班了,孩子放学了,各院儿都升起了炊烟,胡同里的人才多起来。北头儿的人们集中在律家门口,那儿有一个两间房那么大的平台,两边砌着可供人坐的大石块儿;大家聊着天儿,喝着茶,有些吃饭早的人则端着一碗面条,一边听着别人说话,一边呼噜呼噜地吃得满头是汗。律家老爷子拄着拐棍,靠在墙上,身边总是围着一群孩子,听他说那些谁也没见过的事:“前清的时候,城根儿底下扎着兵营,那些吃兵粮的,一个个的那叫精神!留着这么粗的辫子,跟胳膊似的,往城门那儿一戳,嘿,笔管条直……”南头儿的人们则集中在城墙马道旁的大槐树底下，那儿有一个空场，可以摆开架势说话；这些多是家里拴马车的主儿，说起话来嗓门儿高，还连说带比画。他们的孩子大都上了城墙，单等家里叫，然后飞奔下来，回家吃饭。

胡同里一年四季都有串街做买卖的，不时会传来嘹亮悠长的叫卖声。卖花儿的："茉莉花儿哎，把儿兰花儿——"把儿兰花大约就是白兰花。买花儿的多是没有孩子或者孩子少的主妇，她们买几朵花儿，回到家中，过一会儿出来，头上或衣襟上就插上了刚买的花儿，走到哪儿都带着一股隐约能闻到的清香。卖金鱼的："大小——小金鱼儿来——"很少有人买金鱼，倒是有不少年轻的母亲从院儿里出来买"蛤蟆骨朵儿"，也就是蝌蚪。买蛤蟆骨朵儿并不是为了养，好让孩子知道它们是如何变成蛤蟆的，而是给孩子喝，据说，蛤蟆骨朵儿能清凉败火。我喝过这东西。从家里端一碗凉水，给了钱，卖主儿用抄子往碗里抄上十几二十个蛤蟆骨朵儿，然后，我就一仰脖喝了下去。不能嚼，蛤蟆骨朵儿一破皮儿，有一股苦味儿。磨剪子磨刀的有"响器"，他们或者是抖动手里前后穿成一串的铁片，哗啷哗啷作响，或者吹号，只有两个音：嘟，嘟——，前短后长，前低后高。他们同时也吆喝："磨剪子来——戗菜刀——"打鼓儿喝揉的，也就是收旧货的不吆喝，背着一个包袱，一只手拿着一个银元大小的皮面小鼓，擎在肩头上，另一只手拿着一根细竹子做的鼓键子，不停地敲打，小鼓发出"梆梆梆"的清脆响声。收破烂儿的总大声地叫嚷："有破烂儿的我买——"胡同里还常有算卦的，一般都是盲人，他们不吆喝。有的胳肢窝底下夹着马杆，一手各执一块硬木板儿，一下一下地敲打着发出响声；有的右手拄着马杆探路，左手横着一根竹笛放在唇边，反复吹着一个曲子："咪哆——来咪哆，咪咪来咪哆——"只吹这几个音，用一只手摁笛眼儿就够了。淘气的孩子们爱给盲人起哄，把算卦的惹急了，他便翻着白眼珠原地转圈儿抡起手中的马杆，孩子们吓得跑回自家的院儿里。胡同里做生意的更多的是卖菜的，卖零食的，卖冰核儿的，卖时令鲜果的，卖针头线脑儿的，还有剃头的，打竹帘子的，弹棉花的……

在静静的胡同里，叫卖声一响起，就像奏起了动听的音乐。

天坛是我的后花园

永定门小学规模小，学生多，高年级上整天课，一到四年级只上半天课，另外的半天参加家庭学习小组。学习小组的主要内容就是写作业。那时的学生可不像现在的学生，哪儿有那么多作业呀，最多两个钟头就可以完成，其他时间就是玩儿了。

我玩儿的地方主要是以下几个地点：天坛，东坛（也就是天坛的外坛），天坛医院，护城河边，城墙上，后街，还有西坛（先农坛体育场）。

我总觉得，现在的天坛不好玩儿了。这并不是年龄问题。的的确确，现在的天坛没有我小时候的好玩儿。

天坛是我的邻居，是我的后花园。那时我们进天坛，从来也没有买过票，孩子们进天坛各有各的招儿。归结起来，其径有二：一是飞檐走壁，二是土遁隐形。天坛的南墙外与城墙之间是天坛的外坛，我们叫作东坛，一片巨大的空地，野草连绵，杂树丛生，常能见到野兔和黄鼠狼出没其间。坛墙边长着许多树，我们这帮孩子便在外边顺树攀援而上，踩着四五百年前烧制的琉璃瓦，虎步龙行，在墙内再找一棵树，顺势而下。这是飞檐走壁。不知是何人所为，坛墙内外有一些曲曲弯弯的地道，是水泥构筑的，想必不是明朝建坛时的遗迹。空中来去腻了，我们便找一个隐匿在野草中的洞口，潜入地道，时而匍匐，时而弯腰疾走，常会产生一种当“特务”的神秘快感。

祈年殿、皇穹宇、回音壁、圜丘台和斋宫，不用别人讲，时间长了，我自然也就领悟到它们那种代表“天”的神秘与庄严；因此我也不和它们多做亲近。我常去亲近的是树——不是那些四季苍绿的古柏，它们实在是太粗太大了，而是那些普普通通的榆树、桑树和杜梨树们。春天，榆树枝上长出了一串串的榆钱儿，鹅黄嫩绿，煞是好看。我们手脚并用，爬上树去，在树杈上一骑，开始撸榆钱儿吃。以现在孩子们的标准，这榆钱儿绝不是什么好吃的东西，可是，那股带着春天气息和野味儿的清香微甜，也是现在孩子们所享受不到的。夏天刚来，桑葚就熟了。天坛里几乎没有白桑葚，都是紫桑葚。我和我的朋友们等不到桑葚变紫成熟，只要一红，便一有空儿就“长”到树上了。红桑葚是酸甜的，更适合我们的口味；当变紫熟透以后，太甜，吃多了容易腻。当然，我们仍然是骑在树上吃，吃饱以后，才会再摘一些，带回家去，献给母亲，以避免因为上树剐破了衣服而挨打。杜梨不是梨，模样像梨，果实很小，只有指甲盖那么大；熟和不熟都是一样的，不好吃，又酸又涩，但因为它有“味儿”，可以刺激那时经常寡淡的味蕾，我们也会硬是吃两个，我至今难忘那种难受的滋味。

树上还有鸟，各种各样的鸟：黄雀儿、“老西儿”、红靛壳儿、蓝靛壳儿、喜鹊、乌鸦、猫头鹰……我和我的朋友们，人手一个弹弓，在树林里转来转去，见枝头有鸟，便乱弹齐发。我的弓法不好，从来没有打下过一只鸟，因此，现在每逢爱鸟护鸟活动，心里并不十分忐忑。

我最喜欢的是逮蚂蚱。几个孩子一起逮，那简直就是一场比机智、比速度、比体力、比勇敢的较量。蚂蚱分好几种，有土蚂蚱，有青克楞，有挂搭扁儿，有的会飞，有的只会蹦，大小悬殊不少。蚂蚱逮到手之后，它会从嘴里吐出一种液体，有些发黏，让人不好受。在草丛中摸爬滚打一天，迎着五彩斑斓的晚霞，手里提着几串用草茎穿起的战利品，回到家里，交给母亲。油炸蚂蚱的味儿，真是天下第一！

稍稍长大一点儿，夏天，我开始跟更大些的孩子学着粘季鸟。季鸟学名叫知了，更“文”一些叫蝉。在学会粘之前，我见到季鸟想抓只有一个办法：上树用手捂。用手抓季鸟的成功率非常低。有时，人还正在爬树呢，季鸟就飞了；还有时，好容易爬到能够着季鸟的地方了，它突然发现了你，呲啦一声飞走了不算，还撒下一泡尿来，弄得满头满脸都湿乎乎的。粘季鸟要用胶，到南庆仁堂药铺就能买到。在家里的炉子上熬好胶，装到小盒里备用；找一个长竹竿，顶端再绑上一根细细的小竹竿或者木棍儿，再拿一个铁纱做的小笼子装战利品就行了。那时小孩子没有什么零花钱，买不起胶，就找点儿自行车的废内胎胶皮，加热熬成胶，味道虽然不好，但用起来效果是一样的。

天坛里树多，季鸟就多，一到盛夏，几乎每棵树上都有。北京城里的季鸟分三种：刚入夏就开始叫的，名字就叫“季鸟”；天再热一些才开始拼命叫、体型比前者大的，名字叫“大麻季”；进入伏天出现的，根据它叫的声音，名字叫“伏天儿”。西山一带有一种季鸟叫起来声音小，而且断断续续，城里面没有见过。粘季鸟的孩子一般都是三五成群，人手一竿。来到天坛深处，在一片蝉鸣声中，大家开始抬头在树上寻找。发现目标，便打开小盒，在竹竿的顶端处抹上胶，然后小心翼翼地用一只手举起竿来，让竹竿从树的枝杈中慢慢上升，达到还在鸣叫的季鸟背后。这时，手要快，让竹竿头儿迅速地向前轻轻一点，季鸟就被胶粘住了。然后，双手捯着收回竹竿，被擒的季鸟还在竿头儿上死命挣扎。把季鸟放到小笼子里，再在竹头儿上抹点儿胶，便又开始寻找下一个目标了。

每次粘季鸟，别人收获颇丰，可我总是粘不到几个。后来才知道原因，那时我的眼睛已经近视了，做不到眼疾手快。

那时天坛管理不善，荒草堆里到处是古砖古瓦，现在说起来，这些都是文物。我就曾经“盗窃”文物回家。在天坛南门外面，我发现了一块四四方方的大砖，上面有砖文“嘉靖五年窑户口口造”的字样。我决定把它背回家里去，刻成一个棋盘。那时我只有十岁，几十斤的大砖压在背上，像压着一座山，可我硬是咬着牙把它背到了家中。然而，回到家中，我心里那股想学下棋的念头却一下没有了，棋盘便没有刻成，也因此我至今不会下棋。那块砖被母亲派上了用场，用它垫铁炉子，真是再稳当不过了。现在我想，那块大方砖不是用来砌墙，而是用来铺地的，它或许是一块金砖。要知道，天坛的祈年殿、皇穹宇和斋宫里的寝殿也是金砖墁地呀。现在我保存着两块蓝色的琉璃筒瓦，应该就是那时顺手拿回家的。一块的背后有一行阳文款识：“十五年敬造”，另一块的款识是阴文的“乾隆辛未年制”。辛未年是乾隆十六年(1751)，乾隆十七年曾经重修天坛，提前准备好建筑材料是必需的。

放暑假前，天坛是学生们复习功课的好去处。那时的游人很少，森森古柏像一顶顶巨伞，遮住了如火的骄阳，学生们或“This is a book”，或“大江东去，浪淘尽千古风流人物”，或“鼓足干劲，力争上游，多快好省地建设社会主义”的读书声如春蚕咀嚼桑叶。我和我的朋友们不是爱学习的好学生，我们到处扔土块儿，大呼小叫，给好学生们捣乱。现在我心中有一丝丝忏悔，如果那时用功的学生没有成才，我是要负一些责任的。

斋宫是一处独特的建筑，它像一座小城堡，外面被深深的砖砌壕沟围着。那个时候壕沟里有很深的水，夏天常常有各种蜻蜓在壕沟的外面飞来飞去。我们或用网，或用蒿草到处追着扑打，时有所获。那时，我们管逮蜻蜓叫“捎蚂蛳”，“捎”要读成“勺”，意思是快速地扑打捕捉。我在这种玩耍当中，得到了许多关于蜻蜓的知识。蜻蜓分好多种，黄色的叫老黄儿，红色的叫红辣椒，绿色的叫老仔儿，蓝色的叫老钢儿，灰色的叫逼灰，褐白相间的叫膏药……老仔儿、老钢儿和膏药被抓之后，会挣扎着咬人，甚至能把孩子的小手咬破皮，沁出一点儿血来。正在交配的蜻蜓，一前一后平飞的叫“架排（读第三声）”，一上一下的叫“推轱辘车”。见到“推轱辘车”的蜻蜓，孩子们边挥动着手里的蒿草或网子，边在嘴中唱着“推轱辘车，呀依呦”，好像这样就可把那两个正在“推轱辘车”的蜻蜓招来似的。

在壕沟的里面，围绕着斋宫四面的是长长的廊子，公园在廊子前面安装上窗户和门，这里成了少年之家，有阅览室、科技室，还有娱乐室。我在阅览室里看过小人儿书，但更多的时候是在娱乐室里打康乐棋。

斋宫里虽然有皇帝祭天时斋戒期间的寝殿，有侍卫和太监住的值班房，可它们不对我们的口味，我们常去的地方是钟楼。钟楼在斋宫的东北角，绿瓦红墙，四角攒尖的顶子，楼中吊着一口巨大的铜钟。钟楼可以随便出入上下，没有人管。见周围没有人时，我们会拿起一块砖头砸向铜钟，然后十分得意地倾听悠长的钟声。不知是从什么时候起，钟楼下搭起了一座舞台，南面摆放了一片灰色的长椅，这里成了露天剧场。我在那里看过无数场电影，印象最深的是法国片子《勇士的奇遇》。片中的几句话给我少年无色的记忆增添了些许色彩，男主人公方方指着女主人公半裸的胸部说："两座小山中间有一条小河，我要到那小河中去游泳。"

看露天电影的可不只露天剧场一个地方。那时，春夏秋三季，每逢周末，天坛里都有电影晚会，同时放好几部片子。这里的空地多，随便找两棵古树，用绳子一拉，就可以挂起银幕。晚饭后，人们踩着夕阳的余晖，花一毛钱进门，找一部自己想看的片子，或坐或站，就可以欣赏电影了。当然，我们这些孩子是不用买票的。虽然公园加强了管理，却挡不住我们空中地下地进来"看蹭儿"。同时放映的电影一多，多好看的片子也不能把孩子们拴在一个地方，我们这儿看一会儿，那儿看一会儿，结果哪部片子也没看明白。

慢慢地，不知不觉中，我知道了天坛的建筑为什么都跟"九"有关，知道了回音壁为什么可以回音，知道了七星石为什么是八块石头，知道了天坛的建筑都是蓝琉璃瓦，而为什么独独斋宫是绿琉璃瓦……

消失的东坛

东坛就更好玩儿了。就方位而言，相对于叫“西坛”的先农坛，天坛就是“东坛”；对永定门那一带的人来说，真正的“东坛”是特指天坛的外坛。原因不详，也许是由于天坛是公园，一般人要买门票才能进去，而外坛(东坛)是一片野地，任由人们自由出入的关系。东坛也有坛墙，也是由几百年前明朝特制的砖砌成的。虽然残破，有几处豁口，但我们这些孩子进入东坛，总是借助从坛墙里伸延出的一根水管子爬墙而过。

墙内地势较高，跳下去就可以了。一进坛墙，眼前就是另外一番景色，到处是野树荒草，一望无际。据说，早年的东坛也像天坛一样，几百年树龄的古柏遮天蔽日，一片森森然。但它遭受了三次劫难。第一次是八国联军占领北京期间，为了便于把掠夺到手的东西运走，侵略者把原本只到马家堡的火车线，顺着城外的护城河向东，到天坛的东南角又折向东北，修到东便门，再向西，延长到城里的前门箭楼的东边，东坛的那些大树被就地取材伐倒，做了铺设铁轨的枕木；第二次是张勋复辟，辫子兵占了这里，古树成了烧柴，待那个辫帅逃到外国使馆，复辟被粉碎，那些用古树燃起的篝火也就熄灭了；第三次是日伪时期的1943年，日本侵略者为了应付经济危机，搞“勤劳俸仕”，强迫中国劳工和学生在这里开荒种地，把剩余的古树几乎一扫而光，只剩下几棵老槐树和一些榆树，孤零零地留在空旷野地的边边角角。国民党时期，东坛修了一座临时飞机场，飞机起起落落，东坛根一带的民房上落满了厚厚的黄土。后来，解放战争形势日紧，国民党守军把飞机场改到了东单体育场，几年的工夫，这里就彻底地荒芜了。

东坛也有一个类似斋宫里的钟楼，只不过早已经颓败不堪，楼下到处是丢弃的琉璃瓦和断砖，楼梯也没有了，大钟从楼顶掉下，歪斜在地上。后来，也许是考虑它随时会倒塌，怕伤人，政府组织人在一天之间把钟楼彻底拆除了。

钟楼的对面是天坛医院的太平间。那时的天坛医院，也许是北京占地最大的医院，门诊室以及各科的病房都相距很远，掩映在一片花草树木之中。它的西南方向是一所护士学校，医院的太平间就设在护士学校的西南角。人生来对于生死充满了兴趣，而孩子们对于死更是充满了好奇。我和小伙伴们常常爹着胆儿，顺着墙边的树爬到太平间的房顶上，静静地谛听脚下有没有动静，任何一点儿响声都会使我们心惊肉跳，可我们还假装若无其事地坚持着，生怕别人说自己胆小。我从来没有看到有死人被推到太平间里去，却几次看到有死者从太平间里被抬出来，装进棺材，然后在亲人的哭声中离去。那时，我的心就被一种强烈的悲哀所包围，胸中涌起莫名其妙的忧愁，人从哪里来？死了又到哪里去？扭头看着身边的荒草野树，我想到了自己和伙伴们……

对于少年儿童来说，忧愁毕竟是短暂的，我们有东坛这块乐土！

我第一次独自一个人进入东坛，大概是在1953年或者1954年。那时，东坛里举办了一个盛大的交易会，北京人好像都集中到这里来了。我被来来往往的人群吸引，跟着他们不知不觉地走进了东坛。到处都是卖东西的摊点，到处都是买卖东西的人。顺着草间的路，我一直向东走下去，来到天坛南门前的空场。那里人山人海，我从人缝中钻进去一看，眼前的情景让我目瞪口呆。空场上尘烟滚滚，有许多人骑着马，一会儿飞奔，一会儿搅成一团，马上的人手里执着一根长木杆，抢着击打一个在地上滚动的木球。这是我一生中唯一看到的马球比赛。我一直看完了比赛，然后才恋恋不舍地走回家去。母亲早已经因为我的"丢失"而急得发疯，到处喊着我的小名，充满绝望又漫无目的地找来找去了。真是奇怪，四五岁的我在荒郊野地和人群当中漫游了半天，竟然没有走丢，还一个人回到了家里！

交易会后，荒草萋萋，野树孤零，东坛一下子又恢复了寂静。

突然有一天，一阵阵急促的枪声打破了东坛的寂静，我们不知道发生了什么事情。枪声对于我们来说是陌生的，也是神秘的，除前两年西边城墙根被当作临时法场，枪毙被镇压的反革命时听过枪声之外，我们还没有如此真切地听到过枪声。第二天，东坛里又传来了枪声，然后有人说，那是解放军在打靶。有人就说，走啊，咱们捡子弹壳去呀！于是，一群孩子翻过坛墙，顺着枪声向东坛的深处走去。快到天坛南门时，我们被站岗的战士拦住，不让再往前走了。大概等了一个多钟头，枪声停止了，一队解放军战士从城墙底下的草丛中走出。没有人再阻拦，我们一窝蜂地冲向刚才响枪的地方。在一排土堆前面，散落着许多红黄色的子弹壳，一个个有一根根手指大小。我们拼命地捡着，往自己的衣袋儿里面装。一会儿的工夫，所有的衣袋儿都满满登登的了。

从那以后，我们几乎天天都去捡子弹壳，有人还捡到过完整的子弹。终于，解放军不再来这里打靶，子弹壳也被我们捡干净了，孩子们的心里充满了惆怅。不知道是谁那么聪明，说，东边坛墙里有子弹头！于是，我们又来了精神，冲到坛墙边，用随手可得的瓦块和树枝在坛墙的黄土里一阵乱挖，还真挖出许多子弹头。那些子弹头被我们拿回家，和子弹壳堆放在一起，成了东坛根的孩子们的玩具。终于有一天，这些子弹头被一个孩子发现了新的用途，它们可以化成铅，冷却之后的铅块可以拿到废品站去卖钱！于是，孩子们用家里的铁锅开始化铅，一把把的子弹头被倒进铁锅里，一双双眼睛注视着火舌舔着锅底，注视着子弹壳在锅里慢慢地熔化；然后铅水被倒进已经在地上挖好的小坑儿，待它冷却之后，孩子们把铅块送到了废品收购站。我想，那时我们这些孩子每个人都卖了十几斤铅吧。几乎就是眨眼的工夫，换回的钱就变成了各种洋画儿和零食。

那是我们的一段好日子！

东坛里最好玩儿的莫过于逮蛐蛐儿。东坛很大，而且一片荒凉。它的东西北三面是坛墙，南面是城墙，到处是荒草野树，断壁残垣，烂砖破瓦。一到秋天，各种草虫就开始鸣叫起来。我们也进入了逮蛐蛐儿的季节。一般草虫的鸣叫声对于我们并没有什么吸引力，孩子们喜欢的是蛐蛐儿的咬架。蛐蛐儿有好多种，区别好像主要是在它们的头上。有的头和全身一样漆黑发亮，有的头发黄，有的头发红；好的蛐蛐儿的头应该是浑圆的，两根须子挺拔灵活，两只后腿粗壮有力；有一种蛐蛐儿的头是扁方形的，不会用牙咬架，只用头撞来撞去，我们管它叫“棺材板子”；还有一种蛐蛐儿，空长着一对浅白色的大牙，看样子很凶，却根本没有一点儿战斗力，我们管它叫“痨眯”，这两种蛐蛐儿没有人要。母蛐蛐儿也没人要，不会咬架，却有一个威风凛凛的名字：三尾儿大扎枪！蛐蛐儿的好坏还要看个头儿，所谓“七厘为王，八厘为宝”。但是太大的就不是蛐蛐儿了，那是“油葫芦”。逮油葫芦主要是为了听它的叫声。夜深人静，油葫芦叫起来非常好听：嘚儿呦呦呦……

黎明时分，天还没亮，孩子们就悄悄起床，拿上头天晚上就准备好的工具：铁钎子、小铲儿、手电筒、装满水的玻璃瓶子，还有铁丝编的蛐蛐儿罩子，瞒着大人向东坛出发了。逮蛐蛐儿是禁止喧哗的，大家都屏住呼吸，高抬腿，轻落脚，趟着露水在草丛中潜行。听到蛐蛐儿叫了，每个人的心都提到了嗓子眼儿，更加小心翼翼地向叫声靠近。蛐蛐儿当然也发现了我们，立刻停止了鸣叫；于是，我们便站住，保持身体不动，生怕弄出一点儿微弱的响声。蛐蛐儿以为没有危险了，又开始鸣叫起来，我们便循声再次靠近。当终于确定它的位置之后，找到洞口，一场紧张的大战就开始了。这时，我们已经没有任何顾忌，掀开砖头瓦块，用小铲和钎子在洞口挖了起来。手电筒打开，一道光柱射出，几双眼睛都死死地盯着地面，蛐蛐儿一露面，罩子就飞快地罩过去。蛐蛐儿蹦开了，几双小手和罩子就一起跟了过去。当蛐蛐儿被逮住之后，抓住它的人就会拿出一张从作业本上撕下来的纸，飞快地卷成一个纸筒儿，把蛐蛐儿放进去，夹到耳朵上。有时，虽然洞口被挖开，但蛐蛐儿却躲在洞里不出来，我们就会往洞里面灌水，逼着蛐蛐儿出洞。如果带的水不够，几个孩子就会扯开裤腰，一齐往洞里撒尿，热尿飞溅，如同瀑布一般，直到呛得蛐蛐儿出来为止。

东坛里遍地长着“拉拉秧”和“激灵狗子”——其实应该叫“蒺藜钩子”，一个早晨的“狩猎”行动，裤子剐破了，衣裳撕开了口子，腿上、手上、胳膊上到处是伤，可孩子们却兴高采烈。大家都有所收获，回到家里，把蛐蛐儿放到早已经准备好的澄浆罐里，放上点儿嫩豆瓣儿，然后背着书包上学去了。这一天的学肯定上不好，心里老是惦记着家里的蛐蛐儿呢。好容易盼到放学，回到家中，大家都把“宝贝”拿出来，开始蹲在胡同里斗开蛐蛐儿了。

那时，孩子们斗蛐蛐儿不带赌博，只是看着好玩儿。把两只蛐蛐儿放到一个罐里，好斗的马上就开始掐起架来，不好斗的要用“探子”探蛐蛐儿的“尾儿”。正规些的探子是用一根细棍儿绑上马尾儿做的，孩子们用的探子，则多是把一种草从中间小心地劈开，剔除硬的草茎，留下又细又软的须毛做的。两只蛐蛐儿在罐里跳闪腾挪，举着两双大牙撕咬拼杀，不分胜负决不罢休，孩子们看得心惊肉跳。终于分出胜负了，一只蛐蛐儿一旦身败下阵来，或在罐里乱跑，或干脆跳出罐外，胜者则站在原地不动，抬起头，振动双翅，高奏凯歌。败阵蛐蛐儿的主人如果不服输，这时就会给自己的蛐蛐儿“打瓜”——把蛐蛐儿放到左手心上，用右手外缘一下一下地切打左手腕部的内关穴位处，把蛐蛐儿不停地在手心里颠上颠下，以此来激发起败将的斗志，然后再次开始战斗。

蛐蛐儿咬架真是舍生忘死，一场恶战下来，咬得缺须短尾儿者不在少数，甚至有的能被咬下“大夯”（后腿）来。伤者未必就是输者，胜者则必振翅高叫，那叫声清脆悦耳，充满了骄傲。

如今，在北京城里很难听到蛐蛐儿叫了。

突然又有一天，东坛的几个路口都设了岗，由解放军战士把守着。没几天,好多坦克开了进来,东坛从早到晚响起了震耳欲聋的马达轰鸣。人们传说,为了搞好国庆阅兵式,坦克在这里训练队形。慢慢地,岗哨放松了,孩子们可以到东坛里去了。就这么些日子,坦克已经在东坛里轧出了一条环形跑道,几十辆坦克编着队形在土道上飞奔,扬起了遮天蔽日的烟尘。在天坛南门的对面还修起了一座检阅台,我们登到台上,看着眼前来来往往的坦克,心里充满了向往。后来听说,有一天,彭德怀元帅还在这座检阅台上检阅过坦克训练。那大概是他一生中最后一次检阅部队吧!

1958 年夏秋之际,东坛里面到处搭起绿色的帐篷,最后一批志愿军回国,其中的一部分志愿军战士就住在这里。那一天,我顺着水管子爬到坛墙上,刚一露头,就被一只大手给抓住了。我吓了一跳,抬头一看,一个背卡宾枪的战士站在我面前。我吓坏了,不知道说什么好。那位战士却一把把我抱了起来,用他的硬胡子茬儿蹭我的脸。将近五十年过去了,我已经记不起当时我们相互说了些什么话,可我记着他姓温,是山东人。我们成了好朋友,我每天都爬进东坛去找他,他总是拿一些桃啊葡萄啊给我吃。现在,这位温叔叔应该有 70 多岁了。

再以后,志愿军走了,坦克也不在这里训练了,东坛先是成了果品公司仓库,后来又被当成苗圃,种上了树苗,再以后,把长成的小树刨掉,那里盖起了一片楼房。

东坛就此消失了……

城墙往事

以永定门城门楼为界，西边的城墙叫西城墙，东边的城墙叫东城墙。我几乎没到西城墙上去过。原因有二：一是西城墙根当过镇压"反革命"的法场，在那里枪毙过不少人，想起来就阴森可怖。在一次行刑之后，我就看到过城墙上残留的鲜血和白花花的脑浆子。二是西城墙下不远就是先农坛体育场，外面有一道完整的高墙，里面又没有什么野趣，不合我的口味。而家旁边的东城墙却是我每天必要去流连的地方。

自城门往东，一直到现在的玉蜓桥那里，那一段城墙是我一生当中美好的记忆。再往东，为了便于火车通行，城墙扒了一个豁口，下面是龙潭湖的苇塘，孩子们过不去了。城墙在孩子的眼里非常高大，用雄伟来形容一点儿也不过分。在城门楼旁边，有一条马道，可以毫不费力地登上城墙。可是，我很少走马道，总是抠着砖缝往城墙上爬。尽管砖缝不宽，但经过不知多少代孩子们的攀爬，不但可以容下手脚，甚至还有可以让你喘口气的地方。爬城墙时千万不能低头朝下看，一看，那么高，眼一晕，心里一含糊，就会不由自主地掉下去。

针灸大夫胡六的小儿子，就曾经在爬城墙的时候从半腰掉了下去，昏迷了好长时间。那以后他的脑子有点儿慢，大概和那一摔很有些关系。前车之鉴和父母的叮嘱，并没有引起孩子们的注意，我们还是不断地爬城墙。

城墙上是另外一个世界。由于年久失修，城墙上坑坑洼洼，铺设的地砖被掀得七零八落。在一片荒草野花丛中，到处长着不高的小树，最多的是酸枣树。我们就在这些荒草野花当中寻觅，奔跑，逮蝈蝈蛐蛐，抓蜻蜓蝴蝶。酸枣熟了的时候，城墙上成了孩子们的天堂，我们兴奋得顾不上酸枣刺儿扎手，一人把着一棵树，把那些红的和半红的酸枣摘下来，一边往嘴里送，一边往兜里装。那一段时间，我的手总是流着血，衣裳裤子总是被剐得这一个口子，那一个口子，回到家里老是被母亲骂，可酸枣的魔力实在是太大了，我还是没事就到城墙上去摘酸枣！不用多长时间，城墙上的酸枣被我们摘光了，那些长在城墙半腰砖缝里的酸枣树，又成了胆儿大的孩子们的热恋对象。我们从堞口爬出，顺着城墙，抠着砖缝，一点儿一点儿地往下，终于来到挂满小红灯的酸枣树旁，脚踩着支点，一只手拽着树枝，又开始了新一轮的掠夺。

城墙上还有另外一些可吃的东西。有一种宽叶子的草，不知道学名叫什么，我们管它叫“酸巴溜丢”，它的叶子多汁，吃到嘴里有一股带着清香的酸味儿。我还吃过刀螂(螳螂)蛋。刀螂生活在高一些的野草或者小灌木上，它的卵就排在草梗和树枝上。有一天，比我大一些的小伙伴光启说，刀螂蛋能治尿炕，这引起了我极大的兴趣。那时候，我都八九岁了，可还经常尿炕，几乎每个星期都有两三天的早上感到抬不起头来。于是，我趁没人注意，偷偷地从树枝上抠下几个刀螂蛋，塞进嘴里，嚼了嚼，咽下肚去。那股味儿可真让人难受，骚了巴唧，还有点儿酸，我差点儿吐了。尽管如此，为了自己能堂堂正正地做人，我还是坚持每天吃几个刀螂蛋，一直吃了十来天。然而，尿炕的毛病并没有治好，我还是时常处于难堪之中。可一直到现在我还认为，那并不是刀螂蛋没有作用，而是我吃的量还不够！

在城墙上捅马蜂窝让我终生难忘。本来，天坛和东坛里都有马蜂窝，我也都捅过，但在城墙捅马蜂窝却另是一番景象。马蜂就是野黄蜂，比蜜蜂大一倍，细腰丰腹，喜在小树上筑巢。平时，人蜂两不相犯，但我们这些孩子一见到马蜂窝，就非要把它捅下来不可！马蜂窝小的像拳头，大的似人脸，倒悬在树上。发现马蜂窝了，我们就脱下外衣把脑袋和脖子包起来，只露一双眼睛，然后找一根木棍儿或者树枝，来到树下，向马蜂窝一顿乱捅乱打。蜂窝掉到地上，成群的马蜂也开始了对侵略者的攻击。我们在城墙上抱头鼠窜，马蜂们在后面穷追不舍。据说，马蜂的眼睛是直的，不会拐弯抹角，我们便曲线奔跑，然后突然趴到地上，马蜂就嗡的一下从头上飞过去了。但每次捅马蜂窝总有人被蜇，或者脑门儿，或者手背，或者脖子，我就不知道被蜇过多少次。伤处又疼又痒，迅速红肿，没有十天八天的好不了。据说，被蜇之后，敷以热尿，能够减轻痛楚。现在回想起来，我们这些淘气包儿都用自己的尿“洗”过手和脸！

有一次，我们发现在城墙的半腰有一个大似脸盆的马蜂窝，用树枝够不着，便几个人一起搬起一块大城砖，站在堞口向蜂窝砸去。蜂窝被砸掉了，几个人也都同时成了伤号。

天坛的外坛墙由北向南，到城墙为止。顺着坛根儿有一条土路，到城根儿底下拐向西，通到大街。这是一条马车走的路，进出城的马车便在这条道上来来往往。我们玩儿累了，常常趴在城墙里沿的矮墙上，看着马车犯坏。那时的马车还有不少是木制车轱辘，所谓九辋十八辐——马车走在路面上，轱辘吱吱呾呾、咕咕噜噜地响着由北面来了，就在它刚要向西拐弯时，我们突然大声喊道："谁是我儿子？"赶车的把式应声而吆喝牲口："我！我！我——"我们乐得哈哈大笑，车把式暴跳如雷："小兔崽子，我用鞭子抽死你们！"虽然知道他不会真的抛下马车，爬上城墙来追我们，可我们还是四散逃走，笑声把城墙震得浑身乱颤。

城墙上空旷，地势高，风大，是放风筝的好地方。可孩子们很少有钱能买正经的风筝，不要说孙悟空、蜈蚣，就是哪个孩子有一只最简单的沙燕儿，也会让别的孩子羡慕得要死。我们的风筝都自己动手制作的，人小，手艺不行，做不了复杂的，就都做"屁帘儿"，反正能放飞起来就行。"屁帘儿"的做法简单至极，四根细竹披绑成一个四方框，再用两根交叉作为支撑，上面的那根竹披窝成一定弧度，用小线拴紧固定；然后在方框上糊上白纸，下面再粘上三根用纸做成的长纸条，"屁帘儿"就做成了。拿着自己的作品上了城墙，顺着风势一点儿一点儿地放线，慢慢地把"屁帘儿"放上了高空。"屁帘儿"在天上移来移去，三根长纸条做成的尾巴顺风飘扬，显得婀娜多姿。

在城墙上，我们也有安静的时候。每到傍晚，倚在城墙堞口，向西眺望，落日如同一颗硕大的红色玛瑙，正在坠向水墨似的群山；成千上万只雨燕围着飞檐斗拱的城门楼，上下翻飞，在斑斓的天幕上画着层出不穷的美妙图案；城墙外的护城河水清清浅浅，鸭凫水面，鱼翔浅底；城里，灰色的房脊连着灰色的房脊，一直延伸到我可以想象的远方；这时，脚下的胡同中，大小不一的门洞里人进人出；四合院大杂院，窗明几净，树绿花红；吃完晚饭，天黑下来，我们又来到城墙上，听着护城河边传来的一片嘹亮的蛙鸣，抬头望着幽蓝的夜空，星斗满天，银河泻远，不由得让人思索起，我从哪里来？又要到哪里去？广阔的宇宙和渺小的人生浑然成为一体，让我们这些不懂事的孩子变得“哲学”起来。

1957年，永定门城门楼被拆了。那些天，我站在远处看着拆除现场，常常想起几年前的两件事。一次是我刚刚记事的时候，有一天早上，我跟几个大一点儿的孩子玩儿，不知道怎么就到了城门旁的豁口，看到那里围着一群人。凑到近前一看，见到在木制的岗亭里有一个人在那里上吊了。这可能是我见到的第一个死人。另一次是有一天，有人发现从来也没人登上过的城楼上有一个人，他站在栏杆后面，向下面的看热闹的人挥着手，蹦着高，大声地喊叫。人们叫他下来，他连理也不理。后来，来了几个警察，上了城门楼，把他抓了下来。原来，他是个失了心的疯子。

无独有偶，2004年秋天，永定门修复后没几天，我从报纸上看到一条新闻。10月11日，有一个人爬上了城门下的城墙，在距地面七八米，离上沿儿两米多的地方，上不去，下不来地待了二十多分钟。人们想办法营救他，有人打120急救电话，两位妇女还拿来了床垫。最后，施工队搬来了长梯，此人才得以获救。据说，这个人可能有精神上的毛病！

1969年开始，城墙也被拆了，拆下的城砖被砌到了正在同时挖的防空洞里。1970年，我从北大荒回北京探亲，那是我最后一次看到城墙，它残破不堪，只剩下一堆堆烂砖和黄土。那天，母亲听街坊说我回来了，匆匆从防空洞的工事里面出来，一见我就说：“我正在防空洞里用城砖发券呢。”五十岁的母亲，用四十斤的城砖发券砌防空洞，这是一种怎样折磨人的劳动呀！十几天后，我离开北京，返回北大荒，就在火车开动的同时，母亲在家突发脑血栓，自那以后就半身不遂了。

城墙拆了以后，在原来城墙的地方修了一条柏油路，旁边种上了一些花草树木。上世纪七十年代后期，我每天傍晚常在那条路上散步，总是碰到一位背着双手，挺胸抬头走路的老人。他花白的头发，老是有些桀骜不驯，不是这里翘起，就是那里翘起。我瞧他有些面熟，好像在电视里见过，后来终于想起，他是被释放的国民党战犯黄维。碰到的次数多了，渐渐开始点头，后来就说起话来，无非是关于天气好坏之类。有一次，忘记是什么机缘，我跟着他到他家去。那是新盖的预制板楼房，就在原来的东坛。进门一看，是个两居室，没有什么像样的家具。我跟他聊了一会儿，现在还记得他说：“国民党所以兵败如山倒，一是太腐败，二是派系林立，三是让日本人消耗了太多的兵力。”说起蒋介石，他一口一个蒋先生，显得非常尊敬。

现在想起城墙和城门楼，我常常联想起另外两件事。一件是建筑大师梁思成先生改造利用北京城墙的设计规划。他设想把城墙彻底加以修缮维护，种上花草，安置上长椅，使它成为北京人休闲游玩的场所。另一件是听说的，不知准确与否——毛泽东站在天安门城楼上，对身边的人说：什么时候，站在这里向远处看去，眼前要是一片烟囱就好了。岁月推移，现实无情。梁思成拧不过长官意志，他的梦想没有实现，毛泽东的工业化理想也由于不符合时代要求而被淘汰了……

护城河虽然依旧流淌

护城河也叫城濠,在古代是防御工事。到了现代,在飞机大炮火箭导弹面前,它在军事上的作用几乎等于零。北京是一个缺水的城市,凡是有水流动或者聚集的地方,一概都是人力所为。因此,环绕着北京的护城河的作用,越是到现在越是显示出它的美学价值。它就好像是老北京城的一圈美丽的项链。只不过由于北京城区的无限制扩大和城墙的消失,护城河的位置有些尴尬和突兀。

老北京的护城河不像现在的,有护栏,又有水泥和石头砌成的种着草的河床,它虽然是人工开挖的,却呈现着一派自然的形态。它的河槽很深,陡陡的河床上长满了各种野草和柳毛子树丛,在草丛之间,隔不远就有一条人踩出的小路,斜么戗地通向河边;河岸上挺立着高大的树木,各种树都有,间距也毫无规律可言,大约是自然生长的。河水一年四季流动,只是在严冬,靠近岸边的水才会冻上一层薄薄的冰。由于只有生活污水排入,除非下大雨,上游来水,河水平时都很浅,很清,没有一丝波浪,虽然散发着一股淡淡的难闻味道,但那却不是污染,因为水里游动着各种各样的生物。

有一种长着淡褐色小身子和长长四肢的小动物，应该是昆虫类，我们管它叫“卖油郎”。它似乎永远浮在水面表层，时而静止不动，时而划动长长的四肢快速地游动，在河面上刮起浅浅的波纹。

水中总能见到鱼儿，这些鱼不大，自由自在地在河水里摆动着尾巴，偶尔也会跳出水面，打一个水花儿。夏天，孩子们会拿着玻璃罐头瓶和自制的网兜，顺着河床草丛中的小路来到河边，找一个水流声大一些的水域，捞几条小鱼带回家，放到鱼缸中养起来。护城河的上游通着京密引水渠，每当暴雨之后，密云水库泄洪放水，护城河水陡涨，有人就会拿着柳条筐下河，站在齐胸没腰的水里捕捞顺水而下的大鱼。

河岸上向东一二百米，靠城墙有几户人家，房子是借城墙建的，几百年前厚厚的城墙就是这些房子的后墙。他们每一户都养着不少鸡鸭，那些鸭子就和从远道飞来的野鸭为伴。白天，一起在河里游动觅食；晚上，野鸭飞走了，家鸭们扭动着笨拙的身体返回窝里。在紧靠城门的豁口旁有一处独立的院子，住着一户姓李的人家。人们管这户人叫“海南岛”，以形容他们四面无邻，孤悬“海外”，真是再恰当不过。

河岸上，隔不远就有一个半人多高的圆形水泥碉堡，它们告诉世人，战争年代离现在并不遥远。

河边到处是蛤蟆，癞蛤蟆多，青蛙少。我们管癞蛤蟆叫“疥拉蛤子”，常常抓到一只，把它仰放在地上，用小树枝敲打它的肚子。一会儿，癞蛤蟆的肚子就胀得老大，像一面白色的小鼓。因此，它还有另外一个名字：疥鼓儿。有一年，我的叔伯弟弟得了肝炎，有人出了一个药方，用癞蛤蟆炖鸡蛋，熟了以后，吃鸡蛋即可。于是，父母让我的叔伯弟弟从东北来北京，我的两个弟弟就每天到护城河边去抓癞蛤螟。吃了一段时间，他的肝炎果然好了。

城里的孩子和城外的孩子好像天生就是仇敌，只要隔着护城河相见，就会立即开仗。先是有一方用语言挑衅，然后对骂，接着就开始用随手可以捡到的石子儿、砖头、土块儿，相互投掷起来。这种战斗很激烈，但好像从来也没有伤过人，也没有一方越过河进行身体接触。打累了，双方休战，各回各的家。

河对岸是菜地，春夏秋三季一片黢青碧绿。我们在城墙上或者河边玩儿腻了，就会趁着水浅的时候，趟过河，爬上岸，瞧准了没人，猫着腰溜进菜地，拔几个还没有成熟的萝卜，或者摘几个青西红柿，再趟水回来，爬到城墙上大嚼一顿。有时被看菜地的人发现了，追得我们在河里弄得浑身透湿。上了城墙以后，我们一边晒衣裳，一边嚼着战利品，一边听着菜地主人的叫骂，一边笑得前仰后合。那时，我们最爱偷吃的是“鬼子姜”。

越过菜地，有一大片青灰色的房子，这是铁路宿舍。院里有一棵高大无比的白果树，粗粗的树干，几个人也搂不过来。人们说，这是一棵神树，如果有人用刀斧伤它，树的伤口就会流出红色的血来。我们对这个说法笃信不疑，相信这棵白果树神圣不可侵犯。每当来到树下，仰视它接天近日的巨大树冠，看着树身上挂着的人们奉献的红布条，我的心里对这棵大白果树，对大自然充满了敬畏。如今，大树已经不知道在什么时候没有了，每当路过这一带，我都会朝那个方向看上一眼，希望再能看到它的巨大身影，同时心里问：当有人用斧锯伐倒它的时候，那伤口流出红色的血来了吗？

上世纪五十年代中期以前，护城河边曾是临时的炮仗市。每年一进腊月，河边就有零星的卖炮仗的摊点了；过了小年儿，河北岸的炮仗市像一字长蛇阵，从门脸儿一直摆到东边的火车桥。各式各样的鞭炮摆在地上，有一挂一挂的小鞭和铁击鞭，有一盘一盘的麻雷子和二踢脚，也有一把一把的起花，还有钻天猴、耗子屎、摔炮……炮仗市人潮涌动，人们挑选着自己喜欢的炮仗。不时有摊主为证明自己的货好而点燃一头炮仗，让买主听听效果，爆炸声此起彼伏。小孩子们都集中到这里来了，在一个个摊位间转来转去，虽然没有钱，很少买，却在脸上洋溢着要过年了的喜悦。我曾经跟祖父逛过一次炮仗市，他给我买了两挂红色的小鞭。我不满意，非要买大的。他只好又给我买了一挂黄褐色的铁击鞭。我还不干，要威力更大的二踢脚和麻雷子。祖父坚持原则，说我太小，不能放那么大的炮仗。我心里有气，就偷偷拆下一只铁击鞭，趁他不注意时在他的烟头上点着了，塞进他皮袄的兜里，把那件皮袄崩了一个洞！

可能是第二年，炮仗市搬到了河对岸。年三十那天上午，突然鞭炮声大作，像开了战一样。有人喊："炮仗市着火啦！"我连忙跑出胡同，跑过河，来到桥头，向东一看，嚇！河岸边一片火光烟雾，一盘盘的各种鞭炮在地上乱滚，在空中横飞，爆炸声震耳欲聋，人们吓得到处乱窜。为了怕火势继续蔓延，造成更大危害，不少人把还没有着的各种鞭炮顺着河床往河里扔。着火时，我们这些孩子不敢靠前，只是远远地看着。待火熄灭以后，爆炸声停止了，我们呼叫着跑到炮仗市里，开始到处捡没有爆炸的鞭炮。那个春节，永定门一带的孩子放了不少不花钱得来的炮仗！

正对着永定门，护城河上架着一座不宽的桥。1957 年，在拆除城门楼的同时，老桥被拆，在原址上建了一座宽大许多的桥。这样，原来桥头拥堵的交通变得顺畅了。桥刚修好，我上小学三年级，学校组织勤工俭学,发给每个学生十条肥皂,限令半天卖完,第二天把所得的钱交给老师。我和十几个同学站在永定门桥上,每人面前摆着十条肥皂,不会吆喝,也不好意思吆喝,等着人来买。从中午一直站到天黑,一条肥皂也没卖出去。大家四散,我也抱着十条肥皂回家了。不用说,最后母亲买下了那十条肥皂,第二天,我把钱交给了老师。后来,同学间说起此事,原来大家把肥皂都卖给家里了!

护城河边还是死人"接三"时烧纸的好地方。

胡同里总是要死人的。不定哪一天,哪个院门旁用竹竿儿斜挑出一个纸穗扎成的幡,门口儿扔着一个剪破口,把荞麦皮烧着了的枕头,孩子们就知道这院儿有人死了。不需召唤,我们很快就集中到这个院门口儿,踮着脚朝院儿里看。门板上贴着两张白纸,一张上写着"当大事",另一张上写着"恕告不周"。死了人要念经,还要请文场吹鼓手奏乐吹打三天。普通老百姓家的丧事要量力而行,于是,念经吹奏都在晚上进行。解放后出家人不多了,就请一些曾经是和尚,现在已经还俗,正在蹬三轮、拉排子车、卖菜的来顶替。吹鼓手也是业余的,白天都有自己的另一份工作。我喜欢看他们吹奏,晚上一吃完饭就站在旁边看。一架云锣,笙管笛箫唢呐,几个吹鼓手旁若无人,一曲接一曲,只管吹下去。至于吹奏些什么,事主家是不管的,我就听他们吹奏过《社会主义好》《志愿军军歌》。

"接三"最热闹,都是在晚上天黑透了以后举行。一声号令,事主家花钱扎的纸人纸马纸房子纸车雪柳全都抬到胡同里,这时,孩子们就纷纷上前帮忙,人手一件"烧活"。乐声一起,哭声一片,队伍开拔了。吹鼓手开路,身穿孝服的孝子贤孙们互相搀扶,孩子们举起"烧活",再加上看热闹的,真是浩浩荡荡。队伍出胡同,在大街上转一圈,最后来到护城河边的空地上。在一片奏乐和哭嚎的喧闹中,有人点着了烧纸,孩子们兴奋异常,上前把自己手中的“烧活”扔到火堆里。烈火冲天,熊熊燃烧,照亮了孩子们的脸,照亮了静静流淌的护城河水。

前些年,每逢清明或父母亲的忌日,我也在护城河边烧些纸。选择在河边烧纸是因为离水近,安全。

过桥往南是一块空空荡荡的三角地,再往南就是进京火车必经的铁路桥。火车对于我们来说是神秘的,在孩子们的印象当中,它通向很远很远的外面世界。我常常和小伙伴来铁路桥下看火车,我特别爱看客车,总是一边用手指点着飞快驶过的车厢,一边在嘴里数着数:一,二,三,四,五……大约是四五岁时,我来到桥下看火车,突然火车汽笛一声尖叫,我被吓得张着大嘴,不会说话,不会哭,连眼珠都不会动了。同伴儿把我领回家,母亲急得不知所措。同院的傅婶说:“不要紧,这孩子被吓丢了魂儿,叫叫就好了,走,咱们哪儿丢的还上哪儿找去!”母亲和大义凛然的傅婶领着我又来到铁路桥下,傅婶用手沾着带来的凉水,拍着我的脑门儿,不断地叫道:“元子,别害怕,回来吧,回来吧……”片刻之后,我觉得脑袋里一阵清亮,哇的一下哭出声——我的魂儿回来了!

后来,我上山下乡去了北大荒。每当探亲回京,火车过了丰台车站之后,我就会一动不动地趴在车窗,等待着那令我激动的一刻;当火车通过这座桥时,我会尽力向北张望,想看到家所在的那条胡同。而火车速度太快,我根本看不到东坛根,可我总会在心里面大声喊:到家啦！我到家啦！探亲假期满,我坐上火车又离开北京。火车从北京站出发后,我就一直守着车窗,然后在通过这座桥时,向家,向北京,向亲人作一次默默的告别。

后街和西坛

后街和西坛隔着一条马路、两片居民区，但是，要放在一块儿写才合适，因为它们和我的体育活动相关。

后街是东坛根居民区和东坛之间的一块长条空地，也叫后门儿，因为好几个院的后门朝向那里。解放前，那儿曾经是著名的龙须沟的延长线，一条臭气熏天的明沟由此向南，穿过城墙，把污水排到护城河里。后来，明沟改成暗沟，地面上可以走马车，由于比较宽敞，后街成了孩子们踢足球的场地。永定门小学没有运动场，学生的体育课要到这里来上。学校有个体育老师，姓武，他常常穿着螺纹运动服一个人到这里，伸腰，展臂，踢腿，做出花样繁多的动作，然后沿着坛根下的土路，手里拿着一块跑表自己跟自己赛跑。

我对足球的爱好就开始于后街。大概是四五岁的时候，我站在土坡上看一群大孩子踢球，忽然，从空而降的皮球掉到我的脑袋上；我不但没有哭，反而觉得好玩儿。从那以后，我就开始踢足球了。

孩子们踢足球非常简单。球无论好坏，只要有气就行；也无所谓球门，在地上摆上书包或者砖头即可。不管人多人少，两个公认的主力以猜拳“石头剪子布”挑选本方的队员。人员挑选完毕，不用分配，大家以习惯上的各自位置摆开架式，然后中场开球，一场没有时间规定，没有边线限制的比赛就开始了。比赛中，对于越位、绊人、蹬踏等犯规，大家不太在意，而对于手球则判罚非常严格。只要踢起球来，我们便忘记了一切，该吃晚饭了，却没有一个人回家。一直到所有的母亲都再三再四地来喊，大家才恋恋不舍地散去。

后来，这样的比赛已经不能使我们满意，因为荣誉感不强，我们便开始按在学校的班级组织比赛。有时，我们东坛根的孩子组成联队，约西坛根的孩子比赛。我和西坛根的几个孩子成为朋友，就起源于这种活动。后来，我们都到了北大荒，但相隔一百多里地，我曾经专门坐汽车长途跋涉，到他们所在的农场去踢过一场球。踢完，大家一起慨叹时光流逝，人事难料，如果不到北大荒来，我们其中有的人一定成为足球运动员了！

经过后街的多年锻炼，十四岁的时候，我被北京少年足球队选中，开始到先农坛体育场的业余体校踢球。有不少孩子都像我一样，从属于他们自己的“后街”走进了体校，有的还成为了专业运动员。

说起体校，四十多年来我一直觉着对不起一个少年时的朋友。他叫满运坡，小名叫小坡儿，回族人。小坡儿的父亲身材魁梧，剃着大光头，看样子很凶，实际却极为和善，在大街上开着一家小小的羊肉床子，卖牛羊肉。他的母亲更是慈眉善目，眼窝很深，一双大眼睛，眼珠是黄色的，一看就知道有阿拉伯人或者波斯人血统，常年穿得干干净净，不笑不说话。小坡儿比我小一岁，足球踢得好，也在业余体校参加训练，低我一班。1963 年暑假，我入选北京少年队，每天下午到先农坛训练，走时都叫上小坡儿同去；训练后再一起回家。那一天，我午觉睡过了头，爬起来就直奔了体育场，没有到他家去喊他。傍晚，训练结束，淋浴后，我往家走。刚进胡同，就有人说："小坡儿出事了，在先农坛南门让20路汽车给轧死了！"我脑袋轰的一声，蒙了。我飞也似的跑到出事地点，马路上围着许多人，一辆汽车停在路旁，在一辆变形的自行车边有一摊血迹，一张苇席盖在路面上。我上前揭开席看了一眼，看到了小坡儿痛苦的脸。

人说，小坡儿今天没有去先农坛踢球，刚才骑着车去买北京晚报，走到这里一下就让车给撞了。我当时心里的难受无法言说，一个天天在一起的同伴儿就这么死了！好长时间，我一直骂自己，如果我去喊他，这件事就不会出了，这件事就不会出了！唉，都怨我，都怨我……

按方位来说，先农坛应该叫"西坛"。可是，真正的先农坛的主要建筑在育才学校里，而我们只是把在先农坛外坛的体育场叫"西坛"。这和东坛是一个道理。在永定门一带，只要说西坛，大家都知道是指体育场，而不会以为你在说育才学校。

先农坛体育场解放前就有了。1959年，举办第一届全国运动会，体育场经过大规模改扩建，主运动场可以容纳四万名观众。那时，在体育场外的四个角上建造了四个高大的灯塔，每个灯塔上都有几十个探照灯。试灯的那天，整个永定门一带被照得一片光明，惹得大人小孩儿欢呼雀跃。

我最初进先农坛体育场时一定不够七岁，是被人带进去的。那时，工人体育场还没有兴建，所有的大型重要体育赛事都在这里举行。那时体育场的规矩是不足一米的小孩儿可以免票，但必须要有大人带领。我的父母不喜欢体育，也没有时间和闲心看比赛。于是，我向别的孩子学习，早早儿来到入场口，向每一个拿票入场的大人央告："劳您驾，带我进去吧！"大多数人摇头拒绝，但总会有好心人把我的手一拽，拉着我一起走进大门。就这样，我拉着一个陌生人的手，再走一段路，来到票上规定的看台门口，通过检票，便一下放开那人的手，飞快地跑上看台，找一个满意的地方坐了下来，等着看比赛。慢慢地，长高了，不能由大人带着免票入场了，我又找到了另外的办法。其实，看一场足球赛只有一毛两毛就行，但是家里生活吃紧，我从来也没向父母要过这笔钱。再进场看比赛的办法有两个：一是趁着入场的人多时往里混。一连要混过两道门实在是不容易，往往混上看台了，比赛也已经差不多快要结束了。二是跳墙。体育场的南墙有一座门，上个世纪五六十年代是不开的，因此门禁松弛，我们便爬到门上，再从门上爬到坛墙上，找一棵靠墙的树，溜到地面，然后再想办法上看台。这也不容易，不但怕被逮住，而且也往往看不到完整的比赛。

没有正式比赛的时候，体育场是很随便就能进去的。下午，它对几乎所有人都开放，人们可以在训练场地上踢球、跑步，或者看热闹。北京市的领导刘仁、万里、郑天翔，还有吕正操将军，常到看台西边的网球场来打网球。他们的到来，并没有引起体育场方面的恐慌而提高警卫级别。我们也常常趴在铁丝网上，对这些大人物指指点点。

那大概是1960年，夏天的一个下午，先农坛体育场的外场地（训练场）有一场足球训练比赛，我和小伙伴坐在简易看台上观看。那时，我对那些著名的足球运动员已经非常熟悉了，能叫出他们的每一个人的名字：张俊秀、张宏根、年维泗、史万春、张京天、任彬、姜杰祥、王克斌、丛者余、王陆……观看比赛当中，我到场地西南角的厕所去小便。走到门口,见外面站着一个人,也没有在意,便进到厕所里面。正解手时,歪头一看,身边站着另一个人,个子不高,留着寸头,胳膊弯上挂着一根白色或淡黄色的拐杖。我觉得这个人有些面熟,稍一想,我知道了,他是邓小平!他朝我笑了笑,走了出去。我解手出来,看到邓小平在警卫员的陪同下,走到简陋的主席台上,坐到荫凉处看起足球来。现在,人们都说邓小平是个足球迷。依我看,他不但是球迷,而且是个大球迷,这样一场普通的训练比赛,他还在有腿伤的情况下前来观看!如果不是对足球痴迷,他是不会这样做的。

那时的业余体校完全不收费,还发一套运动服。先农坛体校足球班最有名的是五班和七班。五班和七班的时代,我还有些小,没有赶上,可他们的教练孙洪年,却一直是我崇拜的偶像。上世纪七十年代中期,我从北大荒返回北京,在崇文区体委工作,曾多次见到这位已经满头华发的老人。他肯定年近古稀了,但依然在为群众性的足球运动忙碌着。

几十年后,后街变了,成了砖场仓库,仅剩的一条路也办起了农贸市场,别说踢球玩耍,就是走路时不小心也会撞到别人身上。现在,它已经同东坛根一起彻底消失,成了一片绿地……

陶然亭和马家堡

我把陶然亭和马家堡也算作永定门范围，因为它们离永定门不远，我们小时候也常去玩儿。

老人管陶然亭叫“窑台儿”，因为那儿是明朝工部下辖的窑厂遗址。工部郎中江藻在那里督办烧窑，盖了一座亭子，取白居易“更待菊黄家酿熟，与君一醉一陶然”的诗意，命名为陶然亭。烧窑就要取土，取土就会形成土坑，时间一长，土坑里积满水，周围长出了芦苇，这里就成了一片泽国。水禽飞鸟翔集，芦荻红蓼遍地，颇具野趣，陶然亭成了旧时北京文人墨客发思古之幽情的绝好地方。解放后，政府组织人把这一带重新整修，用挖出的泥土堆了连绵的几座土山，又在土山上和湖边种上各种树木，开辟成公园。

公园大多得买票才能进入。陶然亭的门票比天坛便宜，三分钱一张。可是，除非是和父亲来，我进陶然亭也是从来不买票的。它的围墙只是一人多高的铁栅栏，比坛墙好跳多了！

父亲喜欢陶然亭，也许和他的知识分子自我意识有关。每到星期日，碰上心情好，他就会说：“走，我带你们上陶然亭去玩儿。”他每次总去的几个地方是慈悲庵、鹦鹉冢、绘云楼、抱冰堂。说实话，我不愿意跟父亲上公园。他老是随时告诉我，说话要如何，走路要如何，这儿不能去，那儿不能去。这哪儿是玩儿呀，纯粹是让我学规矩去了！当我自己有了女儿之后，我也带她上公园，只要是不违规，不犯法，我就带头儿到处疯跑。

我爱和伙伴们一起去陶然亭。从铁栅栏跳进去后，我们就开始到处乱窜，一会儿爬土山，顺着山脊跑得上气不接下气；一会儿上大树，掏喜鹊窝，偷鸟蛋。有时看湖边没有管理员，还快速地脱下衣裳，跳到湖水里去游泳。公园里有个舞场，舞池中竖着一片牌子，上面写着：1959 年，刘少奇主席曾经在这里跳舞。到“文革”以后，这块牌子便不见了踪影。我们常在舞场里玩儿，不是跳舞，而在那平滑的瓷砖地面上抽“汉奸”。抽“汉奸”就是抽陀螺，北京也叫抽汆汆；抽“汉奸”可能是在抗战胜利之后才叫的，汉奸太可恨，让小孩子们没事用小鞭子抽着玩儿吧！

我成年以后，再去陶然亭，也像父亲当年一样，爱去他去的那几个地方。我知道赛金花的坟在一座土山下，曾经去找过，但没有找到。父亲对我说：“墓碑在‘文革’时给砸了，断碑我见过，是在公园东南角的一个地方。唉，她毕竟是清末民初的一个名人，立块碑又怎么啦？”我也这样认为，赛金花真的在仪鸾殿和瓦德西睡过觉也罢，她真的在八国联军面前救过北京城也好，是非功过如何，暂且可以不说，但她毕竟是个人物，把她的碑找到，再立在坟前，陶然亭又可以多一个吸引人的景点。这是我对有关部门的一点建议。

陶然亭在我的印象当中是两个地方，一个是上面说的公园，另一个是游泳池。陶然亭游泳池就在公园的东面，隔着一条马路。我就是在那里学会游泳的。当时的陶然亭游泳池，在北京可能是设施最好的，有两个专供小孩儿嬉水的蘑菇池，两个浅水池，一个深水池，一个跳水池。深水池和跳水池同浅水池这边是隔开的，供比赛用，两边有看台，没有比赛时也向一般游泳者开放，但要经过深水测验，取得深水合格牌者才能入内。测验的标准是，不分姿势，不计时间，能游200米距离就行。我刚学会游泳，就向同去游泳的伙伴借合格牌进了深水池。浅水池人太多，像下饺子一样，深水池就好多了，人又少，水又干净。七米以下的跳台和跳板也向这些持深水合格牌者开放，上去跳水者多是跳“冰棍儿”，能跳个简单“燕式”的就非常了不起了。有一次，我趁管理员没注意，偷偷地爬到十米跳台上，往下一看，眼直犯晕，腿直发抖。可是，既然上来了，就不能让下面的人看笑话，我走到跳台前面，深吸一口气，双眼一闭，一个“冰棍儿”跳了下去，直到掉到水里，那颗悬在嗓子眼的心才放了下来。

马家堡在永定门的西南方向，向北正对着陶然亭，对于小孩子来说，那是比较远的地方。我跟着比我大几岁的虎印、光启和大宇子去过，都是在夏天。几次都是帮他们拉冰，只有一次是去玩儿。他们那时已经十二三岁了，我只有七八岁。穷人的孩子早当家，他们在暑假里到马家堡冰窖，买一块冰，用小车拉回城里敲碎了零卖，能挣一点儿钱，到开学时好交学费。

那时的马家堡还是农村，到处是庄稼和荒草野树，凉水河隐藏在其间，从西北流向东南。河边就是冰窖。冰窖的门开在半地下，门口挂着厚厚的棉门帘子，一条铺着干草的小道斜着向下，地面以下很深的地方才是贮冰的冰窖。交了钱，有人用钩杆子钩过一块冰，帮着装上小车，盖上小棉被，我们就往回走了。虽然流淌的河水很吸引我们，但此地不可久留，时间一长，冰该化了。

冰窖开在凉水河边是有道理的，这里冬天取水冻冰方便，离城里也还不算远。

头一年跟他们去拉冰，拉回的是自然冰，发暗，发青，里面有杂质，就是用旁边的河水冻的。到第二年再去，拉回的就是卫生冰了，发白，看着就干净，是用自来水冻的。光启说，自然冰只能镇西瓜什么的，不能吃，因此不好卖；卫生冰就好卖多了，不但能镇食品酸梅汤，还能敲碎了卖冰核儿，给小孩儿吃。那时，北京的小孩儿不像现在的孩子，想吃多少冰棍儿就能吃到多少冰棍儿，夏天，吃不上冰棍儿，能吃一块冰核儿也行啊！

到马家堡去玩儿的那次，可能是几个大孩子为了犒劳我们几个小伙伴才去的。来到凉水河边，看到河里有鸭子，虎印说："有些鸭子不爱在窝里下蛋，老是把蛋下到河里，咱们下去踩鸭蛋呀！"于是，我们就脱得赤条条地下了河，在齐胸口深的水里踩来踩去，用脚寻找鸭子们丢的蛋。还别说，每个人都有所获，大家都踩到了鸭蛋。

回家的路上，走在河边的田间小道上，我们看到河里有一条长着两个头的花蛇曲着身子游动。据说，这种怪蛇毒性很大。从此以后，我们再也不敢到马家堡的凉水河里踩鸭蛋了。

久饱记饿

一

“祸兮福所倚，福兮祸所伏。”在全国人民挨饿之前，曾经有过一段非常“幸福”的时光。

1958 年，我才九岁，上小学三年级。几十年前的事，我又小，记忆是模糊的，只觉得忽然有一天，胡同和学校就发生了令人兴奋的变化。先是胡同的墙，有人在上面画了不少色彩鲜艳的画，红旗、金桥、白云、飞机、小孩儿坐在麦田的麦穗上……看了让人深受鼓舞，心里闹得慌。后来又不断听到一个词：人民公社。时间不长，我们那条胡同加入了天坛人民公社（原来叫天坛街道办事处）。然后，胡同成立了集体食堂和集体浴池——在同一个地方：豆芽菜程家发豆芽的作坊。永定门小学的两进大院里，用学生偷来的耐火砖砌了好几座“炼钢炉”，师生们从家里拿来各种金属的东西，一边上课，一边“炼钢”，为实现 1070 万吨钢而奋斗。那年特别热闹，除四害，讲卫生，向老鼠、苍蝇、蚊子和麻雀发起了总攻。我们每天向老师上缴打死的苍蝇，母亲们则向街道积极分子上缴老鼠尾巴或者冒充老鼠尾巴的萝卜根儿。最好玩儿的是全北京的人一起轰麻雀，全城红旗飘扬，锣鼓震天，锅碗瓢盆齐响，一片喧嚣，鸟儿们(不止是麻雀)累得从空中直往地上掉。

中国在“大跃进”！

我还是个孩子，但是，我与国家在一起狂热躁动。我从来也不喜欢上课，便积极地要求参加“大炼钢铁”，常在同学们上课的时候，到教室外去劈柴砸煤。那天，我抡起大锤劈一块木柴(我为什么用大锤去劈木柴呢?)，锤把弹起，把下巴碰开一个口子，鲜血直流。学校给了我三天假，于是我头缠着绷带，在后街踢了三天足球。学校“炼钢”的成果很快就出来了，我们把本来可用的东西——铁锅、门锁、脸盆、饭勺、菜刀……炼成了一堆废铁疙瘩。

大人们也很兴奋，在家里总是讲什么“楼上楼下，电灯电话”“超声波”“超英赶美”“共产主义是天堂，人民公社是桥梁”……总之，那一年，无论大人小孩儿，都过得很幸福。似乎没有人想到农村发生了什么事(当然，我那个年纪的孩子也根本不会去想)，大家都沉浸在幸福之中。大人们觉得好日子快来了，我觉得每天都很热闹，好玩儿。

二

情况很快就发生了变化。

1959 年，我十岁，对大多数事，记忆仍然是模糊的，但对于有关吃，或者更准确地说，对于有关饿的事，却终生不会忘记。

头一年，我吃得很饱，再往前说，我也没挨过饿，可到了这一年，也不知道是怎么回事，忽然我就天天觉得饿了。母亲后来告诉我说，那是那年刚下菠菜的时候。饿是一种什么感觉？肚子里空得慌，肚子里咕咕叫……没错，开始是这样；可到了后来就不完全是这样了。那时，我好像心里不再想别的，老是想吃东西，到了一种痴狂的地步。在教室里，老师在前面讲课，我坐在下面发呆，一心一意地想吃的东西。在那以前，我记忆中只进过一次饭店，几年前有人结婚，可我在宴席上只吃了点儿白糖拌米饭，我不饿——因此，我在课堂上想不出什么高级食品，只能想在家里吃过的东西：面条、馒头、饺子、炖肉、熬白菜、窝头、花卷、土豆、咸菜……想着想着，便常常会感到肚子里一个非常具体的地方开始疼痛，一种隐约而迟钝的疼痛，后来我知道这个地方叫胃。缓解疼痛的办法是认真听一会儿老师讲课。

那时的学生上学前一般不吃早点，而是从家里带一点儿吃的东西，集中热了以后在课间时吃。这或许是军事化生活的一种残余。我的弟妹多，家里粮食尤其不够吃，带早点就成了三天打鱼两天晒网的事。没带早点是一件非常痛苦的事。下课铃一响，值日生用大网兜拿来热气腾腾的早点，饭盒、小布口袋儿、手绢里盛着馒头、窝头、烙饼、白薯、贴饼子、包子、米饭……大家一哄而上，把自己的一份抢到手，开始热热闹闹地吃起来。同学之间在这种时候是友好的，大家不时地交换着吃，你吃他一口馒头，他吃你一口白薯，显得亲密无间。而我却没带早点，不但吃不到东西，也享受不到同学之间的那种友情。自己饿，又看着别人吃，特别是看着别人吃东西时的高兴劲儿，那感觉实在是无法描述的。于是，在同学们吃早点的时候，我便一个人躲到教室外面，一边忍着饥饿，咽着口水，一边看着房檐下黑色的檩条发愣。

在家里吃饭也不好受。那时，每一个中国人都有“定量”。现在跟二十岁以下的人说定量，是需要做一点解释的；而对在那个年代挨过饿的人，你只要说“定量”，他就会明白这是在说粮食定量，虽然那个时候什么东西都是凭定量供应。

家里每一个人都有自己的定量，由于时间久远，我对每个家庭成员的定量已经记不太清楚了，但大致不会相差太多——这话也只能在现在说，要是在当时，定量可不是闹着玩儿的事，为了一两斤粮食，夫妻可以反目，父子能够成仇——父亲的定量是三十二斤，母亲是二十八斤，我开始只有二十三斤，后来随着年龄增长而一步步增加，最后到了一个全北京最著名的定量：二十八斤半——人民政府是最讲理的——一般来说，定量是根据年龄和工作性质定的，搬运工就多，坐办公室的就少。讲理！我从小就爱吃面条，特别是母亲做的抻面。那时，我最盼着家里吃抻面，也最恨家里吃抻面。家里人口多，面条要一剂儿一剂儿地抻，一锅一锅地煮，先是祖父（他从东北叔叔家来北京暂住，带着粮票）和父亲吃，然后是弟弟妹妹们吃，最后才能轮到我和母亲吃。这是一种非常合乎道理、合乎礼数的吃饭秩序，长幼有序，尊老爱幼。可问题在于当别人吃的时候，我要站在一旁干看着！听着呼噜呼噜吃面条的声音，看着世界上最亲近的人在大口大口地吃面条，您想想，饥火正旺的我该是一种什么样的感觉？说出来不怕大家见笑，那时，我杀人的心都有！我站在一旁，不时地翻白眼看看正在吃面条的人，紧咬着牙关，在心里不停地说：“就许你们吃，不让我吃！就许你们吃，不让我吃！……”我才十一二岁，招谁惹谁啦？！

三

我不同意这种定性：把 1959 年、1960 年和 1961 年的饥荒说成“三年自然灾害”。如果这种说法成立，我们就会把一切灾难都推给自然界或者其他客观世界。刘少奇同志曾经给这三年一个说法：三分天灾，七分人祸。我个人表示，完全赞成和拥护少奇同志的这个说法。中国这么大，南边涝了，北边旱了，这都保不齐，每年都得有个两三分天灾；关键是人祸，这你得承认，否则，你就对不起那几年饿死的成千上万的人，对不起那几年挨着饿还在建设国家的人，也对不起我——一个十一岁时就饿得浮肿的人。现在我一听有人说“还是六十年代那个时候好”，就想问问他：你在那时候挨过饿吗？你知道挨饿是一种什么滋味吗？如果你没挨过饿，不知道挨饿是一种什么滋味，那么，你就没资格说这种话；如果你挨过饿，知道挨饿的滋味，那么，你的良知就是被狗吃了。

1958 年，同院的傅家生了一个女孩儿，叫小兰子。我不敢说我现在还记得小兰子长的什么模样，但我永远也忘不了她饿死时的样子。小兰子一生下来就营养不良，两岁了，面黄肌瘦，肚子胀得老大，不但站不起来，甚至连坐都坐不住。长大以后曾经读过两句诗，是谴责一个忘本农民的：“想当年你瘦得像只猴，三根筋挑着一个头。”我老觉得这是形容小兰子。那两三年，因为饿，因为营养不良，全国不知道有多少孩子到了两三岁还不会站，不能坐。我有个表妹，也是 1958 年出生，1962 年我第一次回老家见到她时，她还只能坐在炕上，用手撑着挪来挪去，硬是站不起来。表妹是幸运的，她活了下来，现在吃得很饱，走路腾腾的。可是，小兰子却死了——据说，她的拇指和食指之间有一条“黑筋”特别清晰，这表明她有“积”，学名叫“疳积”。按北京人的传统，傅婶带她去“捏脊”，以治疗脾胃不和。捏脊之后忌食豆类，可是，她的姐姐们看她实在饿得可怜，便买了点儿煮芸豆给她吃。于是，她就死了，两岁了，连坐都不会坐，就死在傅婶的怀里。我到现在还清楚地记着，死后的小兰子睁着一双浑浊的眼睛，无助地看着母亲。

1960年，我刚十一岁，就得了浮肿病。现在好像没有人得这种病了，那个年头，全国却有许多人都浮肿。应该说，这不是一种“病”，它纯粹是因为饥饿所致。真正饿到极致，人不但不瘦，反而显得“胖”，满面放着油光，像是吃得很饱的样子。北京人管这叫“膀”。我就膀了，脑门、手背、小腿，一摁一个坑儿，半天也不起来。我是一个很皮实的孩子，浮肿不但没使我消沉，反而使我兴高采烈。家里生活有困难，我是长子，一直为自己没有贡献而羞愧，这回我可以扬眉吐气了。我可以去看病，以自己的浮肿来换取一斤黄豆。决定去看病前，我突然对自己失去了信心，不停地用食指摁小腿，看是不是还有那些可以换黄豆的小坑儿。还好，小坑依旧，希望仍在。那天我向老师请了半天假，走了好几站路，来到东晓市医院。临进门之前，我突然又对自己的小腿失去了信心，万一走了这一路，那些小坑儿倏然消失了呢？我胆突突地弯下腰，撸起裤腿，在小腿的迎面骨上使劲地摁了几下——太好了！几个小坑儿赫然在目，好像几个灿烂的酒窝。我放心了。医生听我说是浮肿，连头都没抬，只用手指在我的小腿上摁了两下，便拿起笔在一张印好的证明上写了几个字，递给我，说：“买黄豆去吧。”以后，我每个月去看一次“病”，一共去了三次，换了三斤黄豆。那时，我真的为自己能给家里做点儿贡献而骄傲。

我也曾经为了偷吃了一点点黄豆而挨过一次打。

东北的叔叔得了肝炎，要补充营养，家里准备了几斤黄豆要给他寄去。那天，只有我和大妹妹在家，不知是怎么回事，可能还是饿的吧，我们俩抓了两把黄豆，用铁锅在炉子上炒了起来。炒黄豆很快就吃完了，原以为神不知鬼不觉，可没想到，母亲下班一回家，马上就闻出了炒黄豆味儿，把我和大妹妹堵在屋里暴打了一顿。人在极端饥饿的时候，嗅觉对食物也就极端敏感；否则，你就无法明白母亲为什么会一进门就闻出了炒黄豆的味儿。

四

民以食为天，是一句几乎每个中国人都知道的话，但真正明白它的意义恐怕并不那么容易。对于“天”，人是要有敬畏之心的。天坛由两部分组成：圜丘坛和祈谷坛。以皇穹宇和圜丘为主体用以祭天，以祈年殿为主体用以祈谷。以建筑规模而论，祈年殿远远大于高于皇穹宇和圜丘坛。可见封建统治者敬天的主要目的，或者说重要目的是为了祈谷，祈求老天爷风调雨顺，以保五谷丰登。距天坛一箭之遥的先农坛，是专门祭拜神农氏的场所，里面还有天子扶犁三推、三王五推、六部九卿九推的一亩三分地呢。自古以来，因天灾人祸造成饥馑，从而导致天下大乱，乃至更换朝代的事不可胜数。封建统治者敬天祈谷，希望老百姓能有口饭吃，恐怕并不完全是虚假的。

食就是“天”，人对于食要有敬畏之心。现在看到有些年轻人糟蹋粮食，我常想给他们讲讲那些年我们是怎样对待吃饭的。

我们家那时吃饭简直是一种仪式。不管吃什么(那时又有什么好吃的呢?),先是父亲一声令下,全家人马上在桌旁坐好,立即就鸦雀无声,所有目光都投向盛饭的母亲。两海碗熬白菜(油少,不能炒,只能熬)摆上桌子,每人一碗菜粥,一块窝头,开始吃饭。风卷残云一般,吃完了,大家都看着母亲。或许锅里还有一点儿,母亲又给每个人分分,没有了,一般是由我带头,开始舔碗,把碗里所有能吃的东西都舔干净。往往,在我们把所有的东西都吃完以后,却发现母亲竟什么都没吃!那时每月每人有二两糕点可吃,是凭票供应的。北京管糕点叫"点心"。到吃点心这一天,我们心里格外激动,对点心特别虔诚。分点心是由父亲负责的,数好数,除以家庭人口,平分,余下来的,再一块一块地掰开,再平分。然后开始吃。我是属于狼吞虎咽型,而妹妹们则是属于细嚼慢咽型。不过,大家总都会把自己的那一份吃完——二两点心能有多少呀!

那几年,吃饭是中国人民的头等大事。

五

还是天坛。以前,从西门进去,一条大路一直通到丹陛桥,路两边是花坛,种的是美人蕉。碧绿的叶子,鲜红的花,煞是好看。到了1960年,花坛的美人蕉给刨了,改种了小麦。我认识小麦,就是在这些花坛里。现在我猜想,那是天坛公园的领导想出的一项自救措施。一个很好的主意。

挨饿的年代,为了对付肚子,人们开始自救。度过了1959年饥饿的冬天,1960年春天,几乎就在一夜之间,东坛这一大片荒地上就长出了各种各样的庄稼。

我的父母胆小怕事，家里也没有可供开荒种地的劳动力，没能在这里实行自救。我和这件事的唯一关系是又挨了母亲的一顿打。到了夏天，玉米长成了。有一天，我钻进青纱帐，趁看青的人没注意，偷着掰了几穗玉米，用衣服包着跳坛墙拿回了家。不料母亲看到后不但没为我的举动高兴，反而狠狠地打了我一顿，然后逼着我把玉米给人家送回去，并且赔礼道歉。父亲下班之后还给我讲了一通不吃“嗟来之食”。

那么，我们家吃什么呢？记得最清楚的是玉米骨磨成的面。父亲从良乡弄回一口袋玉米骨面，家里像得了珍宝一样，掺到玉米面中蒸窝头。那滋味儿实在是难受，吃到嘴里像是在嚼锯末，结果是一家老小都解不出大便。但是，我们还是继续吃，这总比干挨饿强呀！有一个词非常流行，叫“瓜菜代”；“代”什么？粮食。可是哪来的瓜菜呀？我在那几年吃过各种各样的“代”——榆钱儿、榆树叶、柳树叶、杨树叶、桑葚儿、梧桐果、槐树花、各种野菜、白薯秧、烂菜帮子、少量的苍耳(有毒，一次不能多吃)、酸枣、蚂蚱、蜻蜓、知了、螳螂，还有许多不知名植物的根、茎、叶和其他小昆虫。

重点说说两种“代”。

1960 年，种地的人刚把庄稼收回家，东坛一下变成了果品公司堆放柿子、漤柿子的巨型仓库和加工场地。半个秋天和整整一个冬天，汽车满载着金黄的柿子，在坛墙和城墙之间的豁口出出进进，进进出出。我和我的那些十几岁的伙伴们当然不会放过这些柿子。我们守在城墙的马道上，见有汽车开来，就飞身扒到后车厢板上，抓两个柿子，返身到城墙上大吃。我们很少能吃到漤好的柿子，因为，豁口有看门人，我们不敢当着他们的面扒汽车，而汽车到了马道，一拐弯就上了永定门大街，开得太快，下不来车；因此，我们只能吃涩柿子。几个月下来，我们一个个练得身轻如燕，自称是“飞虎队”。到了1961年冬天，东坛里除堆放柿子以外，又增加了伊拉克蜜枣。每天天黑以后，我们几个相好的伙伴，翻坛墙，钻铁丝网，潜入露天的仓库，从大块的伊拉克蜜枣上掰下一小块儿，趴在地上吃起来。不过，我只能自己吃，从来也不敢往家里拿，我怕父母知道我偷东西吃挨打。

那几年的秋天，放学以后，我都要拿一把小铁锹到城外的庄稼地去，去挖人家刨过的白薯地，寻找小手指粗细的白薯须子。如果偶尔能挖出一块像样的白薯，我就会像挖到一根金条一样，心里能美上好几天。

在我的记忆中，那几年我似乎没有吃过“干”的东西，好像总是在喝粥，肚子撑得老大，可又总是觉得饿。当然，我肯定吃过“干”的东西，只是喝掺了各种各样东西的粥给我的印象太深了。

商店里也没有什么东西，除去凭票凭证的，就是“高级”的。那时北京有一首儿歌：“高级点心高级糖，高级老太太上茅房。”普通人家与“高级”无缘，好几块一斤，谁买得起呀！我偶尔有一点儿零钱，想买点儿零食解解馋，只有到南庆仁堂分店去买山楂丸。三分钱一丸，包着一层蜡纸，药丸呈黑红色，吃到嘴里酸甜酸甜的。我舍不得把药丸一下放到嘴里，而是一点儿一点儿掰着吃，细细地品尝那美妙的滋味。山楂丸的功效是助消化，吃了以后，我更加饿了起来。肚子里没食，助哪门子消化呀！

六

1962年,形势开始好转,北京有了自由市场。永定门一带的自由市场,就开在先农坛路口往南的路西便道上。从早到晚,那里人山人海,各种农副产品都出现了。我也上了中学,定量长了,油水也大了一点儿,虽说还不能放开肚皮吃饭,还是时不时地感到有些饿,但毕竟比前三年好了许多。

父 亲

父亲去世快三十年了。我对父亲的感情十分复杂，曾经多次想动笔写一写他，又都作罢了，细想，那是因为我觉得对不起他的缘故。我常常在梦中见到父亲临终前几个月的情景，那真是一场苦难！因多种疾病的折磨，他在死亡面前苦苦地挣扎着，以致我盼望着他早一些得到解脱。1981 年 12 月 9 日上午，我正在办公室看稿子，妹妹打来电话，说："你快回来吧，爸要不行了！"放下电话，骑车赶到家中，父亲已处于弥留之际了。我把他搂在怀里——我和父亲有许多年没有这样亲近了——他似乎感觉到我，睁开无神的双眼，怔怔地看着我。我一直没有说话，只是轻轻地搂着他，注视着他，直到他慢慢地闭上眼睛，两滴混浊的泪珠滚落在面颊。我一下感到一种无可言状的轻松，替自己，更是替父亲。

父亲终于解脱了，离开了这个对他十分不公平的世界。

我没有掉一滴眼泪……

那是一个非常冷的日子，父亲要火化了。几个态度还算好的殡葬工人拿着担架走进院子。我是长子，按规矩抱着父亲的头，和弟弟妹妹们把父亲抬起来，把他轻轻地放到担架上。弟弟妹妹们都哭了，而我仍然没有眼泪，好像一根没有感情的木头。两岁的女儿突然号啕大哭，用小手拽着担架，不让爷爷离开自己的家。她一定不知道对于爷爷来说，离开这个世界几乎是唯一的幸福。汽车顺着护城河向东驶去，弟弟妹妹们还在抽泣，我看着车外闪过的楼房和光秃秃的树，心里一时不明白我们现在要到哪里去。

汽车向北面一拐，我突然意识到，我们是送父亲去火化场，再过一两个小时，父亲将永远地离开家人，离开我，离开这个世界，我将再也见不到他了。一霎时，我的眼泪奔涌而出——如果没有父亲，那么我就不会来到人间，可他现在却要到一个我永远也见不到的地方去了！

父亲的童年是悲惨凄苦的。五岁就没有了母亲，九岁辍学，到辽阳纺织厂当童工，十四岁离家，到哈尔滨谋生。他先是在南岗的一家洋服店里当学徒，看孩子扫地倒尿盆，没有杂事的时候，老板就让他锁扣眼。我小时见过父亲锁扣眼，据母亲说，那活儿“真是好极了！女人都比不了”。——有一天，洋服店里丢了钱，老板非说是父亲偷的。父亲没偷，当然不承认，便挨了一顿毒打。后来，偷钱的人暴露了，是一位师兄干的，老板似乎有一丝歉意，可是倔犟的父亲却一跺脚走了。经我的大伯父介绍，父亲到道里的法院当了一名杂役。法院在地段街，我后来到哈尔滨去看过，那里还是一家法院。父亲在“文革”时曾对我说：“就是在法院当杂役的时候，我产生了资产阶级思想——有汽车来，我过去给人家开门，为什么我就不能坐汽车呢?!”于是，父亲给爷爷写信，要求回家继续上学。爷爷把父亲接回了家乡，父亲又开始了断断续续的求学。他对我说，那时候真是苦呀,到学校是不允许光脚的,可父亲只有一双鞋。他每天光着脚走出家门,到学校门口再穿上鞋,走进教室。我到现在也还是不太清楚父亲是怎样到了长白山里的临江县,可能是因为我的太爷爷在那里一个叫红土崖的地方教私塾的关系吧。记得小时候父亲讲,太爷爷是在大年初三死的,死时家里很穷。要过年了,没钱买年画,只好自己在红纸上写了一首诗贴在墙上,到如今我只记得头两句:奔波到此少奔波,暂不奔波奈若何。父亲后来当过几个月的东北军。“文革”中,他在交代材料里写过这样一件事:在行军过河的时候,他嫌前面的人走得太慢,便抬腿踢了人家屁股一脚。他说这是资产阶级思想在作怪。天知道这叫什么资产阶级思想!

汽车在冷清的大街上行驶,我的泪水仍在不停地滴落。全家人都默默无语。殡仪馆的工人师傅也不说一句话。

父亲自从解放之后一直被历史问题纠缠着,先是在 1958 年审干时被定为“一般性历史问题”,后来在“文革”中又被升级为“历史反革命”,然后又被降为“敌我矛盾”,“按人民内部矛盾处理”,再然后又降一格,成为“严重历史问题”,最后又被恢复成“一般性历史问题”。可想而知,我们兄弟姐妹都被他的历史问题株连了,他也一直在交代、申诉和检查中忍受着屈辱和痛苦。

“文革”期间有“血统论”和“出身论”之争。我当然是同意“出身论”的,想以现实表现来争取成为革命队伍中的一分子。但是,一切努力都是枉然,每到关键时刻,父亲的历史问题就成了一件天大的事情。说起来可笑,1968 年夏天,北大荒的农场改为黑龙江生产建设兵团,所有在册的人将被分为两类:兵团战士和兵团职工。大家都想成为兵团战士,地处“反修”前哨,肩负着保卫祖国边疆的重任,“战士”是多么光荣的名称啊！但是，在那个年代，想要以身殉国都不是像我这样的人可以办到的，我终于因为父亲的历史问题没有成为兵团战士，与其他同类一起只成了兵团职工。那时，我不知多少次在心里埋怨过父亲：如果不是因为你，我该是多么光荣啊！后来，大约过了一年，成立“兵团战士委员会”，我稀里糊涂地被大家选为副主任；再以后，“战士”和“职工”就同流合源，没有人再去计较那种名分了。

我曾经和父亲讨论过他的“历史”问题。除在信中讨论之外，我们还利用我探亲的时候面谈过。我清楚地记得，面对着我，父亲脸上的那种无奈和抱歉。他说，就是那样的时代，那样的社会呀，家里得生活，得过日子，我就得有一份工作，而且要争取生活得好一点儿。我说，那个时代，那个社会，不是也有人投身革命吗？父亲说，我要养活一大家人，这些人里，你的叔叔和舅舅就参加了革命，都是在国共拉锯时参加的。我问，那么你呢？父亲说，国共拉锯，我也不知道谁能胜，就干脆待在家里，给谁都不干了。他说，你想想，我要是走错一步，一家人怎么生活？咱是老百姓，只能守着老百姓的本分，犯病的不吃，犯法的不做，当个顺民。父亲用混浊的目光看着我，说，以前的事都是历史了，想改也改不了啦。你要是觉得不行，可以跟我划清界限，或者干脆脱离父子关系。我虽然狂热，但还没有达到疯狂的地步，既没有脱离父子关系，也没有在心里划清界限，就那么一直糊弄着，糊弄着“组织”，也糊弄着自己。

面对父亲的这种态度，我无话可说。

为了父亲的“历史问题”，我专门到沈阳拜访过一位老同志。他是我的家乡光复以后共产党的第一任县长。他说：“你爸爸的情况我是了解的，没有什么大问题，是我们接管政权之后第一批留用人员。

你想，如果有重大问题，我们能用他吗？据我所知，旧政权曾两次任命他职务，一次是教育科长，一次是秘书主任，他一看见任命布告，就马上回家不上班了。上面一看没有办法，把布告拿了下来，他才又去上班。”母亲也跟我说过两件事：一件是父亲打过一个日本人。那时庶务股管“劳工”，也就是现在所说的民工，修一座水库时，一个日本职员打了民工，父亲一气之下，把那个日本人打了一顿。我问：“那时打日本人行吗？”母亲说：“日本人就看谁职务高，你爸爸是股长，日本人是职员，打了就打了，谁也没把你爸爸怎么着。”另一件是日本投降时的事。伪满皇帝溥仪就是在我们家乡宣布“退位”的，所以父亲他们也就先得到了消息。那天，父亲高兴得发狂，回到家中把所有的钱都拿了出来，包了三个饭馆请客，谁愿意去吃都可以。我想，那时我们家乡的那个小县城也就有三个饭馆吧。

送父亲远行，即将与他永别，难道我就这样离开他吗？小时候的情景不断地在我眼前闪现。细想起来，我对父亲好像没有太多的印象。从我记事起，他就是个不苟言笑的人，以知识分子自居，在东坛根这条胡同里，甚至很少和街坊说话，似乎跟我也没有说过什么话。只有他年轻时的好朋友——宋大爷来时，他才会滔滔不绝地说起话来。那时，我就会坐在一边，认真地听他们谈话，虽然几乎听不懂。但是父亲有一颗善良的心，他把它包裹得很紧，只有在特殊的情况下才让人看到。同院傅家特别穷，男人不争气，卖血为生，只顾自己吃喝，不顾全家人死活。每到过年，除夕之夜，父亲都要对母亲说：“去，给傅家送点儿肉、白菜、白面去。谁家也得过年啊！”

1954 年的时候，父亲很认真地学过好长时间针灸，老师叫单玉堂。可是，他一生只给人扎过一次针。一天夜里，同院的李婶敲我们家的房门，说李叔肚子疼得要死，求父亲过去给扎扎针。父亲犹豫着不去，母亲却为街坊着急，催促父亲赶紧过去给李叔扎针。最后，父亲终于去了，给病人扎了针，很快，李叔的肚子就不疼了。可是，父亲却吓得脸色煞白，浑身发抖。从那以后，他终生没给任何人再扎过一针。

父亲动过三次大手术。两次是因为三叉神经痛开颅，一次是切除前列腺。第二次开颅手术时碰了小脑，自那以后，父亲走路时掌握不了方向，总是一路斜下去。现在我想起他那时拄着拐棍走路的样子，还不禁心头发颤。就是在那个时候，父亲说了一句让我终生不忘的话。当时正在“批林批孔”，我从北大荒回京探亲。一天说起运动的事，父亲说：“林彪是怎么回事我不知道，可是孔子你不能批，他是我的老师！”那时，我像全国的许多青年一样，搞运动搞得发疯，虽然我听了父亲的话，没有积极参加“批孔”，但是，我一直也不明白父亲那些话的真正含意。一直到了“文革”之后，我渐渐读了一些书，有了一些生活阅历，我才知道孔子在中国、在中国人心中的地位。

父亲的晚年是悲惨的，临终前的几个月，他受尽了一个病人所能够受的痛苦。父亲的肉体和心灵同时受着煎熬，他已经完全不能忍受，每天躺在床上不停在搓手，把两只手掌全都搓破了，鲜血淋漓！我们不忍看他这样，就用手绢把父亲双手绑在床头，但我们不能堵住他的嘴，嘶哑痛苦的呻吟震动着我们的耳膜，也震动着我们的心。那真是一个悲惨世界！有人说，一个人如果年轻时爱干净，到临终时一定会很“脏”。那时父亲就很“脏”，长期卧床，身上生了褥疮，家里总是弥漫着一股难闻的味道。我们不时给父亲“松绑”，把我们的手伸过去，让他攥着，让他搓……父亲用呆滞的目光看着我们，我不知道他的心里在想什么。

父亲去世以后，多年来，我最后悔的一件事就是，在他晚年还能活动的时候，没有带他去澡堂子洗澡。小的时候，每星期父亲都要带着我和弟弟去洗澡呀！

父亲火化了，骨灰埋在他年轻时生活过的长白山上，周围一片松树，面前是起伏的群山。去扫墓时，我对女儿说，今后我死了也要埋在这里，与我的祖父和父亲做伴。

母　亲

上世纪末的最后半个多月，母亲病危，据她说，她见到了去世多年的祖父和父亲。我们已经在暗地里给她准备后事了。后来奇迹出现，母亲的病有所好转，大家松了一口气。世纪之交的子夜时分，母亲一直不睡觉，一过零点，她笑着对保姆说："我活过来了！我活过来了！"

小时候，父亲对我说，你妈是"胡人"。我一直不明白母亲为什么是"胡人"。后来舅舅告诉我说，他和我母亲的祖辈是鲜卑人，属于东胡的一支，现在是锡伯族。我查了一下《中国姓氏辞典》，母亲娘家姓"呼延"，的确是古代鲜卑人的四大姓之一。他们祖上曾经出过一些显赫人物，都是武将，例如呼延赞、呼延庆等，也就是呼家将。母亲的祖父——我的太姥爷，在晚清的时候，替人打抱不平，把凤城县县太爷的儿子杀了。为避祸，他只身跑进长白山，以后凭着一身好武艺——真是呼家将，他惯使一根单鞭——先当"胡子"，后来被招安，当了长白府的总团练。后来，太姥爷觉得官场腐败，黑道险恶，便弃官归隐，并嘱咐后人，不许说自己是胡人，改复姓"呼延"为单姓"呼"。如此说，母亲是将门之后。

但是，母亲在1970年由于脑血栓半身不遂，前几年又在多次发病后全身瘫痪，任何人也看不出她是将门之后。然而，我却觉得母亲有一身将门之风。

母亲出生时，家道早已中落。很小的时候便跟着父兄在鸭绿江里淘金。为了糊口，还要经常挖野菜。我问母亲到哪去挖，她说，出国呗，高丽沿儿，朝鲜。我开玩笑说，您那是侵略。母亲一撇嘴，说，小日本子才是侵略呢，咱不过是去弄点儿没人要的野菜，算个啥啦。母亲没上过学，可后来能看报，主要是电视节目报。我总觉得奇怪，这学问是从哪里来的？母亲说是蒙的。我几次去家乡，看悠悠流淌的鸭绿江，巍巍耸立的长白山，便想，一方水土养一方人，这绝对有道理。前些年黄宗英在一篇文章里说，新疆搞过一个研究，证明锡伯族人智商很高。我个人觉得，这是一个很好的科研成果。

母亲的家乡非常小，却出过非常有名的历史事件。伪满洲国的"康德皇帝"溥仪，就是在那里宣布"退位诏书"的。隔着清清的鸭绿江，对岸就是朝鲜多山的国土。母亲常常在江边洗衣服，岸边的木桩上拴着一根绳子，绳子的另一头拴着我。我在江水里玩儿着天上的白云和山的倒影，耳畔传来母亲轻轻的歌声。后来，朝鲜战争爆发了，美国人的飞机一拐弯就到了我们县城，枪炮声就在身边。一次，我和三个表姐在街上走，就差点儿让美国飞机给炸死。母亲背着我翻山越岭，躲到姥姥家。但那里也紧靠鸭绿江，人们也一样受着战争的威胁。为了远离战争，父母带着我到了北京。后来，我的弟妹多了起来，母亲的欢乐和烦恼也跟着多了起来。原本母亲是有工作的，但为了照顾都不大的儿女，只好辞去了工作。虽说辞了职，却并非辞去干活儿，她更加累了。除去操持家务，照顾子女，还要把以前在单位干的“活儿”拿到家里来干。母亲的工作是用缝纫机绣花，能绣出很多美丽的图案。但是，那时的母亲一定没有审美的兴致，生活日益拮据，她每天干到深夜，在灯下熬自己的心血，哪里还有一丁点儿乐趣！在“史无前例”的年代，母亲因为是某种人的“家属”，又多了一层必须忍受的屈辱。四个子女上山下乡，把她的心扯成了几瓣。还要搞“备战”——北京的城墙拆了，用城砖来砌防空洞，以抵挡“苏修”的原子弹——终于，母亲因为高血压，劳累过度，中风半身不遂了。

但母亲并没有躺倒。为了生活，为了家庭，她以常人所没有的毅力同命运进行搏斗。剧烈的疼痛，无边的痛苦，一身又一身的汗水，她站立起来，一点一点地练习走路，一点一点地活动上肢，一点一点地张嘴说话，终于有那么一天，她又回到缝纫机旁，用还能活动的左脚踩着踏板，用功能还健全的左手，开始绣起花来。当她完成自己的作品时，她幸福地笑了——那是家里急需的钱啊！半身不遂的母亲，用她的生命和对生活的忠诚，绣出了一幅壮丽的人生画卷。

儿女长大成人，母亲的生活开始了变化。为了照顾她的起居，有几年母亲跟我住在一起。但老人闲不住，不顾腿脚不便，买菜做饭，为我的女儿操心。为此，我常常对她发火：把我们伺候大了，现在又伺候孙女！母亲却我行我素，说：“闲着更难受。”也是，住楼房，关起门来，自己家就像大海中的孤岛，老人难免觉得孤独。后来，我发现每逢周四上午，母亲都不在家。女儿告诉我说，奶奶信基督，到四楼听传教去了。我觉得有意思，就问母亲：“您真信教啦？”母亲有点儿不好意思，说：“闲着没事，听人家讲讲，解个闷儿。还有大学老师听呢。”以后，母亲还买了一本《新旧约全书》和一本《赞美诗》，跟真事儿似的。但是，宗教不是解闷儿的偏方，更何况母亲从来不信鬼神呢。

孤独仍然伴着母亲,家里没人时,她便以电视为伴儿,从早看到晚。

电视也不能完全解决孤独,人总要和人来往才行。母亲和同楼的老太太们一起打起了麻将。起初每周打两三次,后来就不可遏止,每周要打四五次。每次打完麻将,回到家里母亲总是神采飞扬。我为此感到高兴。但是,报纸上说,有人为打麻将而死在麻将桌上;我便给母亲念报纸,念完,我问:“你们几个老太太打麻将,带点儿什么吗?”母亲说:“不多,一毛两毛的。”我说:“噢,你们还挂赌啊,那您还不得使劲儿着急?”母亲一脸不屑:“着急?我才不着急哪,胜败是兵家常事。”我后来听说,母亲牌打得好,牌品也好。虽然因为半身不遂只能用一只手打牌,却总胜多负少;而且,胜不骄,败不馁,从不为一时的得失而失了身份。

真是大将风度!

母亲的年纪大了,常常说起生死问题。那是前些年的一个冬天的上午,我陪着母亲聊天儿。太阳很柔和,照着窗台和书架上的几盆花。这几盆花都是母亲养的,长得十分好。我忘记当时说了些什么,母亲很高兴。沉默了一会儿,母亲忽然说:“今后我要是死了,就把我的眼膜捐给医院,千万别忘了。”她把角膜说成了“眼膜”。我不愿说这些,便抢白母亲:“您尽瞎说!”母亲一本正经地说:“我也没说现在,是说以后我死了。唉,我这一辈子也没做过什么贡献,这就算是一点儿贡献吧。”当时,我差点儿掉下泪来。母亲绝非伟人,她只是一个普通的家庭妇女,然而,在任何伟大的人物面前,她都可以当之无愧地称得起“伟大”二字!

后来,母亲又回到东坛根的老房子来住,她愿意和几十年的老街坊们在一起。

1999年年底，母亲突然病重，我们日夜守护在她的身边。夜里，我躺在她身边的沙发上，听着她沉重的呼吸，久久不能入睡。一年半了，母亲连自己翻个身都做不到，可是，她还是那么坚强地同病魔做着不屈的斗争。只要天气允许，她总是让保姆把她抱到轮椅上，推她到胡同里，到街上转一转，跟那些相处了几十年的老街坊们见见面儿，聊聊天儿。那时我去看母亲，常常能在胡同里看到这样一个场景：几辆轮椅随便摆在荫凉处，每辆轮椅上坐着一个老太太，她们不说话（也许是因为口齿不清），只是那么安静地坐着，每一张脸上都布满了沧桑，充满了慈悲。看到她们，我心里总觉得不是滋味。她们的一生是极其平凡，极其普通的，没有惊天动地的伟业，甚至觉不出她们年轻时可曾有过一丝一毫的浪漫；她们就是那么坚忍地固守着家庭，固守着现实，固守着本分。天道不公，为什么不能让她们健康地安度晚年，让她得到最后的幸福呢？但是，就在我为她们悲哀时，她们却忽然笑了——也许是因为面前跑过去一个小孩儿，也许是因为一阵清风吹过，也许是因为胡同那边又出现一个老街坊……她们的笑容竟是那样灿烂。想到这些，我的心在黑夜里为母亲默默地祈祷。

到2000年春天时，母亲又一次远离了死神。只要天气允许，她又开始坐着轮椅出门了。只是，她要走得比以前远了，那几个瘫痪的老街坊已经不在人世了；据说，她在原来东坛盖的楼群里交上了新的朋友，也是全身瘫痪的老太太。她们要时常凑到一起，共同体味她们自己才懂得的那一点点幸福。

2001年春天，母亲终于走完了她的人生旅途。叔叔带着我们全家十口人把母亲的骨灰送回了家乡的长白山，与父亲的骨灰合葬在一起。我今后要常常到那里去看望我的父亲母亲。

我的老师

我 1956 年上小学。上学前要经考试，问了一些家里有几口人，姓什么，叫什么，会不会写字之类的问题。几天后，到学校门外的墙上看榜，我认识自己的名字，一看榜上有名，我知道自己是小学生了。

永定门小学以前我就进去过。扫除文盲运动兴起，街道和学校共同给家庭妇女办识字班，许多街坊的大妈大婶都在晚上到这里来学习，我们这帮孩子就站在教室外看热闹。那时，我一直以为他们是在办“狮子班”，心里存着疑惑，学校跟狮子有什么关系呀？

我被分配到一四班，在进学校右首南房的第一间教室。头一天上课，进来一个女老师，往讲台前一站，说：“我姓韩，叫韩淑庄，是你们的班主任。”第一节课是讲怎样做一个小学生，第二节课是教注音字母：ㄅ、ㄆ、ㄇ、ㄈ、ㄉ、ㄊ、ㄋ、ㄌ……转过年，注音字母被废止，开始使用汉语拼音了。第三节课是教阿拉伯数字：1、2、3、4、5、6……后面的课，韩老师还教我们唱了一首歌：“大黄牛啊肥又大，土改以后到我家，干起活来呱呱叫。”这是我会唱的第一支谱曲的歌。以前我只会说：“小汽车嘀嘀嘀，里面坐着毛主席；毛主席挂红旗，气得美帝干着急！”还有：“一二三四五，上山打老虎；老虎不吃人，专吃杜鲁门。”

就这样，我开始了我的学生生活。

后来，我们知道韩老师的父亲是南庆仁堂中药店的老板，家里有钱，她却上了师范学校，愿意当一名小学教师。当时，她刚参加工作，我们是她教的第一批学生。到二年级时，我们换了班主任，韩老师又教新的一年级。几年以后，她和一个叫李靖的男老师结婚，调到另一个学校去了。从那以后，我再也没有见过韩老师。

前几年，我和两个小学同学一起聊天儿，说起韩老师，我们都很想念她。她是我们的启蒙老师，是她教会了我们最基本的学习方法和最初的知识，我至今还会唱“大黄牛啊肥又大”。我提议说，韩老师也该六十多了，咱们看看她去。那两个同学都表示同意。于是，我们马上打电话，寻找线索，找了一个又一个，功夫不负苦心人，终于打听到韩老师家的地址。我们买了礼物，骑车上路，一直在议论见到韩老师可能会是什么情景。四十年没见了，她还认识我们吗？韩老师现在是什么样子？当初她多么年轻啊……其实，在这以前我也动过要寻找看望韩老师的念头，但又都觉得找起来不容易，今后还有机会而放下了。今天终于能看到我的第一个老师了，我的心里兴奋不已。

终于，按照别人给提供的地址，我们来到花市东兴隆街的一条胡同里，找到了那个院子。我上前敲门，片刻，门开了，一位六十多岁的老年妇女站在门里，她看着我们，有些诧异，问：“你们找谁？”

这就是韩老师吗？怎么一点儿年轻时的影子也没有呢？

我说：“我们找韩老师。”

“韩老师？你们找哪个韩老师？”

“韩淑庄韩老师。”

“噢，”她闪开身，“请进吧。”

我们随着她走进小院，一直到此时，我也不能确定她是不是韩老师。

进了屋，一位男性老年人站在面前。我打量一下，他也不像李靖老师啊！我们对他说，我们是韩老师四十多年前的第一批学生，来看望老师来了。他点点头，低声说："我是韩淑庄的叔伯哥哥。你们来晚了，一个多月前，淑庄去世了。"

当时我们三个人就傻眼了，才六十多岁，韩老师怎么就去世了呢？

两位老人告诉我们，前几年退休之后，韩老师的心情一直不好，后来得了老年痴呆症，出门经常找不回家。前几个月病重，住院也没有治好，一个多月前去世了。言语之间，我们听出韩老师这几十年的生活并不如意，"文革"期间也受到过冲击。我提出想看看韩老师晚年的照片，两位老人说他们这里没有，而住在隔壁那个院的李靖又不在家。

坐了一会儿，我们告辞出来。我的心里很不好受，不单单是为了韩老师的去世，也为自己没能早来看望韩老师。如果以前几次下决心寻找，就不会有今天的懊悔了。

那天，通过两位老人，我知道韩老师教我们的时候刚刚 18 岁。

二年级的班主任姓胡，也是女老师。我升入三年级后，她随丈夫到部队去了。三年级的班主任还是女老师，姓杨。四年级到六年级，班主任是一个男老师，姓冯，叫冯杰民。

冯老师那时不到四十岁，个子不高，秃顶，头发向后背着，脑门亮亮的，他总是穿一身中山装，有时灰色，有时蓝色，上衣有四个吊兜，左胸前的兜里永远插着一支钢笔。我们班从三年级开始就成了"闹班"，好像调皮捣蛋的学生都集中到这一个班里来了。我是其中的调皮大王。冯老师是学校最厉害的老师。也算是风云际会，冯老师到我们班来当班主任了。

冯老师的确厉害，第一天给我们上课，就把好几个学生给轰出了教室，其中也包括我。第二天，我们三个还在闹的学生又被罚到讲台前站着。没有几天，班里的纪律就好了起来。到期中考试时，全班的学习成绩直线上升，成了年级第一。而我却没有多少改变，该调皮还调皮，该不听讲还不听讲，而我的学习成绩却还可以，虽不是前几名，可总是在上游。这也许是我一直没有改变的心理原因。

到上学期结束的时候，全班同学都入少先队了，只有我一个人还没有戴上红领巾。于是，冯老师开始对我进行单个教练，几乎每时每刻都盯着我，要求我的一切行动都要符合他的规矩。两个月下来，我可以自觉遵守纪律了，冯老师让少先队中队会讨论批准我入队。入队那天，全校师生为我一个人举行了一次盛大的入队仪式。当我戴上红领巾的时候，校长和冯老师都给我送了礼物，一个日记本和一支转芯的铅笔。

我们班在冯老师的带领下，五年级和六年级都是全区的优秀班集体。我还被评为全市的优秀少先队员。

上中学以后，我和几个小学同学到冯老师家里去过一次。他家住在磁器口榄杆市的一条胡同里。那天，冯老师一直非常和蔼，非常亲切。我们小学的班长小声告诉我，其实，冯老师一直特别喜欢你，背后老说你的好话。

“文革”中，因为冯老师解放前参加过三青团，挨了批斗。回家以后，他用剪子扎破喉咙自杀了。

现在，我时常想起冯老师，如果活着，他该是八十多岁的老人了。

同　学

小时候的同学，其实就是伙伴儿，大多数还是街坊，是起首的“发小儿”。像所有的孩子一样，小时候男女的界限特别分明，因此，我的伙伴儿几乎都是男的。

陈宗直小名叫大头，因为他的头确实很大。他家住在三条的一个小院儿里，开始是独门独户，后来又搬进一家姓薛的街坊，我们管男主人叫薛舅。宗直的父亲很胖，常年剃光头，性格豪爽，说话不会小声，笑起来更是声震屋瓦。解放前，他好像在法院里有一份差事，解放后当了搬运工。宗直的母亲是家庭妇女，面部有抽搐的毛病，无论对谁都和和气气。宗直上面有两个哥哥，三个姐姐，但我只见过大姐和三姐，二姐可能是早夭了，下面还有一个妹妹。

因为我们住得近，我常常分在设在他家的学习小组里。他家的堂屋有一堂上好的硬木家具，一张八仙桌，两把太师椅，一张大条案，深紫色，发黑，锃光瓦亮，非常有分量，现在想起来可能是紫檀的。条案上方的墙上供一幅关公画像，关老爷端坐中间，一手捋着五绺长髯，一手拿着一本《春秋》，两边站着关平和周仓。宗直的姥爷信仰关公，不让别人乱动画像。我们做完作业，就开始在他家里玩儿。他家的门道有一间屋那么大，适合弹球。有时，我们也在他家里屋的炕上“欻拐”玩儿，这时女孩子们也会参加。三姐惠萍比我们大几岁，欻起拐来心灵手巧，眼疾手快，很少出现失误，她只要一参加，我们只有在一旁干看着的份儿了。

我和宗直性情不同，他非常老实，却能和我说到一块儿，玩儿到一起，这真是一件奇怪的事。我那时说话结巴，他跟我在一起时间长了，便也结巴起来。小学五年级或六年级时，有一次在课堂上，老师叫他站起来回答问题，他干张嘴说不出话，心里着急，一使劲，竟站到了椅子撑儿上了！这和我的一段经历有些相似。五年级时，我在少先队当小队长，那天中队活动，各小队长要向中队长报告人数。报告词是固定的：报告中队长，某小队共有少先队员××名，实到××名，报告完毕。轮到我报告了，我走到中队长面前，向他敬礼，心里想着报告词，却怎么也说不出话，便向他一个劲儿挤眉弄眼。中队长着急了，冲我努嘴，我干脆一转身走回了队伍里，惹得师生们哄堂大笑。

中学时，宗直和我也是同学，不过不在一个班。后来，我到了北大荒，他也参加工作，在北京乐器厂当工人。我每次回京探亲，都要到他家去，一聊就是半夜。再后来，见面机会少了，逐渐失去了联系。

陈秉智的小名叫“五影儿”，他在家里排行老五，可为什么叫“五影儿”呢？我一直不明白。他弟弟叫“六影儿”，而叔伯哥哥们却不叫“大影儿”“二影儿”或者“三影儿”。秉智的父亲是开小旅店的，家里的院子很大，这一块，那一块种着些菜。他家东山墙边有一间小屋，里面放着给他奶奶准备的寿材。每年，那棺材都要上一道漆。我们偷偷进过那间小屋，掀开棺材盖，闭着眼躺到棺材里面尝过新鲜。

我和秉智有过一段奇妙的合作,可能也是五年级的事。学校要搞文艺汇演,不知怎么回事,冯老师让我和秉智说相声,而且还让我们自己创作。上面交代过,我说话结巴,可我却接受了这个任务。用了好几天时间,以我为主,我们俩一起编了一段相声,叫《迟到》,用来讽刺总爱迟到的同学。写好之后,我们就在他家里练了起来,我逗哏,他捧哏,弄得跟真事一样。临演出前,冯老师说,你们先在班里说一回,要是不能把我和同学们逗乐,就别到学校演出了。我和秉智就走到讲台前,一捧一逗地说了起来。效果还不错,老师和同学们都乐了。后来,学校汇演,我们俩又登上了民主剧场的大舞台,也把台下的人都逗笑了。这个相声应该是我创作的第一个作品。五一劳动节,天坛里举行游园活动,学校又让我们俩到那里去表演,说的是传统段子《绕口令》。还是我逗他捧,我"倒口"说山东话。秉智为了加强效果,特地穿了件蓝大褂。可是,游园会上乱哄哄的,别人根本听不清这两个小孩儿在说什么,没有效果,弄得我们俩心里都挺别扭。

说来奇怪,我说相声时竟一点儿也不结巴了!

刘二林家里比较富裕,他爷爷叫刘达仁,开着一家诊所。他父亲也是医生。他比我大两岁,很小就有些驼背。小学三年级时,过六一儿童节,我和他还有另一个同学一起结伴儿上颐和园玩儿了一天。那时过六一,小学生坐汽车免票。我们在永定门坐 17 路汽车到前门,再换 22 路汽车到西直门,然后又坐 32 路汽车才到了颐和园。公园里到处是孩子,我们先到万寿山上跑了一圈,在佛香阁坐着吹够凉风,下山,顺着长廊来到知春亭。这时已经过了中午,我们感觉饿了,一掏兜儿,每人都只有三毛钱,便一人花两毛买两个面包,花一毛买一瓶酸梅汤,胡乱吃下肚去。虽然没玩儿够,但怕回家晚了挨说,就挤上汽车回城了。

二林也上山下乡了,去的是云南。十几年后再见面,是我们俩都回到北京以后。见面时是在他家里,他精神萎靡,对今后的生活充满了失望。那天,他教会我用从云南带回的竹制烟筒抽烟,我们俩就你一筒我一筒地抽开了,相互很少说话。后来,他在刘达仁诊所(也就是他家)开了一个叫"永霖"的饭馆。我没到那家饭馆去过,怕吃饭他不收钱。后来,他从永定门一带消失了,据说移民去了澳大利亚。

李吉林大概从小学二年级就是我的班长,还在少先队里当过中队长、大队长。我是他的帮助对象,后来成了好朋友。他家住在天坛西门南边的一个煤厂的院里,晚上去他家不能穿白球鞋,一不小心就把鞋给弄黑了。他的家庭成分是资本家,因为他父亲有一辆卡车,自己开着给别人拉东西。他家是山东人,父母都说一口山东话。两位老人非常和善,不笑不说话。吉林从小身体不好,四年级时脚出了毛病,要到友谊做蜡疗,我陪着他去过好几次。那年期末考试,他因为治病耽误了功课,心里没底。我说不要紧,到考的时候我让你看我的卷子。考试时,我们还真的那样做了,这件事后来对谁都没有再提起过。

吉林在政治上十分要求进步,初中的时候就入了团,还是学校的学生会主席。他后来又得了心脏病,动了手术,因此留了一级。他"文革"中参加工作,在摩托车修理厂,作为工宣队员进驻过小学。我上山下乡期间,他时常到我家中看望我的父母,是一个重情义的好人。我回北京之后,头两年,我们经常见面;后来都成家了,见面机会就少了。他的所在的工厂不景气,收入一直不行,但他还很乐观。吉林跟许多中小学同学都保持着联系,跟我见面时,他能告诉我许多同学的现状。

2005 年初,他给我打了个电话,说爱人得了重病,自己投资股市赔了不少钱。不过,也告诉我一个好消息,他的儿子结婚了。我真希望他能尽快摆脱困境。

曲洪章的小名叫金串子。他家也是山东人,在永定门大街的南庆仁堂和银行之间开着一家小成衣铺。他父亲是个好裁缝,脖子上总是挂着一根长皮尺,说话嗓门儿亮,爱瞪眼。上小学时,曲洪章几乎从来也不好好听讲,老是在课桌下面干自己的事。他特别爱弹球、拍洋画和扇三角,而且技术好,总是赢。有一回在课堂上,冯老师把他叫到前面,让他把兜里的东西掏出来。他从这个上衣兜里掏出来,是一叠洋画;从那个上衣兜里掏出来,是一把用烟盒叠的三角;再从两个裤兜里掏出来,是好几十个玻璃球!他的手总是黑的,冬天起皴,还裂着许多小口子。他小时爱流鼻涕,从来也不用手绢(手绢是那时小学生必须要带的,课前班长要检查),总是在袖口上一抹,弄得两个袖口永远是油亮油亮的。当然,我也一样,许多男孩子都是这样,用袖口擦鼻涕方便。他精力十足,动作灵活,我淘气的时候,身边一般都有他。

有一天晚上,我们俩竟商量要放一把火!我从家里拿出许多报纸,他也拿出不少废纸,偷偷进了没有路灯的三条,来到薄老师家的门口。薄老师是永定门小学的创办人之一,个子极矮,戴着一副深度近视眼镜,夏天爱穿旗袍。她威望高,也厉害,学生们对她又尊敬又怕。不知道为什么,我和曲洪章竟把放火的地点选择在薄老师的家门口了!月黑杀人夜,风高放火天。我们把纸放到台阶上,掏出火柴,划着火,从两边把纸点着。火苗越来越大,把胡同照得明晃晃的,我们这个高兴啊！突然，门轴一响，门开了，薄老师站在门里，厉声叫道："这是谁呀？在这儿玩儿火！"我们俩吓得魂飞天外，扭头就跑。以后好长时间，我不敢进三条，也一直躲着薄老师，怕被认出来，当成纵火犯。

后来，陈宗直悄悄跟我说，火其实不大，被薄老师几脚就给踩灭了。宗直家和这个院儿就隔着不到两米，他一定看到我们放火的全过程了，不过没对任何人揭发我们罢了。可是，我至今想不起来，我们为什么非要在那里放一把火呢？

上中学以后，曲洪章性情大变，不再淘气，成了一个规规矩矩的好学生。

还有许多同学和伙伴儿，我时常想起他们，想起我们一起度过的童年少年时光。但是，四五十年过去了，能够联系上的人已经很少。我真想组织这些朋友们哪天一起到永定门来，大家一起回忆我们在永定门的生活。凭借着还在原址的大庙，在崭新陌生的环境里，找一找我们的学校，我们的教室，找一找我们当年的足迹当年的身影……

骨伤圣手大苏

上初中的时候,有一段时间我迷上了中国式摔跤。究其原因,大概有两条:一是永定门离天桥近,那里有个宝三跤场;二是有好几个街坊家是赶马车的,而这些人业余时间经常以摔跤为娱乐,其中一个叫张太平的老爷子,据说在北京摔跤界还十分有名气。他们管摔跤叫撂跤。近朱者赤,我受影响,也喜欢上摔跤。

一天放学后,我和几个同学在护城河边摔起跤来。那里有我们挖的跤场,没事就在那里摔跤玩儿。我和一个比我大的同学交上手,第一跤,我使了个“小德合乐”,胜了。第二跤,两人相持不下,累得喘不过气来;趁我气短力竭,对方一个背步,使了一个“撩勾子”,我被撩起,右手扶到地上,说了声“有了”,表示服输。大约对手也太累,收不住劲,整个身子压了下来。我觉得胳膊一阵剧疼,趴在地上。

几个同学马上把我送到大苏家,求他医治。

那时候,大苏也够六十岁了。他家住在永定门17路汽车终点站的转盘圈出的那块小三角地,两间小房,没有院子。大苏会接骨疗伤,被远近传为圣手,而他维持生计的本业却是绱鞋。按说,北京会推拿按摩的，多是理发剃头这一行的师傅，是祖师爷传下来的手艺。大苏会武术，人们都说他武功极高，因此，他也会接骨治伤。他家里有一块消防队送的大匾：救死扶伤，妙手回春。据说就是治好一个因为救火而摔得浑身骨折的消防队员，人家送的。

永定门一带有不少人会武术。三益里有一位白须老者，常年一身黑衣黑裤，精神矍铄，腰腿灵活。他曾经开馆授徒，在后街教人练武术。我七岁以前也去学过。可是，长时间的下腰，踢腿，实在是苦不堪言，一套长拳没有学完，我就不再去了。北头儿水管子旁边，住着一户姓刘的，老两口带一个儿子。老爷子在天坛医院烧锅炉，在胡同里从来没跟任何人说过一句话。可是，人们说他武术非常高，简直是高不可测。说他早上下夜班从来也不叫门，而是旱地拔葱，一蹿就越过了院墙。还说，他常常到城外铁道边，用手掌砸石子儿，一掌下去，石子儿就裂开了。

还是先说我的胳膊吧。

我疼得浑身是汗，来到大苏家。他正在吃晚饭，见来人，便放下饭碗，站了起来。问了情况后，说了声“别怕疼”，就把我的胳膊抱到怀里捏了起来。捏好，用白酒调了些药，上到伤处，让老伴撕了块白布，把胳膊肘伤处紧紧地缠住。说：“隔天再来，得治些日子。回家吧，别让大人着急。”

我也不懂道谢，转身离去。回到家，不敢说是摔跤摔的，怕挨骂，只说是不小心，走路踩了块西瓜皮跌了一个跟头。

以后，大苏连着给我治了好几次，每治一次，缠胳膊的布就放松一点儿。他说，快了，现在胳膊能弯到一半了，再治几次准好。

那时，正好赶上要期末考试，我觉得胳膊不疼了，就抓紧时间复习功课,连着十几天没去治伤。这天考完试,我和几个同学刚走到护城河桥上,就见大苏远远地朝我走来。他剃着光头,个子又大,像座塔一样。我刚要叫他,他却几步蹿到我面前,扬手就打了我一个耳光。“混蛋,你的胳膊不要啦?走,到我家去!”他骂了一路,我老老实实地跟在他身边,一句话也不敢说。

刚到他家,母亲也闻讯赶来。大苏对母亲说:“我找他有一个礼拜了。这些天不来治,那胳膊伤处的骨头缝里已经长出肉芽了。唉,要是长死了,天大的本事也没法治了!看见周总理了吗?右胳膊老是弯着,我估摸就是这么回事。”母亲急得含着泪,问:“您看他这还能治吗?”大苏说:“能,只要他不怕疼就能治!”我连连说不怕疼。大苏说:“好,你躺在床上,咱们把这胳膊肘的骨头压碎了,重新接!”

我躺在床上,大苏一手拉住我的伤手,一手拍了拍我的脸,说:“小子,这是你自找的!”说罢,他庞大的身体猛地压到我的胳膊上,一阵剧疼,我昏死过去了。

待我醒来,一切都已经处置完,大苏说:“别忘了,隔天来一次,我可不管接第三次!”

经过治疗,我的胳膊没有留下一点儿残疾,全好了。给我治伤,大苏只收下两瓶二锅头,别的,什么都不收。大苏早已经作古了,可是我至今不知道他姓什么,叫什么。也许他姓苏,因为个子高大,大家才叫他大苏吧。

大松心

我管“大松心”叫傅叔。他死在“文革”当中，是久病不治，正常死亡。我们住同院儿，他们家是房东，我们家是房客。可是，他们家住南房，我们家住北房。北京有话：有钱不住东南房。可见他们家也是穷人。

不是一般的穷，傅家几乎是那条胡同里最穷的一家人。他们家的根儿上并不穷，真正的衰落就发生在大松心身上。他家是旗人，满族正黄旗。老北京正阳门，也就是前门底下有两座黄琉璃瓦的小庙，西边是关帝庙，东边是观音庙。两座庙都在瓮城里面，前清时，正阳门只有皇帝才能出入，因此它们是皇产，或者根本就是皇帝的家庙。不知从哪代起，傅家成了观音庙的看庙人，也就是庙祝。这份差事应该是归内务府管。给皇家看庙，油水自然是不会少的，但到底有多大油水，我没有亲眼得见，不好妄说。但是，我小的时候，那庙还在，傅叔的父亲秀二爷，我叫他傅爷爷，一个非常和气的老爷子，还看守着观音庙。我曾跟着祖父到庙里去过几次，印象都是在冬天，因为，傅爷爷总是穿着一袭棉袍，戴着顶一口钟式的棉帽子。我听傅叔的儿子小虎子说，那时候，不少名人，涛贝勒、班禅大师等人都到庙里进过香。来了阔人了，傅爷爷就常指着观音像或者旗杆说"事"：您看，这观音大士像(或者旗杆)都该油油了。于是，一笔钱就到手了。指着庙要布施，这是非常正当的。老爷子手里有钱，可是从来也不给独生儿子。据小虎子说，他爷爷把钱都藏在庙里的房梁底下，留给最喜欢的大孙子。

从我家搬到东坛根起，傅爷爷只回过一次家，其余时间一直住在庙里。那一次是傅奶奶去世，他回来见了一面，连夜都没有过，就又回到庙里去了。

我对傅叔开始有印象时，他已经没有固定工作了。听说他以前在铁路医院喂兔子，后来嫌累，辞职不干了。他蹬过三轮，既拉过"座儿"，也拉过"平板儿"，大概一二年吧，他又改行串乡下给农民剃头去了。每天早上，他夹着一个蓝布包儿，里面放着推子、刀子、拢子，出门儿了；晚上，他踩着夕阳回到家里。吃晚饭，一海碗面条，呼噜呼噜就下去了。他总是那么高兴，嘻嘻哈哈的，从来也没有上愁的时候。又过了两年，剃头他又不干了，总是在家里待着，不干活儿，脸色却一天比一天差，菜黄菜黄的。后来听说，他卖血了。

傅婶在院里常常骂他，都是为了一件事：不给家里钱。傅婶的日子够难过的，七个孩子，两个大的结婚，帮不上什么忙，五个小的一个踩一个肩膀，都在上学。除去每月收点儿房租，家里没有固定收入，她只好每天推辆小车，到天桥商场去摆茶摊儿。大碗茶，二分一碗。有一年过年，三十儿夜里，傅婶突然放声大哭："这年可怎么过哟！这年可怎么过哟……"我的父母听不下去，赶紧拿了五块钱、一块肉、两棵白菜和几斤白面，送了过去。1958年，傅婶又生了个女孩儿，取名叫小兰子。正碰上三年灾害，快三岁了，还站不起来。1960年，她得了疳积，去捏脊，按规矩不能吃豆类。可姐姐们见她饿得可怜，买了点儿芸豆饼给她吃。小兰子就此死了。傅婶抱着女儿痛哭，正好大松心呼嗒着褂子进院，傅婶把死去的小兰子往地上一放，抄起把斧子就冲大松心扑了过去，嘴里骂着："王八蛋，我劈了你吧！"吓得大松心掉头就跑，可嘴里却不依不饶："嘿，你个娘们儿，疯啦！"那时，我打心里头恨透了大松心。

傍晚，我在城墙上看见，他一个人坐在小土包上，不停地左右开弓抽自己嘴巴，呜呜地哭着："你他妈算个老爷们儿吗！你他妈算个老爷们儿吗……"他擦眼泪的时候看见了我，站起来，冲我招招手，"走，陪傅叔吃顿饭去。"我心里别扭，还有点儿害怕，可还是跟他到了天桥。进了一家饭馆，他要了好几个菜，一壶酒，连吃带喝。他让我吃，我不吃。他说："我知道，你看不起我。好，看不起我好！我他妈心里难受，难受！越难受我越想吃，越想喝……记住了，别学我，长大了，好好孝敬你爸你妈。"大松心的眼泡浮肿着，眼珠混浊，两滴清泪潸然而下。

从那儿以后，傅婶把他从屋里轰了出来，大松心一个人住在院里西南角的小屋里，那儿原来是同院唐家放盐卤的，虽然唐家已经搬走，可屋里总是弥漫着一股潮乎乎的盐卤味儿。

我上中学以后，家里人多房小，我搬去和大松心同住。有一阵儿，我对学习英语挺有兴趣，晚上老是抱着英语书念。有一天，我正念着，大松心说："元子，这么念不对，应该这样儿。"他念了一句英语，跟我们老师念的一模一样。我觉得奇怪，问："您会英语？"他一撇嘴："什么叫会呀？我原来就指着这个吃！"他告诉我，他从前是英语专科毕业，在铁路局当过翻译。我问他为什么不当翻译了，你猜他怎么说？

“费心，太累，干什么也比不上卖血！”

傅 婶

傅婶就是傅叔——大松心的妻子。街道积极分子来院儿里对户口,叫她傅果氏,我才知道她姓果。其实,她的弟弟就住在隔壁院儿里,他们院儿里的孩子叫他果叔,我们院儿的孩子跟着傅家的孩子叫他大舅,可能是“果叔”和“大舅”这两个称呼把我弄糊涂了,竟不知道他们院儿“果叔”的姐姐——我们院儿的傅婶也姓果。

大松心怕受累,光顾自己吃喝,不顾家,傅婶只好自己把全家的生活重担挑在肩上。七个孩子,两个大的,都成家了,挣那点儿钱,也就将够自己“嚼谷”,帮不上什么忙;还有五个,都上着学,虽说每月能收几个房租,可那时候一间房才租几个钱呀!总之,真够傅婶受的。一个妇道,大字不识,能干什么呢?

想来想去,就一条道儿:摆茶摊儿。

于是,傅婶就在那一带最繁华的天桥商场门口摆上了茶摊儿。这几乎是北京本钱最小的生意——一个特大号的绿釉粗瓷壶,为了保温,包着厚厚的棉套;一摞粗瓷碗,就是普通百姓吃饭的那种;靠墙根儿砌个炉子,生着火,坐着一个大铁壶;一张矮脚方桌,四条长板凳;当然,还得有茶叶,可不能要好茶叶,最便宜的那种就齐活。品茶的没有到这儿来的,凡是到茶摊儿来喝茶的主儿就是奔着两个字:解渴。

摆茶摊儿也叫卖大碗茶。二分钱一碗,这是走遍北京四九城的统一价格。

每天早上,把孩子们打发上了学,傅婶就推着装满壶碗桌凳的小车出发了。四个车轱辘好像从来也没膏过油,走在胡同里吱吱吜吜响一路。从永定门到天桥商场,也就二里来地,傅婶得走一个钟头。到了,先用劈柴引着煤火,生上炉子,坐上水,然后摆上方桌板凳。九点,商场开门儿,兴许过一会儿茶摊儿就有生意了。有人来喝茶,傅婶总是没说话先笑,嘴里张罗着,手上紧忙活,转眼满满的一碗茶就送到了客人面前。客人喝完茶,放下二分钱,她总是要说一句:"您走好,渴了来。"买卖虽小,总也是和气生财。中午,趁人少,傅婶就拿出带来的窝头咸菜,就着热茶吃饭,长年累月从没有换过样儿。每到星期日,孩子们都到茶摊儿来,帮着她干活儿,张罗客人,也只有这时,她才能轻省点儿,心里也高兴。傅婶最恨闹天儿。春天刮风,夏天秋天下雨,冬天下雪,轻者客人少,重者不能出摊儿。这时,傅婶的脸就会比闹的天儿还难看,这日子可怎么过呀!

傅婶摆茶摊儿,一摆就是三十多年。上世纪八十年代,我每从天桥商场路过,都要到她的茶摊儿去坐一会儿。每次见到我,她总是特别高兴,拿出好茶叶单给我沏一碗,跟我说东道西。操劳了一生,她的头发全白了,牙也全掉了,听我说着话,不时张开没牙的嘴大笑。我问:"孩子们全工作,也结婚了,您干吗还出摊儿呀?"她说:"我闲不住,每天出摊儿,不为多挣这几个钱,坐在这儿看看人,看看车,心里也热闹点儿不是?"好几次,她都伸着胳膊,露出腕子上的手表,对我说:“帮我看看,现在几点啦?”我总是笑着说:“您都戴手表了,不会自己看呀?”她呵呵笑着,“我就是不认表,孩子们非给我买,让我戴,老婆子啦,赶赶时髦!”

傅婶和我母亲的关系特别好,她管我母亲叫刘嫂,而我母亲管她叫“她傅婶”。我们家有了什么事,她总是主动帮忙。那一年,她的小儿子建国结婚,傅婶来到我们家,对母亲说:“刘嫂,还得麻烦您,请您去给孩子铺铺被卧。”母亲连连摆手,说:“这可不行,这可不行!给新人铺被卧得是‘全和人儿’。我这半身不遂,半拉身子不好使,您找别人吧。”傅婶说:“您别推辞,就得您去,您在我眼里就是‘全和人儿’!”

给新人铺被卧是很高的荣誉,傅婶把这么光荣的任务交给母亲,这是多么大的信任啊!母亲当然也十分高兴,乐得合不上嘴。

我听母亲说,1967年大松心病死的时候,傅婶大哭了一场。我不明白这是怎么回事,问:“大松心从来也不顾家,光知道自己吃饱了不饿,傅婶还哭他干什么?”母亲说:“瞧你说的!一日夫妻百日恩。”

我小的时候,傅婶家在院里有一口柴锅,她无论做饭还是做菜都在柴锅里,一边做菜做饭,一边往灶里添柴添草。她经常做的是贴饼子,就是在柴锅中烤棒子面的饼。这种食品在烧煤球的炉子上不能做,因为锅太小。虽然别的人家有时也借用她家的柴锅做贴饼子,但都没有傅婶做得好吃。她做出的贴饼子,有一层焦黄焦黄,厚薄适中,吃起来又香又脆的饹馇儿。我时常不吃自己家里的饭,而吃傅婶做的贴饼子。

现在,傅婶早就不在人世了,天桥商场门口的茶摊儿也没了。我也再没有在那里盘桓过了。每次路过那里,我就会想起一生含辛茹苦的傅婶。

张先生

张先生是我现在给现安上去的称呼，因为我不知道他叫什么，只知道他姓张。他是东坛根少有的知识分子。知识分子的特点，在他身上都有。瘦小，文弱，胆儿小，戴着一副深度近视眼镜。他为人老实，很少有人听他说过话。在胡同里走道儿，总是低着头，贴着墙根儿。别人以为他清高，其实，他是心里头害怕。他家在三条，独门独户，日子在那一片儿算是上等的。他的小儿子小四儿比我小一岁，和我能玩儿到一处。

他家里有一位老人，张先生要叫四爹。其实四爹是四姑，由于一生未嫁，是个老姑娘，便当作男人，称为四爹。这是北京人对老姑娘的一种尊敬方式。我随着小四儿管四爹叫四爷。

关于张先生的一些事，我都是听别人给我讲的。

张先生大学毕业以后，在银行谋了个事，由于人好，可靠，解放后留用。领导信任他，工作上他不会捅娄子；同事不用防着他，他不会干得罪人的事。可是，就这么一个人，竟然自己把饭碗给砸了！

1957 年，张先生非辞职不可。同事劝，没用；领导说，也是没辙。

可辞职总得说出个理由来呀，然而，他就是不说。终于，谁也没拧过他，张先生辞职了。回到家里，他说话了，单位反右派，那阵势太吓人。平时没仇没冤的，可这会儿跟谁把谁家的孩子扔井里似的！他小声跟四爹和妻子说："跟你们说我不怕丢人，有人揭发谁说过什么右派话，我虽然没说过，可我心里想过。人家一喊口号，我当时就尿了裤子啦！谁能保险一辈子不说漏了话？万一要是我说漏了嘴，被人听见，揭发出来，打成右派，全家都得跟着倒霉。干脆，我辞职得了！"

于是，张先生在家赋起闲来。好在他的几个儿女，除小四儿之外，都大了，有了工作，家里生活不成问题。

在家待了一年，"大跃进"又来了。全胡同，全北京，全中国都在鼓足干劲，力争上游。张先生又害怕了，我这么闲待着，别让人家把我当成后进，家里给插上白旗。想了好几天，终于想出了主意。这天，他找到居委会主任，说："您看能不能给我在街道找点儿什么事儿干干？我不能不跃进呀！"主任乐了："正缺你这么一位哪！你念过书，又会算账，就在居委会干吧！"张先生说："那好，我马上来上班，纯粹是尽义务。"主任说："那哪儿行呀？不能白尽义务，得给你开支，一个月二十八块吧！"

就这样，张先生每天跟着一群居委会妇女干部忙活开了。检查卫生，写标语，收清洁费，发放各种票证，给家庭妇女读报纸，蹬三轮车给街道托儿所拉煤……这一干就是二十多年！

后来，中央宣布不搞运动了，张先生不用害怕了，可年纪也大了，真的回家休息了。他依然低着头，贴着墙根儿走道儿，跟谁也不说话。

胡同的老街坊都说，张先生在街道干得不错！

神针胡六

胡六名讳不详，或者是姓胡行六，或者本来就叫胡六，在这里无关大局，总之，男女老少都叫他胡六罢了。他大字不识一个，可在永定门一带却是远近闻名的大夫。他不会号脉，更不能开方子，只会扎针灸，凭着一盒银针，享了大名，当然也挣了些钱。

他本是个苦人，年轻时什么都不会，指着给人家喂马为生。铡草，挑水，拌料，起夜添料。东坛根胡同虽然在城里，却紧靠着城根儿，有七八家都拴马车，城里城外拉东西方便。家里哥们儿弟兄多的，一个院住着，活儿自己就都干了。这家人口少，拴了好几辆车，十来匹马，只能雇人，胡六没能耐，连车把式都当不了，便给东家喂马。快三十了，娶不上媳妇，夜里给马添料，起来躺下，躺下起来，心里很凄惨。

那年冬天的一个深夜，大雪下了一夜一日，地上的积雪有一尺来深。胡六到马棚里给牲口添了草料，把煮在大锅里的黑豆（在北京话里“黑”字读上声）又翻了翻，准备回屋里睡觉。趟着积雪走在院里，嘴里小声嘟囔着：“好大的雪呀！”忽然听到大门外传来一阵微弱的呻吟声。胡六是个傻大胆儿,连想也没想,就走到大门旁,拉开门闩,借着雪光探头往外一看,门洞外躺着一个人,身上落了一层雪。他紧上两步,伸手在那人的鼻孔试了试,还有气儿,便把他抱了起来,回到自己的屋里。把人放到炕上,他才看出这人是个老道。灰色道袍,头上挽着个发髻,三绺花白的胡子乱蓬蓬的。胡六返身从包着棉套的大瓷壶里倒了一碗热水,一手托起老道的头,一手把热水给老道灌了下去。片刻,老道长吁了一口气,缓缓地睁开眼睛。

“醒啦?”胡六俯下身去问。

老道半睁着眼,嘴唇动了动,只说出一个字:“饿!”

深更半夜从外面抱回一个人,胡六不好惊动东家去要饭,想了想,就到马棚的大锅里盛了一碗煮烂的黑豆,端回屋里,把老道抱在怀里喂了起来。

那老道又饿又病,一住就是三个月,胡六心好,尽心服侍,到春天时,老道的病好了。这天,老道对胡六说:“胡六啊,你三个月来这样照顾我,没有别的可谢你的,我传你一门手艺,今后可以指着它吃饭。”说完,从怀里拿出一个手掌大的铜盒和一本旧得发黄的小书。“知道针灸吧?我教你一套针法。来,先按图认穴。”一个月以后,老道留下那盒针和那本标明人体穴位的书,道了一声“善哉”,走了。

从那时候起,胡六开始扎针行医。

治好的病人多了,胡六的名气大了起来,找他来扎针的人越来越多。挣了钱,娶了媳妇,到临解放,又在原来东家的旁边买了一所小院,挂起了“胡六诊所”的牌子。胡六扎针没有别人那么多讲究,从这个人身上起下针来,用豆纸(一种很糙的草纸)擦一下,便又扎到另一个身上。病人也不挑这些,能治好病才是真的。

胡六有钱了，吃香的喝辣的，也想在穿戴上讲究讲究。买毛料子——华达呢，哔叽，凡尔丁，上身是中山装，四个吊兜，裤子却是缅裆的，大白裤腰，系一根红腰带。每天傍晚晌的时候，他常常穿戴整齐，肩上搭着一个装满烟叶的烟荷包，手里拿着翡翠嘴儿、乌木杆儿、黄铜锅儿的大烟袋，从马道登上城墙，站在晚霞中眺望远处的西山，他一定是在心里怀念那位传授他针灸的老道：师父，您现在在哪儿呢？

"文革"，胡六被揪斗，罪名是"妖医"。他再没有给人扎过针，凭着多年的积蓄过日子。后来，城墙给扒了，城砖修了防空洞……他死了。他的两个儿子，没有一个会扎针的。

气迷心

老北京管神志失常叫“气迷心”。现在则叫“精神病”。我个人觉得叫“气迷心”更合适——形象。

我小时候见过两个“气迷心”，都是女的，和我母亲是同一辈人。一位住在同一条胡同的三条，一个叫铁门的大杂院里，穿着干净，梳理整齐，除去走在路上嘟嘟囔囔外，没有其他可说的，在这里略去不表。只说第二位。

东坛里有几棵大槐树。我就是在一棵古槐下“认识”第二个“气迷心”的。

我从五六岁就开始爬坛墙到东坛里去玩儿。那里实在是太好玩儿了，荒草，野树，蜻蜓，蚂蚱……除去孩子们，很少有大人到这里来，是我们可以尽情享受的一方乐土。每天爬坛墙时，唯一担心的是碰上“气迷心”。如果碰上她正在大槐树底下骂街，心里总要害怕半天。后来，我们逐渐摸到了她的规律，每天骂三次，每次大约一个钟头。第一次早饭前，第二次午饭后，第三次晚饭后。骂完了，回家。其实，碰上她正在上班骂街也没什么事，一般她不理你，顶多骂一声“小兔崽子”,然后又书归正传,循着原来的思路骂下去。

“气迷心”穿着整洁,蓝竹布裤子,月白色的大襟褂子;黑漆漆的头发,抿得溜光水滑;四方大脸,眉眼长得说不上秀气,却很端正;中等以上身量,又白又胖,像个暄腾腾的高桩大馒头;往大槐树底下一站,嚯,威风八面!她骂街有三绝。一是定时定点,骂够了走人;二是不针对任何人,没有该挨骂的对象,真正是骂“街”,而不是骂人;三是荤素搭配,长短句,四六文,文武昆乱不挡,有很高的“艺术性”。试录“气迷心”骂街一章如下:

孙子!(这算是起骂前的“叫板”)天上飞的有黑老鸹,地下跑的有黄鼠狼,眼前的大树一棵棵,脚下的小草一蓬蓬,老天爷睁着眼呐,阎王爷没睡觉呐,我就操你们的姥姥的!昨儿夜里我就梦见了,还他妈舞刀弄棒的!蒙着脸我就认不出你啦?扒了皮我都认识你!(谁呀?)想杀人?没门儿!还没容你近身哪,我就先下了手啦!弄四两棉花你纺一纺,十八般武艺我什么不会?刀枪剑戟斧钺钩叉……甭别的,两把绣花刀,我舞得风雨不透,刷——那脑袋就下来啦……还开汽车?你就是坐飞机也跑不了,这叫插翅难飞!拿我当小孩儿呀?我见得多了去啦——我操你们妈的!……

这是真正意义上的谩骂。她在骂谁,恐怕连她自己也不清楚。

她这是怎么回事呢?是谁把她惹成了这样?她是让哪股气给“迷”了心了?好像谁也不知道。长大了一点儿,我到她家去过,她儿子跟我是不同班的同学。她在家里跟别的母亲没什么两样,操持家务,屋里屋外的。不但不骂了,甚至也不说话。不过我还是怕她,不敢到她身边,也不敢看她的眼睛。她的丈夫姓刚,看这个姓,应该是旗人,在天坛医院当护士,据说扎静脉是一绝,别人扎不进去,找他去，呲儿，一下就扎进去了，不用第二下。

我老是猜想，“气迷心”年轻的时候是什么样？她有这么一副洪亮的嗓子，也许曾经在天桥唱过大鼓书吧？一个女艺人，年纪轻轻地抛头露面地卖唱，受了坏人的欺负，就此气迷心了。

一定是这样。

“气迷心”家住在天坛坛墙的一个门洞里，红墙，绿琉璃瓦剪边儿，离演习祭天祈谷大典乐舞的神乐署不远。后来闹“文革”，她随丈夫的医院去了甘肃天水，不知所终。

傻柱子

傻柱子大号张宝田，小名小柱子。因为智力不全，胡同里的人，无论老少(除去他的家人)都叫他傻柱子。可是不能当着他妈叫，他妈在胡同里出名的厉害，非骂你个狗血喷头不可。他有一个哥哥，正常人；一个妹妹，叫小姑娘儿，比他还傻，不知怎么回事，明明是北京人，说话却是“怯口”，有点儿外国人说中国话的味儿。我听她唱过一次歌，《社会主义好》：“义好——义好——”时间大概是在吃不饱饭那几年。她倚着街门的门框，一双痴呆呆的眼睛看着天空，一副很深情的样子。

傻柱子属鸡，长我四岁，我们两家的院儿门挨门，因此从小一块儿玩儿，是发小，总角之交。我是七岁上学以后才知道他傻的，再以前，并不知道。小孩子，无非就是淘气，谁比谁更精呢？我上一年级时，发现他也上一年级，他可是比我早上了三年学呀！以后学校开恩，让他跟着班级走，我们一起升到了三年级。那时，他是年级中个子最高的，我须仰视才行。再以后，他在三年级上又待了二年，实在无法再上学——都成“大老爷们儿”了，只好退学回家。

其实,傻柱子发育不好,长得并不高,到我五年级的时候,他已经比我矮一点儿了。跟他同样年龄的孩子不爱跟他一起玩儿,他们的兴趣爱好相差太远;而我们这些小他三四岁的孩子却正好跟他志趣相投,每天在一起玩儿。爬树,藏蒙哥(捉迷藏),逮蚂蚱,爬城墙,摔跤,踢球,弹球……有一次,我们俩用他哥哥的拳击手套打拳,打着打着,打急了,把手套一扔,在地上滚了起来。他抄起一块瓦,把我的前额打破了;我也顺手拿起一块半截砖,把他的头打破了。有个大孩子说:“俩人都流血了,自己回家弄自己的去吧。”我们俩就各自回了家,包扎了起来。第二天才知道,我的前额只破了一个小口子,他的脑袋却破了一个窟窿。小孩儿打架不记仇,我们又一块儿玩儿了起来。

他家院里有一棵杏树。春天,满树繁花;夏天,果实累累。我们隔墙看着眼馋,可谁也不敢爬墙偷摘,怕他妈发现挨骂。傻柱子就说:“你们等着。”一溜小跑进院,过一会儿揣了两兜大白杏出来,分给小哥儿几个吃。为此,他妈打过他好几次,可他照摘不误,惹得他妈大骂:“小挨刀儿的,家贼难防!”

到了十六岁,他在铁匠营菜站找了一份临时工,每天早去晚归。见面我问他:“怎么样,柱子?”他说:“挺好,见天见地搬菜,萝卜、大白菜什么的。”他穿着一身劳动布工作服,除去矮点儿,挺有个工人阶级的样儿。

多少年之后,我从北大荒回到北京,见到傻柱子。他挺亲切的样子,可又不知道说什么好,半晌儿,他叫了我一声:“哥!”我心里挺难受,他比我大四岁,怎么叫我“哥”呢?应该我叫他哥才对呀!可我叫不出来,只会叫他柱子。我问:“这些年怎么样?”他笑着说:“转正了,工人。”

前些年，他退休了，在胡同里砌了一间小房，开了个小卖店，兼看公用电话。我跟他聊天儿，有什么可聊呢？我说小时候的事，开始他只是点头，目光很茫然；过一会儿，他的记忆慢慢被唤起，跟我说起几十年前的事："我们院的住的那个老祖儿，死了，还是咱们几个小孩儿拉着排子车，到珠市口给孤寺买的棺材……以前，有什么事，老街坊都帮忙，好！现在，谁管谁呀？也别说没人管，八宝山，一冒烟儿，完啦……"说得不连贯，含混不清，还有些"怯口"，可我能听明白，觉得非常亲切。几十年来他一直剃光头，现在头发茬儿都是白的了。有人来买几瓶啤酒，他到屋里把几瓶啤酒拿出来，接过钱，问："找钱吗？"对方说，正好，不用找。走了。我问傻柱子："你会算账吗？""我不会，他们会。街里街坊的。"他说着，连看也不看，把钱揣到兜里。

听人说，他也有犯浑的时候，谁劝也不听。一个智力不健全的人犯浑，在别人看来有点儿锦上添花的意思，站在一边儿看着好玩儿。这时，他只听他嫂子的话，哄几句，劝两声，他便梗着脖子，嘟嘟囔囔，慢慢安静下来。他的嫂子年轻时是胡同里有名的美人。刚嫁来时惹得左邻右舍议论好长时间：高跟鞋，布拉吉，头发烫成波浪大花儿，能过日子吗？几十年过去了，给公公婆婆送了终，除去上班，还得伺候丈夫孩子。当年的小媳妇当了婆婆。她的肾不好，尿毒症，每星期要到医院透析两次，但她却一直对自己的独身傻小叔子关怀备至。

后来，傻柱子的小卖店不开了，在胡同中间卖东西根本挣不到钱。我周末去母亲家时，总能看到他。白天，他穿着一身淘汰的武警制服，左臂套着一个红箍儿，上写"治安"两个大字，站在胡同口，在阳光下花白着头发。晚上，他在护城河边，给扭秧歌的老太太们伴奏，他从始至终都是打镲，双手一开一合，打得非常认真，非常投入，并且和着节奏，不停地点着头。锵锵嘁锵嘁，锵锵嘁锵嘁锵嘁……

我觉得，他比我活得开心。

现在，东坛根没有了，街坊们都搬走了，我时常想起傻柱子，他搬到哪儿去了？

老祖儿

老祖儿就是曾祖，叫时不分男女，凡是曾祖父曾祖母，都被称为老祖儿。

这是一对老夫妻，没儿没女，又没有什么近亲，只有一个远亲的孩子叫小七的，隔些日子来看一看他们。老祖儿住在傻柱子家院儿靠门口的一间北房里。他们是买卖人，可那买卖太小，只是在家里的炕上摆个小摊儿，卖点儿针头线脑，糖豆瓜子什么的。附近街坊要买东西，只要两位老人有的，就决不会到别处去买，为的是照顾老人的生意。就是这种炕头儿上的买卖，维持着两位老人的生活。至于生活水平嘛，我只记得他们总是吃窝头。我吃过他们的窝头，好吃，很暄。

男老祖儿总是笑眯眯的，见来了孩子，就摸摸孩子的脑袋，有时还会给一块糖，或者抓一把瓜子，让孩子吃。他不太会做买卖，来人要是多买几样东西，他就算不过账来了，便笑着让来人自己算。女老祖儿会讲故事，孩子们常到她屋里，上了炕央告她讲。她在炕上眯着眼，盘着腿，腿弯处露出两只小脚。"从前哪，天没有这么高，跟地紧挨着，也就到房脊那儿吧。天上呀，尽是金山银山，放着光，可好看了！地上住的人呢，谁也不爱财，都紧着干活儿，没人去想那些金山银山。可是有那么一天，不知道是从哪儿来一个人，是个财迷……”故事的结局是，财迷上天上去刨金子银子，天和地却一下分开了，财主在天上饿死了。

两位老人就这么过着平静的日子。

后来，公私合营，老祖儿的买卖也被合营了。男老祖儿有了正式工作，到原来的油盐店，现在改成了副食店去当售货员了。男老祖儿穿一件蓝色的大褂式工作服，站在柜台后，笑眯眯地招待顾客。可是，他总是算错账，算少了，也许买主儿不说，算多了，人家就不干了，跟他吵架。领导就把男老祖儿调到后院儿，专管腌咸菜的事。没多久，他就退休回家了。

一天早上，傻柱子急急地来叫我，小声说：“男老祖儿死了！”

我跟着他来到老祖儿的屋里，男老祖儿已经被几个大一点儿的孩子放到了门板上。女老祖儿还是盘腿坐在炕上，没流眼泪，眼睛直勾勾地盯顶棚。那是我第一次这么近看到死人，可是我一点儿也不害怕。傻柱子的妈说：“你们几个去借一辆排子车，拿着钱，到给孤寺棺材铺去买一口棺材来，好把老祖儿装殓起来。”

我们几个半大的孩子，借了一辆排子车，拉着跑到珠市口的给孤寺，到路北的棺材铺挑了一口薄皮棺材，又拉着装上棺材的车跑了回来。这时，街坊们已经给老人穿好寿衣，老祖儿的一个远亲的孩子小七也已经赶来了。棺材停在院里，七八个孩子把男老祖儿抬出屋，放到了棺材里。小七披麻戴孝跪在地上，我们几个站在他身后，一个大人把棺材钉上了。不久，来了一辆马车，把棺材拉走了。女老祖始终没有出屋，只是在屋里哭。

又过了不久，女老祖儿被送到敬老院去了。

小人书摊儿

现在的卡通连环画我看不懂,心想:这都是些什么呀?乱七八糟的!因此便怀念我小时候的连环画——小人书。那时候,书价虽然便宜,可我好像没有买过小人书,都是在小人书摊儿上看的。

摆小人书摊儿的是个老头儿,姓李,我管他叫李爷爷。背后,大家都叫他"小人书摊儿老头儿"。他家住在我们家东院墙的后边,一溜儿三间小北房,院门儿冲着天坛的外坛——我们管它叫东坛。无冬历夏,只要不是雨雪天,小人书摊儿老头儿都要出来摆小人书摊儿。他的书摊儿摆在永定门脸儿路东的头条口,离永定门小学四五十米,是个闹中取静的地方。每天一大早儿,他就推着一辆四个小铁轮子的小车从家里出来,车上放着小人书和书架。学生是八点开课,他七点就把书摊儿摆好了。书摊儿很简单,一块宽不到一丈,高不过五尺的木板,往墙上斜着一靠,上面用木条分十层,小人书封面朝外一排排往上一戳,靠墙摆几条长条矮板凳,老头儿往马扎上一坐,买卖就算开张了。学校开课之前,总有那些胆儿大,不怕迟到挨批评的孩子来看一会儿小人书。虽说小主顾不多,但总是有点儿进项。学校一打上课铃，孩子们就没了，生意也就没了。可是一到中午，学校放学，小人书摊儿的生意马上就火了起来。有先来看书，后回家吃饭的；有先回家吃饭，后来看书的；还有的干脆就不回家吃饭，在这儿看一个中午的。下午，学校一开课，孩子们又没了，老头儿就靠着墙眯一觉。再放学，来看小人书的孩子比中午还多。天黑下来，看不清字儿和画儿了，老头儿这才收摊儿，推着小车回家。

我的文学启蒙是从这个小人书摊儿开始的。我是那里的常客，只要兜里有一分二分钱，就会跑去看小人书。小人书从形式上可分两类，一种是绘画的，一种是电影翻拍的；从题材上也可以分两类，古代的和现代的。我喜欢看绘画和古代的，特别是蓝色封面的《三国演义》和淡黄色封面的《水浒传》，每一套都有二三十本。文字简洁易懂，画得也好。里面的人物形象可以说是终生不灭，一直固定在我的印象中。比如张飞，小人书里是络腮胡子，浓眉环眼，顶盔贯甲，真是八面威风！可我在京剧里看的张飞却是一把浓髯飘洒胸前，盔不是盔，甲不是甲，背后还插着四杆护背旗。我一直不认同京剧里的张飞。其他人物也一样，在我的意识中，关公、刘备、诸葛亮、李逵、宋江、武松、林冲……都应该是小人书里的模样！

每看一本小人书是一分钱。虽然我管老头叫李爷爷，可他从来也不让我白看一本书。这可真是交情是交情，买卖是买卖。我的瘾大钱少，便常常去看“蹭儿”，就是别人花钱租来一本书，我往人家旁边一坐，歪着头一块儿看。以致好多小人书我看了不下十几遍。老头儿最讨厌看“蹭儿”的，常常用话挤兑：“没钱别看，回家跟大人要钱去。”他说的倒容易，能要出钱来，谁还厚着脸皮看“蹭儿”呀！

小人书摊儿老头给我治过一回病。那年我得了腮腺炎，左腮帮子又红又疼。母亲要带我上医院，傅婶却说：“上什么医院呀？小人书摊儿老头儿会‘画雷’，一画就好，灵着哪！”母亲为了省钱，晚上带我到了李爷爷家。说明来意，李爷爷让我坐在椅子上，拿出一块墨，在砚台里研了半天，然后用毛笔蘸饱了墨，开始在我的腮帮上画了起来。到现在我也不知道什么叫“画雷”，是画符吗？反正，我的腮帮子凉沁沁的，舒服极了。第二天，我黑着一边腮帮子去上学，惹得大家都来看我。但不管怎么说，几天之后，我的病好了。我现在想，也许因为墨里有麝香冰片，能起清凉解毒的作用吧。

母亲要给李爷爷点儿钱，老人没要，说：“街里街坊的，孩子有病，这还不是应当的！”

酒鬼张武

张武的职业是蹬三轮车。

北京以蹬三轮车为职业者分两种:拉“座儿”的和蹬“平板儿”的。拉“座儿”就是拉客人。蹬车者在前,后面有包厢用以坐客人;包厢上有可折叠的篷,雨雪天或烈日当空,把篷支起,别的时候则把篷放下。我小时候北京汽车很少,有轨电车也只有红牌、白牌、蓝牌那么几“路”,因此坐三轮的人不少。叫车也方便,往街上一站,看见三轮车出现,就大声叫道:“三轮! 三轮!”蹬车人听见,一拨把来到客人面前,半个屁股坐在车座上,侧着身子,问:“到哪儿您呢?”“陕西巷。”“两毛。”“一毛五!”“得,拉了!”价钱讲好,请客人上车,一猫腰,双腿用力,三轮车上了路。蹬“平板儿”是拉货。那时汽车少,送货拉东西就雇辆“平板儿”。虽是人力,但车上拉的东西可不少,干这活儿真得有膀子力气才行。

张武是蹬“平板儿”的,早出晚归,养活着家里的媳妇和三个孩子。他中等个儿,黑红脸膛,常年剃平头;冬天穿中式棉袄棉裤,夏天最少也穿件背心,从不光着膀子。他没上过学,没有什么文化,对街坊却有礼貌。清早或者傍晚，他蹬车走在胡同里，见到老街坊，只要比他年纪大，就马上抬起腿从车上下来，笑着打招呼："大哥，您上班去？""二嫂子，您吃了吗？"对胡同里的孩子们也好，常常是小孩儿还没开口叫他，他却笑呵呵地先跟孩子们说上了话："光启，还不快回家吃饭，别让你妈又满世界喊你！"这时候你会觉得张武这个人真好。

也是，只要不喝酒，张武跟胡同里其他那些卖力气挣饭吃的人是不太一样。在这条紧靠永定门的胡同里，住了不少凭力气吃饭的人，赶马车的，起重队的，蹬三轮的……这些人身上都有些"野气"，说话粗门大嗓，总是带着脏字。跟他们比起来，张武显得文质彬彬，与他的职业身份有些格格不入。他也和这些人不太来往，有人就说："张武？就凭他一个蹬车的，各色！"张武的媳妇不爱听这话，"蹬车的怎么啦？蹬车的就非得满世界撒野？我看我们家张武这就挺好！"他媳妇在街道工厂干活儿，照顾家务和孩子，走起路来腾腾的，说起话来噔噔的。

两口子感情不错。可是，张武一喝酒就坏了。

张武好酒，每天收车回家都喝。春夏秋三季，收车到家，他搬个方凳放在院门外，自己坐在台阶上，先喝着一壶"高末"，身边放着一瓶酒。媳妇炒了俩菜，往方凳上一摆，他就把那瓶酒拿了起来，打开盖儿，凑到瓶子口闻一下，然后把酒盅倒满，一扬脖，把酒喝下，马上又倒满一盅，这才用筷子夹菜来吃。媳妇说："少喝！"他答应一声，又喝一盅。媳妇瞪他一眼，说："叫你少喝，叫你少喝，就是管不住这嘴！"说罢，叹口气进院了。张武一盅一盅地喝着，很少吃菜。不用多久，他的脸红起来，慢慢就成了酱紫色。这时，他的话多了，身边有人，就和人说，身边没人，就和自己说——"这一天容易吗？三趟，全是钢筋,一趟够半个汽车拉的!平地还行,碰上上坡,就得把皮套套在肩膀上,人都快趴在地上了,铆足了劲拉,连口气儿都不敢喘,整个一个牲口!一天下来,这人都快堆碎了,不喝口酒行吗?天天让少喝,少喝!这个娘们儿……”说着说着,声音渐渐大了起来。媳妇出来干涉:“这是干吗呀?喝点儿猫尿就撒疯,你也不怕让人家笑话!”张武把筷子往方凳上一摔,眼睛立了起来:“笑话?谁他妈笑话我?也就是你笑话我!”媳妇叉着腰往他面前一站,问:“我怎么笑话你啦?你说!”张武急急地喝了两盅酒,说话结巴起来:“说,我说!你那天夜里……夜里不跟我说……你嫌白天我干的是……是驴的活儿,可晚上却……钱却往家拿不回多少!”他虽然醉了,可心里还有些明白,话说到这儿拐了弯。

每当这时,孩子们就站在远远地看,他们怕喝醉酒的人。同院或者路过的街坊也过来解劝,两口子再吵两句,收兵回家。

当然,每次吵架的内容并不一样。

挨饿的那年,我十一二岁。有一个初冬的晚上,我们几孩子从东坛果品公司偷吃柿子回来——饿得实在受不了,我们从秋天柿子一下来,几乎天天晚上到漤柿子的地方去偷柿子吃——走到胡同南口,听见城墙根下黑影里有人哼哼,便爹着胆子过去看。先是看见一辆平板儿三轮,然后就看见一个人躺在地上,借胡同的昏黄灯光一看,原来是张武。我们大声地叫着“张叔,张叔”,想拉他起来。费了半天劲,终于把他扶了起来,一股酒气扑到我的脸上,弄得我直想吐。我们让他躺在平板儿上,推着三轮送他回家。他躺在车上,不断地说:“这一天才挣了不到一块钱……你们张婶和孩子在家里饿着……这他妈叫什么日子!我他妈也太不是爷们儿了,让他们吃不饱饭……

今儿，今儿，今儿我还把那点儿钱都喝了酒，这他妈算什么呀！”我们把他送到家，大家都把怀里揣的柿子留在他家里。

我上山下乡后再没见过他。等返城后见到他时，张武已经头发花白，腰也弯了，背也驼了，耳朵也聋了，慈眉善目，听说也不喝酒了。

天桥二把式

我跟他从来没说过一句话，可不知为什么，我一辈子也忘不了他。

永定门往北三站地就是天桥，现在只是个地名，可以前那里是五方杂处之地，平民乐园，闻名于北京四九城，甚至全国。据说，它最“繁荣”的时候是解放前。余生也晚，未能躬逢其盛。我去天桥是在五十年代末和六十年代中期以前，也就是在“天桥八大怪”和侯宝林、新凤霞之后。

天桥的起止范围在哪儿，我说不上来，只是常听人说“天桥三角市场”，这个范围我是知道的。我去的就是三角市场。天桥有三个电影院。挨着电车总站的“中华”，现在还有，是个很高级的影院，好像叫娱乐宫了；三角市场里面有两个影院：“天桥”和“新民”。天桥影院原来很小，搬过一次家，旧址演过皮影戏，新址后来有时唱戏，河北梆子。新民影院更小(能容纳一百人吗?)，大概在五十年代末就没了。天桥的“生意”分文武。文生意不那么喧闹，武生意大喊大叫，有的还敲锣打鼓。中华电影院的后面是武生意，第一起儿是拉洋片的，旁边是变戏法的，练武术的，摔跤的。再往里是文生意，有唱大鼓的，说评书的，当然还有茶馆、饭馆，不一而足。金皮彩挂，也就是相面算卦的、卖药的、变戏法的和练武术的四门，那是解放前的事，起码我去天桥的时候已经没有金点——相面算卦的了。

单说练武术的，也就是挂子行。

那时有两档练武术的，在一个地方，分单双日出摊撂地。都是父子三人。一家姓吴，父亲叫吴长印；一家姓韩，父亲叫韩金铎。四个孩子叫什么，不得而知。我们只按岁数大小管他们都叫大把式、二把式。不知为什么，到以后，大把式二把式就专指韩氏兄弟了。大把式比我大一点儿，后来大概是因为上学，不常到场子里来。我对二把式的印象更深。吴长印虎背熊腰，能开三张硬弓，我见有人下场子试过，使足了吃奶的劲儿，连一张弓也拉不开。他还有一手绝活儿，只有高兴的时候才露——在地上洒点儿水，团个泥球儿，拿一根细铁管，一头摁上泥球儿，一头放在嘴上，一吹气，能把房檐上的鸟打下来！可是，他的生意不好，因为他不太会说。不会说就不热闹，场子外面围不上人，这生意怎么会好呢？生意不好，吴长印有时到摔跤场去客串摔跤，在那里他总是专业跤手的手下败将，据说因为练武术的人脚底下发飘。韩金铎外号小骆驼，瘦，会说，嗓子也好。他的二儿子，也就是二把式，几乎总是跟着他到场子里来。父子俩一样的打扮：白小褂，纽襻像一条蜈蚣趴在前身儿，黑灯笼裤，肥大宽松，半高腰儿快靴，更显得人精神利落。韩金铎向四方抱拳，作一个罗圈揖，大声说道："诸位，光说不练那是假把式，光练不说那是傻把式，又说又练这才是真把式。今儿我们爷俩给诸位练一套单刀破花枪，您看我这枪怎么扎，这孩子这刀怎么冒险进招儿。行家说的好，刀乃百兵之祖,枪是百兵之王。舍身的刀,救命的枪。我们爷俩今天舍出命去,练完了,瞧着好,您给叫声好。好！好完了怎么样？我们得跟诸位要几个钱。三毛五毛不嫌多,一分二分不嫌少,也好给孩子买两个烧饼吃。练完了,您往场子里扔钱,您明理,我们沾光……我这个人不恼别的,就恼一种人,他早不走,晚不走,到我们练完了,他转身就走,饶着不给钱不说,还把那些想花钱的人给挤走了。这种人哪,好有一比……"这时站在一边儿的二把式就会搭上一句下茬儿:"比作什么呢?"他父亲接着说:"这就好比是我们刚做好了一锅饭,眼瞧着要吃了,他一扬手往这锅里扔了一把沙土,这可就缺了大德啦!"每当听到这里,我仔细观察过,没有一个人转身走的。"好啦,有钱的您帮个钱场,没钱的您帮个人场。儿子,今儿咱们卖卖力气,谁要是不卖力气……"二把式又接了一句下茬儿:"谁就是孙子!"每当这时我心里都有些别扭,他怎么跟他爸爸这么没大没小呢?!

练完了单刀破花枪,小骆驼在相隔三四尺远的地方摆两条板凳,二把式在板凳上劈开横叉,身子上下一颤一颤的。天桥的江湖行话,管要钱叫"治杵"。现在这一套叫"绝户杵"。小骆驼作着四方揖,"诸位,您家里也有孩子,您舍得让他这样吗？我这孩子是童子功,您瞧着可怜,给他买个烧饼吃吧……"看客们纷纷往场里面扔钱。二把式这那么一直劈着叉,脸上一点儿表情也没有。

我们这些孩子不但不给钱(身上也没有钱),还经常给二把式起哄:"二把式,哟！噢！嘿!"可二把式连一眼都不瞧我们,脸上总是没有任何表情。据说,有一回一帮孩子起哄太不像话,二把式急了,手提着单刀追出了场子。那群孩子撒腿四散,二把式让他父亲暴打了一顿。当我长大以后,生活阅历多了,想起那时的二把式,才明白他当时所做的一切都是为了生活。他连那些穷孩子所享受的那一点点欢乐都享受不到。他的童少年只是他父亲所使的“绝户杵”。

上世纪八十年代，我在电视节目里看到小骆驼表演打弹弓。他拉开弓，用弓兜里的泥球打茶壶嘴上、人头顶上和飞在空中的泥球，或张飞骗马，或苏秦背剑，百发百中。这时我才知道，他也是一个有真功夫的把式。在电视里我没看到二把式，心里觉得怅然。他在干什么呢？

我的游戏

现在的孩子都玩儿电子游戏了。而我小时候玩儿的游戏，如今一样也不流行了。不但不流行，好像都已经彻底消失了——

欻(chuǎ)拐

也叫欻羊拐。这个欻字好像不对，从声到义都不对，可我找不到那个正确的字。如果按义来说，它应该是抓；但它发音却是第三声的chua。没有办法，干脆就“欻”吧。

找四块儿剔除肉、洗去油脂的羊拐骨，一个装细沙或豆粒的布包儿就可以玩儿了。方法是：先把羊拐撒到桌面或者其他平整的地方，然后向空中扔起布包儿，再用手翻动羊拐，使羊拐向上的面一致，最后接住布包儿。羊拐有六个面，其中四个面能够平稳站住。玩儿的顺序是：一、让四个羊拐窄的凹面朝上；二、让四个羊拐窄的凸面朝上；三、让四个羊拐宽的凹面朝上；四、让四个羊拐宽的凸面朝上；五、把四块儿羊拐一起抓起来。包儿起包儿落,手眼并用,全部既定程序完成,布包儿没有落地者为胜,无论在哪个程序当中,没有接到布包儿者为败。

男女小孩儿都爱玩儿。女孩子经常把羊拐染成彩色的。

跳皮筋

也叫跳猴皮筋。

用一个个橡皮筋结起,或者找一根松紧带儿,可长可短,又不可太长或太短,以四五米为最好。两个人拉着皮筋的两头儿,歌谣声起,另外一两个人脚向后抬起勾住皮筋跳,可以跳动出许多花样。最流行的跳皮筋的歌谣是:“小皮球,香蕉梨,马莲开花二十一;二八二五六,二八二五七,二八二九三十一;三八三五六,三八三五七,三八三九四十一……九八九五六,九八九五七,九八九九一百一。”至此算一个段落,皮筋该上升一个高度,然后接着跳。那首歌谣妙不可言,从字面上讲,可以说毫无意义,小皮球,香蕉梨,马莲开花,谁也不挨着谁;后面的数字更不可理喻。但是,它朗朗诵上口,节奏性极强,除第一句是三、三、七外,其余都是五、五、七的节奏,特别适合跳皮筋时的伴奏。

跳皮筋是女孩子的游戏。如果哪个男孩子要是跳皮筋,会被别的男孩子耻笑。

跳间

也叫跳房子。

在地上画几个相连的方格，表示房子，玩儿者背向房子，把一个装着细沙或豆粒的布包儿向后扔出，然后转过身，“格登”（向后弯起）一条腿，用着地的那只脚不断将布包移向下一间房子。全部房子跳完为止。

弹球

就是弹玻璃球。有好几种玩儿法，各有各的规则。

1. **跑大海。**最初级的玩儿法。只有起点，没有终点，两个玩儿者在胡同里一直弹下去，用不着分胜负。

2. **一出二出三出。**在墙壁前分远近画两条横线，在墙上把玻璃球撞出，球不能越出远端的线，又要越过近端的线，否则算犯规，要重新撞一出球。每次可以撞三出球，如果三次都犯规，取消一次参赛资格。球距远端线最近者获第一个弹球权，如果击中一个球，算胜，被击中者输一个球，被淘汰出局。胜者可继续弹。一击不中的，出局。

3. **钉大厢。**挨着墙壁画相连的两条竖线，再在两条竖线的远端画一条横线，形成一个“厢”。参赛者将球在墙上撞出，不能出线，然后靠横线最近者第一个开弹。被“钉”出厢外的球，算输，输者出局并给胜者一个球。

4. **溜五坑儿。**在地上四角各挖一个小坑儿，然后在中间再挖一个小坑儿。参赛者用球把其他人的球弹入任意坑儿中，入坑儿者为输，出局。自己把球弹入坑儿中，停弹一次。在坑儿外者如果用球把坑儿中的球钉出，出坑儿者输，出局。最后的胜者要把所有对手都击中出局，然后自己又要把球按顺序溜遍五个坑儿。

玩儿弹球的孩子，一般都有一个自己专门用来弹的“手子儿”，这个球要圆，要外形好看，要使着可手。输出的球总是选择自己最不待见的。

北京的孩子很奇怪，夏天一般不玩儿弹球，总是在冬天玩儿，把小手都冻得裂着血口子。

夹包儿

在地上画一条横线，参赛的两个人用脚夹住放在地上的包儿，跳起，双腿前甩，把包儿尽量甩远，不过线者为输。

拽(zhuāi)包儿

“拽”是投掷的意思。在地上画两条相隔一段距离的横线，线后各站一个人，中间场子里若干人。线外的人把装细沙或豆粒的布包儿“拽”出，设法击中场中的人，场中人要设法躲避，被击中者出局。场中人如果接到“拽”出的包儿，便多一条命，再击中时不用下场。场中人全部被击中出局时，全场游戏结束。

逮(dēi)奤(tǎi)

逮是北京话的发音,在这里带有撞击、打击的意思。而这个奤字肯定是错的,可又没有别的字可以代替。“奤”在老北京方言里是指男性生殖器。

逮奤是这样玩儿的:一边在地上画一个十字,几米外画一道横线,玩儿者拿一根木头块儿或者劈柴——那是他的“武器”,站在横线外,把木头块儿或者劈柴扔向十字,离十字近者先用自己的“武器”逮向对方的“武器”,要尽量把对方逮过横线。逮不过横线时,对方再用“武器”来逮前者。被逮过横线者,场上用的“武器”——那根木头块儿或者劈柴就输给对手。

我曾经一个下午把母亲刚买回来的一筐劈柴输了大半,挨了一顿不轻不重的揍。

逮奤用的木头,根据玩儿者的力量大小来决定大小,小孩儿只能用小的轻的来玩儿。我见过大人玩逮奤,他们光着膀子,动作幅度极大,用的是一米多,比胳膊还粗的木头。逮起来真是威武八面,木头和木头撞击时,能发出很大的声音。

逮奤在北京可能只是北京区域性的游戏。我问过不少住在东西城的人,他们都没见过这种游戏。而有一次,和作家王梓夫聊起小时候的事,他竟然知道逮奤!他小时候家在通州马驹桥。他说,马驹桥的人玩儿逮奤。我当时想起,东坛根有好几户人家是马驹桥人。傅婶的老家就在马驹桥。

藏蒙哥儿

学名叫捉迷藏。

有好多种玩儿法,这里只说一种,叫“嘎啦嘎啦三声了”。

玩儿藏蒙哥儿都是在天大黑之后,这时人才好躲藏。参加者不拘多少,几个人或十几个都行。先用手心手背,单个倒霉的办法选出捉者,其余人便是藏者。捉者冲墙站立,不许回头看,藏者开始向黑暗处或小胡同里奔跑,跑出一段距离后,藏者开始喊:“嘎啦嘎啦一声了!”片刻,再喊:“嘎啦嘎啦两声了!”再片刻,又喊:“嘎啦嘎啦三声了!”这时,捉者开始循声追赶。藏者或跑或藏,极尽逃跑和躲藏之能事。捉者边追边找,要眼明心亮腿快。如果哪个藏者被发现,并被捉者拍上一掌,就算出局了。然后,全体人员重新再来。

胡同深深,路灯昏暗,藏者和捉者都兴趣盎然。我很少被捉,因为总是藏到别人意想不到的地方,比如公用厕所的房顶。我的一个小学同学曾在慌乱之间跑到了副食商店的后院,见一溜儿大缸,便掀开盖跳进缸里。不想那是腌咸菜用的缸,里面满是咸菜汤。那时正是隆冬,他浑身湿透,回家挨了一顿暴打。几天之后,他穿着连烤带晒的棉袄棉裤在胡同里露面,那上面泛着一层白花花的盐花儿。

其他游戏还有许多,诸如:拍洋画、扇三角、推圈儿、摔胶泥、翻绳儿、下五子儿棋、打土仗……不再一一赘述。五六十岁了,再让回忆勾起玩儿这些游戏的瘾,有些不像话。

读书忆旧

如果不写写关于读书的事，我怕读者会以为我这辈子光淘气了。

父亲有几个爱好：钢笔，手表，听收音机，读书报。

我小的时候，他有一枝花杆金笔，十分喜欢，告诉我说，这是美国的派克笔，叫“缧纹派克”。我借用过，写起字来特别圆润流利，便一直想占有它。我升到五年级时，可以用钢笔写作业了，父亲就非常郑重地把“缧纹派克”送给我，让我好好用它写字。可是，我一直写不好字，跟他比差远了。父亲自己又买了一枝英雄牌金笔。他戴着一块手表，两个大指针，一个小指针，表盘上有一个像中国铁路标志似的图案，父亲说这是瑞士的欧米茄表。后来，他在前门劝业场的一家委托行看到一块崭新的大罗马表，便急匆匆地回家，跟母亲商量了一下，到银行取出 180 块钱，把那手表买下了。父亲喜欢得不得了，总是把它贴在耳旁听，还让我蒙在被子里面，看手表上的夜光。叔叔出差到北京，父亲把那块罗马表给了叔叔，叔叔戴了好几十年。我上山下乡回家探亲，他把那块欧米茄送给我。我戴了一段时间，嫌它只有两个半针，不好看，就不戴了，换了一块国产表。无论是“缧纹派克”，还是两个半针的欧米茄，现在如果还在，都可以算作古董了。

家里原来有一台老式收音机，父亲嫌它收音效果不好，又买了一台红星牌的七灯新收音机。那时的收音机都是电子管的，人们管电子管叫“灯”，七个灯的收音机已经很好了，可以收到短波。父亲晚上十点以后常常听短波，声音开得非常小，只他一个人可以听到。后来，我知道那是“偷听敌台”，是一种罪过。我在北大荒时也偷听过“敌台”，一直以为那没有什么，不过是从另一个方面知道一下世界所发生的事情罢了。至于对事情的真伪判断，人们还有自己眼睛和脑子。红星收音机买回来以后，我主要是听评书连播，都是连阔如播讲的，先是《东汉演义》，后是《三国演义》；时间应该是在 1958 年之前，因为连阔如在 1957 年就成“右派”了。后来还听过马连登播讲的《杨家将》。那时，我每天晚上六点听评书雷打不动。

父亲喜欢读有关哲学方面的书，古代的和现代的都读。从《北京晚报》创刊，他就订了一份，每天下班回家就开始读报，把所有的内容都要看过。他读完后，我就拿起来读，主要是读“五色土”那块版，其中特别喜欢右上角的《燕山夜话》和下面的长篇小说连载。当然，我那时看不懂《燕山夜话》，只记住了文章里面的一些知识，比如大白菜在古汉语中是“菘”。

我读第一部长篇小说是小学三年级，是苏联的作品《绿锁链》，从同学那里借来的，讲的是少年反特故事。我废寝忘食，三天就读完了。从此，我读小说的兴趣一发而不可收，只要见到小说就拿来读。父亲非常反对，说我读的都是“闲书”，没有用处。然而，我可不管有用没用，还是像饿狼一样，到处找小说来看。

那年，东坛根新搬来一个邻居，姓李，就在我家的斜对门儿的七号。他家有一个孩子叫广志，比我大几岁，我喜欢跟他玩儿。有一天，他带我到他家，让我看他家的书。这下我高兴坏了，这么一大箱子书！我开始从他那里借书，几天就换一本。其中印象最深的是“三言二拍”和《封神演义》。那时，我不喜欢《红楼梦》，觉得里面说的都是一些絮絮叨叨的事儿，没多大劲。我读书常常不睡觉，为了不被父亲发现，就用被子蒙起头，打开手电筒偷着看。小学六年级时，我坐在教室的倒数第二排，总是看不清老师在黑板上写的字，便以为其他同学也看不清。那一年，我的学习几乎完全是凭着听老师讲课，对于黑板上的东西，我一直稀里糊涂。上中学了，进行体检，我的两只眼睛都是0.3，这才知道我已经是近视眼了！于是，我从十三岁开始戴眼镜，一直戴到现在。

中学有图书馆，我开始借书看。但是，学校的图书馆有一个缺点，只能在阅览大厅看目录选书，然后到窗口借书，不能到书库里自己去挑选。后来，我发现在永定门铁道桥旁的路西，一个高台阶上的院里有个图书室，就成了那里的常客。

那个院儿不大，南北各三间房，东西各两间房，除去一间东房是办公室外，其他都是书库兼阅览室。图书室只有一个管理员，姓孙，中等偏上的个儿，脸上布满麻子。孙老师非常和善，常常向我推荐书。这里对图书的管理是开放式的，读书的人能够随意到书架上挑选。既可以在阅览室里读书，也可以把书借回家去。手续也方便，中学生凭学生证办个借书证就可以了。借书是免费的，如果丢失图书，要照价赔偿。我几乎一直保持三四天换一本书的速度来借书，课余时间读不过来，就偷偷在课堂上读。我记得，老舍的《骆驼祥子》都是在课堂上看完的。那时，我开始读外国的小说，巴尔扎克、雨果、司汤达、狄更斯等，就是那段时间读的。我特别喜欢俄罗斯和苏联作家的作品，托尔斯泰、果戈理、肖洛霍夫、奥斯特洛夫斯基……读了屠格涅夫的《猎人笔记》，我也开始喜欢散文了。俄罗斯文学中特有的苍茫、辽阔和忧郁，一直让我神往到现在。我数理化成绩不好，就是那时打下的“基础”。但是，我的语文，特别是作文的成绩一直很好，也和那一段时间有关。有一天，我到图书室去，孙老师非常神秘地对我说，这一期的《中国妇女》给收回了，因为封面的画里隐藏着“反标”。他说，我仔细看了半天，没看出来。

这好像是 1964 年的事。

现在，我依然保持着读书的习惯，只不过不像那时那样读了，因为有了电视。电视给了人们许多廉价的娱乐，却抢走了不少能够滋润人心灵的阅读。

铁道桥旁的图书室和其他房屋都已经没有了，扩建成宽宽的马路。孙老师不知还在世否？

地震岁月

1976年的夏天，我为从北大荒回到北京后没有正式工作而发愁。一月份的时候，找了一个临时工作，在食品厂做面包；4月初，由于“四五”天安门运动和车间领导一言不合，我结了几块钱，不干了。自那以后，一直没有活儿可干，便每天白天到天坛里瞎转，晚上在护城河边溜达，心里充满了郁闷和激愤。

7月28日凌晨，正在睡梦中，突然，大地疯狂地上下抖动，我被惊醒，最初以为身边在过坦克，但马上意识到不对，大叫一声：“地震啦！”便再想也没想，一翻身跳到地上，跑到正房，把坐在床边发呆的父亲一下抱到怀里，快步跑到院子当中。两个弟弟也把母亲从屋里架了出来。这时，大地开始水平晃动，院里的房子来回摇摆着，发出嘎吱嘎吱的响声。全院人都跑了出来，站在院子当中，惊恐地看着好像马上就要倒塌的房屋，一言不发地等待着灾祸的降临。

好在，一切都在片刻之后停止了。我跑到院门外，看到胡同里站满了人，许多人只穿着三角裤衩。不远处，烟尘还没有散去，有的房子山墙倒了。没有人受伤，大家只是受了惊吓。这要感谢中国的木结构建筑，墙倒屋不塌。

惊吓还没有过去，人们议论纷纷，不知道下一步该怎么办，几乎所有的人都站在胡同里不动。突然，倾盆大雨挟着电闪雷鸣从天而降。我从来没有见过如此的豪雨，没有几分钟，胡同里已经水流成河。大家不敢回屋，就这么站在暴雨之中，儿女们搀扶着年迈的父母，年轻的父母抱着孩子，全然失去了抵抗……

一直到上午才传来消息，唐山发生了大地震。父亲说，北京离唐山那么远，尚且如此，不知道唐山该是什么样子！

不断有余震发生，人们已经不像凌晨时那样恐慌，但是，没有人敢回家，都在胡同和护城河边不停地走来走去。居委会在这时发挥了作用，号召大家搭建临时帐篷，暂时都不要回家住宿。一时间，所有的青壮年都行动起来，从院里拿出各种竹竿、木棍、绳子和塑料布，在护城河边，在马路旁，在一切远离房屋的空地上搭建起各式各样、五颜六色的帐篷。后来，这种帐篷逐渐复杂化、正规化，装上了门和窗户。人们也不再睡在地上，而是把床铺支在帐篷里，炉子搬到帐篷旁，开始在这里过起日子。于是，抗震棚诞生了。

我没有睡过抗震棚，院里需要一个人值班，为各家看守门户。我自告奋勇，愿意留守在院里。那些日子，我一直睡在院子当中的一对沙发上。

抗震期间，更是没事可干，我白天便骑着自行车到处瞎转。天坛公园已经全面免费开放，骑着车就可以进去，里面所有空地都被抗震的人们占领，在古树和花草之间搭建成一座座抗震棚。

那个时期，北京人表现出前所未有的团结和亲善，大家不分彼此，互相帮忙，甚至几家人挤在一个抗震棚里。

余震渐渐停止，恐慌渐渐平静，人们开始往自己的家中回迁。这时，他们从抗震棚中得了启发，为什么不在自己的院里占一块地方，建造更为结实，更为适合居住的“抗震棚”呢？为什么不能自己解决一下居住拥挤的问题呢？于是，在回迁不久，人们到处找木料，找砖瓦，找油毡，找白灰，找水泥……各个院里又开始大兴土木。几乎就在眨眼之间，以“抗震棚”名义建起来的临时建筑出现了。后来，“抗震棚”越盖越好，有的甚至超过了正式住房。

北京的院子变样了。原本每个院儿都有一块供公用的空地，还种着或大或小的树，现在却成了曲里拐弯的小胡同，推自行车出入都非常困难。可是，大家忍了，居住宽敞点儿总比出行困难重要得多。人们在抗震棚里结婚，生孩子，过日子。斯是陋室，其乐也融融！

不用说，我家那时也盖了“抗震棚”。

我跟古建筑专家马旭初老先生聊过四合院。他说，四合院是好，但要看怎么使用。原本四合院就是为了独门独户居住的，影壁、垂花门不光是为了好看，它们还有遮蔽的作用。人们的私生活是不愿意让外人看到的。后来，四合院成大杂院了，几户、十几户甚至几十户人家住在一个院儿里，每家的生活就没有什么私密性可讲了。还有，四合院要有必要的现代化设施，特别是上下水，要能在家里洗澡、方便。老人说，我是搞古建的，可你要是让我住着这种四合院，大冬天的，早晨起来提着裤子往公共厕所跑，那我还是选择住楼房。

当然，这是另一个话题。

地震的影响还没有完全消失，9 月 9 日下午，传来了毛泽东逝世的消息。我骑车来到天安门前，站在金水桥上，看着半降的国旗，心里涌满了一种说不出来的复杂感受。可以确信的是，一个时代结束了……

失乐园

2003年的一个秋日，我来到永定门，那里的拆迁几近结束，马路两边的房子已经被推平，几十年来熟悉的景物都荡然无存。我徜徉在碎砖瓦砾和落叶之中，向这一片废墟告别，向我记忆中的梦境告别，心里一片惆怅。从上个世纪七十年代起，住在这一带的人们就盼望着拆迁，好有一个宽敞点儿的地方住。现在，大家的愿望终于实现了，从永定门脸儿开始，一直到天坛西门，两侧的民居都拆除了，一户人家都没有了。

废墟上还有不少闲逛的人，我猜想他们也和我一样，曾经在这里居住过，如今，来向他们以往的家园作最后的告别。

我小心地绕开一块块碎砖，寻找可能还存在的熟悉的东西。从方位上估计，这里也许就是我家住过的院子。不错，的确是，我从残存的一块几平方米的水泥地面上，发现了熟悉的地板革，花纹和颜色都表明，这儿就是曾经的家！我站在那块水泥地面的地板革上，想起了在这里去世的父亲母亲……如今，他们长眠在他们青少年时代的家乡，枕着长白山的林涛，不用再理会人间的忧愁与痛苦了。

一条粗糙的柏油路在废墟中向北延伸，这一定是东坛根——它两边的院落和房子哪里去了？它们被大卡车运到什么地方去了？再往北走，这里是“大口儿”，以前一走到这里，我总是想起老街道主任刘绍堂。从我一记事起，刘绍堂就是居委会主任。他高高胖胖，剃着光头，不苟言笑，总是穿一身非常干净的裤褂，显得十分威严。我们这些孩子也许不怕父母，但没有不惧怕刘绍堂的。正淘气时，只要看到他的身影，我们就会四处逃窜。十几年当中，他一直当主任，天天领着街道积极分子检查卫生，调解纠纷，传达执行上面的各种精神。我记得很清楚，每年夏天，大概下午两三点钟时，他总是从胡同这头走到胡同那头，嘴里不停地吹着哨子，还大声喊：“泼街啦！泼街啦！”这时，每个院子里就会出来人，提着水桶到水管子那里去接水，然后用瓢把清水泼向还没有铺柏油的路面。泼过街之后，胡同里泛起一股泥土的清香，也立刻凉快下来……“文革”时，刘绍堂被批斗，在“大庙”里当众跪着挨打，全身鲜血淋淋，造反派们还在他的伤口上搓盐，疼得他惨叫不已。那天回到家里，不想再受屈辱，他和老伴儿一起上吊了！他死时总该有六十多岁，现在要是活着……不，他不会活到现在，这条胡同里没有活到一百岁的人。

眼前没有什么东西能够遮挡视线，我看到西边还有几间房子拆了一半，又停止拆除了，在一片空旷中格外显眼。不用问，那一定是“大庙”。本来是想拆的，但有人提出那是建筑文物，现在就停了下来。我走到侥幸未被拆完的“大庙”前，大殿的门窗已经被拆除，殿内裸露着梁柁。它肯定是我上过课的那间教室，可它不是我记忆中那座大殿，现在，它怎么显得那么窄小，那么不起眼呀？它当过几年永定门小学的教室，后来又成了民房，难道是因为成为民房而变得窄小了吗？当然不是。我长大了，而且已经年过半百，我知道，它根本不是什么“大庙”，而只是一座小庙。

我在曾经的永定门大街上走着，心里不停地说：这儿是税局子；这儿是三条；这儿是西街的粉店口；这儿是光明里；这儿是三益里；这儿是永定门小学；这儿是橡胶八厂，父亲在这里工作过十几年；这儿是紫竹林小学，五十年前，路边儿有一台石碾子，那天，母亲带着刚刚两岁的妹妹到这里碾东西，妹妹走丢了，把全家人都急疯了。最后，段上（派出所）留用的解放前的老警察老王来报信儿，说找到了，有人把妹妹送到了现在是自然博物馆的天坛派出所，我和父母赶到派出所，妹妹正坐在桌子上吃警察给买的饼干呢……

而现在，眼前一片废墟，似乎一切都灰飞烟灭了！

过了一年，听说永定门楼已经修复，我急于想看看久违四十多年的老朋友。2004 年 9 月 30 日，我又一次来到这里，眼前景象让我大吃一惊。

修复后的永定门楼，还是三层飞檐，还是按当年的规格建制，但是，它哪儿好像有点儿不对。我绕着城楼走了好几圈，跟那些也是来看老朋友的人聊起来，他们也觉得好像有哪儿不对。大家你一言我一语地说着，都是同样的感觉——这个新城楼看起来比老城楼矮，比老城楼单薄，城门道也窄多了；再说，原来的城门老是开着的，一眼就能看到城外……大家既兴奋，又有些失望。我后来想，这应该是时代给记忆造成的误差。四十多年前，北京有几座高大建筑啊？永定门这一片儿更是没有高大建筑，在一片灰色的平房当中，城楼自然是鹤立鸡群，显得高大威风。而现在，我们见惯了高大建筑，永定门虽然是按原来的形制尺寸修复，它必然不再是我们印象中的那个样子。

可以确定的是，虽然修复了，但永定门绝对不是原来的那个永定门了。历史被打碎了，不可能再修复。在我的心目中，它是一个赝品！

马路两边的房子都拆除了，“大庙”修复一新，过去一看，大殿前立着一块石碑，碑文是记述清咸丰年间重修观音寺的。这块石碑是刚刚出土的。至此，我才知道“大庙”原来是观音寺。

原来的永定门大街成了步行街，前来或怀旧或看新的人们在路上来来往往。两侧的居民区变成了绿地，种着花草树木。通行车辆的道路挪到了东西两边的坛墙根儿下。东坛的坛墙修复了，不过我觉得比老坛墙矮了不少。坛墙里面东坛的野景不会再重新出现，那里上世纪六十年代盖了一些简易楼，七十年代又盖起了一片预制板楼房，即使拆除，也不会让它荒芜，一定又是一片新的楼区。我少年时代的东坛像城墙一样，不可挽回地永远失去了！

三十年前，当那片预制板楼房刚建好的时候，这一带的老居民常常到楼群里转悠，他们赞叹新楼房，羡慕搬到这里住的人们：咱们什么时候也能住上楼房，住得宽绰一些呀！现在，老街坊们都搬走了，我想，绝大多数都搬进了比这些楼房要好得多的楼房里去了，但是，他们真的舍得离开自己住了几十年，甚至好几代的家园吗？

家，对于我们来说，究竟意味着什么呢？当生活一切正常时，我们想不到家的重要。欢乐时，我们往往从家中走出，到外面的世界享受欢乐带来的愉快；而当灾难来临时，家就是我们最后的避风港，在那里，我们可以得到无私的安慰，可以毫不掩饰地舔自己身上的伤口。因此，无论是欢乐时，还是灾难时，家都是我们的乐园。

当然，现在我们每个人仍然都有一个家。但是，永定门一带的一切都变样了，东坛不复存在了，城墙不复存在了，东坛根胡同不复存在了……仅对个人而言，我失去了乐园。

岁月悠悠，斗转星移。人生在世，不能，也不会一味地只向前看，不向后看。向后看，就是看历史。而说实话，老百姓向后看也看不了多远，只能向后看个几十年，而且，所看到的也多是一些身边居家过日子的事情。这就是他们的历史。这“历史”在历史学家和高瞻远瞩者眼里，可能只是短暂的一瞬，只是些无所谓的琐事。但是，对于我们老百姓来说，它却是活生生的生活和鲜灵灵的生命。它能告诉我们，要记住哪些教训，要珍惜什么东西，不要再发生把永定门拆了然后再建的这类事情了。

向后看，是一种必要，也是一种权利。

小的时候看革命回忆录《红旗飘飘》，在敬佩那些老红军、老八路的同时，曾经偷偷对自己的未来进行过预测。这种“预测”现在看来真是可笑——这位将军十八岁当师长，那位将军二十二岁当军长……我现在十三岁，再有五年我就……现实生活是，五年之后我已经到北大荒了。在那里读到一位革命导师的高中毕业论文，其中说过一些话，大意是：一个人在社会中的地位，在他还没有对这个社会发生决定性影响之前就多少已经确定了。这个观点对我有相当的负面刺激，以那时的处境来看，我在社会中的地位前景不妙，几十年后，岂不是要为自己的碌碌无为而懊悔吗？那些老红军老八路老的时候，能够回忆爬雪山过草地，回忆延安的宝塔山延河水。我呢？像父亲说的，尽干了些狗扯羊皮的事，我能回忆什么呢？十年知青生涯，让我懂了不少事，慢慢地，我知道自己当不了师长军长，像绝大多数人一样，只能当一个普通老百姓。我认命了，而且觉得不错。

时代在进步，社会赋予我们每一个人更多的权利。那么，闲来无事，我就回忆起那些“狗扯羊皮”的往事，把它们写成了文字，算是我为老北京，为老永定门，为东坛根胡同唱的一曲我私人的挽歌。

天高云淡雁成行，展翅飘飘归故乡。追逐春风千万里，比翼飞向北大荒。转眼不觉山河变。看不见家乡在何方……

……　…　…………　…………………………　…………　……　……

苍茫北大荒

初到北大荒

火车“哐当”一声就停了。

我被巨大猛烈的震动弄醒，看看车厢四周，多数人还在睡着，车厢顶上吊着的马灯噗噗地冒着火苗，一时间，我不知道自己是在什么地方。火车头喘着粗气，车厢外传来人的喊叫声。我揉揉眼睛，一下记起了这列火车，也似乎知道了现在是在什么地方。

这一年我十六岁。我是在去北大荒的火车上。

1965 年，在许多人的印象中，上山下乡运动还没有开始。这是由于大家总是把“文化大革命”和它联系到一起，其实，上山下乡早就开始了。1956 年，北京有一支青年垦荒队到了刚刚开发的北大荒；以后，邢燕子、董加耕、侯隽更是成了青年学生学习的榜样。1963 年，北京的一批青年学生到了北大荒的国营农场，成了那里的第一批知识青年；1964 年，更多的北京学生接踵而至。在北京给我们作报告的就是一位 1963 年去的“老一辈革命家”。

是的，我记起了现在是在什么地方。9 月 3 号，我们从北京坐上了一列绿色的火车；昨天，也就是 9 月 5 号，到了密山，在一个根本没有印象的旅馆里住了半宿。我记得在那里平生第一次吃了一种新鲜的“水果”,它有个莫名其妙的名字:洋姑娘。像北京的“小赤包”,但前者是黄色的,后者是红色的,味儿也有区别。

北国边陲的夜黑咕隆咚的,有几盏昏暗的路灯,反而使夜色更加沉重了。挺冷的,身上有点发紧。前天北京还是那么热,在车站上,大家挥汗如雨。我们还都是些孩子,大的十九岁,最小的才十四岁。那是姐妹俩,妹妹非跟姐姐来不可。一百多个人,来自不同的学校,大多数人谁也不认识谁,因此没有什么话可说。前面有人说到车站了。我不觉得有什么车站,一样沉重的夜色,一样昏暗的灯光,一样冷飕飕的空气。又走了一会儿,一声尖锐巨大的汽笛声撕裂夜空,吓得伸手可摘的星星直哆嗦;接着就传来火车头低沉的喘气声。

到北京去接我们的马干事和王干事分派我们到各自的车厢。走到车厢前,我一下愣住了,它既不像客车,也不像货车,后来知道这叫小火车。门开在车厢的中间,没有梯子一类的东西,我们只好手脚并用地爬上去。上了车,首先看到的是一盏吊在车顶的马灯,火苗一下一下地跳动着。靠车厢的四周有一排长椅,没有上漆。我们就坐在这些冰凉的长椅上,开始窃窃私语。

“怎么这样呀?”

“谁知道呢!”

“这也挺新鲜的。”

“哎哟,四面透风嘿!”

大约过了二十分钟,火车开动了。随着车体的一摇一晃,我有些发困,马上进入一种半睡半醒的状态。不知道过了多长时间,我被一阵大声的说话声惊醒。

“同学们,还是叫你们同志们吧!同志们,不要睡觉,小心着凉感冒。来,我们大声唱歌,我来起个头:我们年轻人有颗火热的心,预备——唱!”

有人跟着唱了,但声音不大。我没有唱,只是犯困。

领大家唱歌的人是王干事,叫王志民。刚才,我没见他在这一节车厢,他是怎么过来的呢?车厢只有中间有一个门。他长得非常挺拔,而且英俊,一双眼睛总是笑眯眯的。现在没在车厢里的马干事有些发胖,挺着一个大肚子,脸上都是肉,没有下巴颏,很会说笑话,极具幽默感。

在别人的革命歌曲声中,我睡着了……

现在,火车停了,不再向前开了,我们到了目的地了吗?突然,车门被哗地一下拉开,有人大声喊:“到了,到了,准备下车!”

车厢里乱了起来,大家纷纷找自己的东西。不知为什么,我竟有些留恋这节车厢,心中想起贺敬之写上山下乡的诗句:

> 在九曲黄河的上游,
> 在西去列车的窗口。
> 是大西北一个平静的夏夜,
> 是高原上月在中天的时候。
> 此刻,满车的歌声已经停歇,
> 婴儿已在母亲的怀中睡熟……

我提着一个很小的手提箱跳到地上,站在迷蒙的黎明前黑暗中。四周都是人,他们在大声地说着话。手电光射来射去,远处有电灯在闪烁。我不知道该干些什么,只是随着大拨的人往前走。慢慢地,眼前出现一排卡车。

“上车吧,还有六十里就到家了!”王干事精神百倍地说。

汽车开动了,穿过一个集镇(后来我知道它叫迎春),很快就进入了山林之中。这时天有些泛亮了,晨雾弥漫在四周,缭绕在山包和树林之间。我们站在卡车上,面对着这片陌生的天地。

不到一个小时,我们到了852农场。按照安排,我们一放下东西,就马上到圈房子里去睡觉。躺在大炕上,我马上就进入了梦中。

一觉醒来,已经快到中午了。据说还有半个小时吃饭,我就一个人走出了圈房子。所谓圈房子,就是四面长长的草房,中间围出了一个很大的天井。这种草房在当地叫“拉合辫房”,在以后的岁月里,我也盖过拉合辫房,却一直没有懂它是鄂伦春语,是满语,是赫哲语,还是俄语,或者干脆就是形象化的汉语。问过不少人,都回答不出来,也许这将是我终生的疑问。一走出圈房子,面前是一片惊心动魄的森林。这些树几乎都是一个品种,我虽然从来也没有见过它们,但一下就知道了它们的名字:白桦。笔直挺拔的树干,在阳光下闪耀着雪白的光辉,一蓬蓬巨大的树冠,在秋风中抖动着黄绿相间的叶子。这片森林给我的印象只能用一个词来形容,那就是壮美。白桦林中掩映着几栋用圆木搭成的房子,它们很像俄罗斯小说中的林间小木屋。后来知道,这是几个农场场级领导的家。圈房子的西边是一座高大的现代化建筑,那是农场的俱乐部。我循着小路向林中走去,迎面走来一只狗,我有些害怕,它却向我友好地摇着尾巴。一进入森林,我立刻觉得自己变得十分渺小,以至于胆子也一下变小了起来。高大的白桦树下,是一丛丛灌木和一蓬蓬野草,我想象那里面随时都会窜出什么野兽,因而觉得头皮发“炸”。还好,远处有人在喊:“哎——吃饭喽!”我给自己找到了台阶,转身向来的方向走去。

852农场总场的所在地叫南横林子。在我十年以后回到北京的岁月里,一想起北大荒,首先出现在眼前的就是这片叫南横林子的白桦林。它是我们农场的象征,也是我们农场的骄傲。这里曾作为电影《北大荒人》的外景地,崔嵬、张平等著名电影艺术家在南横林子度过不少日日夜夜。八十年代初,这里还作为另一部电影《我们的田野》的外景地,影片中那片令人难忘的白桦林就是我们的白桦林!我去看这部片子,一半是因为它是写北大荒知青的,另一半就是为了去看那片白桦林。后来在《北京晚报》开的电影座谈会上,为了那片白桦林我说了段话:“作为知青,我们和新中国一起经历无数苦难,同时也一起经历了锻炼。因此,我们可以说,在今后的生活中,无论是那片白桦林,还是长安街,都是我们的田野!”返城回北京以后,我曾经多次重返农场,这片白桦林越来越稀疏,规模越来越小,它被伐得七零八落,再也不见了往日激动人心的壮美。我为此而感到失落,心里发酸。

晚饭的时候,农场的几位领导来陪我们吃饭。这是一家对外营业的饭馆,名字却叫“三食堂”。有三食堂,当然也有一食堂二食堂,但没有人知道它们在哪里,而三食堂却是名闻遐迩,人人皆知。马干事首先给我们介绍的是农场场长黄振荣。这人五十岁出头,中等个,一双大眼睛,下眼睑有些松弛,脸上一直洋溢着笑容。他穿着一身灰色的中山装,戴着一顶灰色的的帽子,黑皮鞋上布满了尘土。这是一个传奇式人物。据说,他十四岁参加西北军,给冯玉祥当过勤务兵,后来参加宁都起义,成为红军,经历过长征,上过抗大,抗美援朝战争时是志愿军铁道兵8503师的代师长。1956年,王震出任农垦部长,黄振荣率全师官兵集体转业，来到北大荒。当年就是他带着一个警卫员到这一带踏荒建场的。我当时有一个疑问，一个这样老资格的老红军，怎么现在才是一个农场的场长呢？后来有人说，咱们农场还有三个老红军呢！第一任书记兼场长李桂莲，是一个少将，现在调新疆去了；另外一个叫邝汉球，是强渡大渡河的十八勇士之一，也有人说是后备队成员，是副场长，现在调北京双桥农场去了；还有一个副场长，叫苟载坤，也调走了，对他的传说不多。介绍的第二个人是农场的书记，叫耿志义，是个老八路。第三个人叫黄根堂，是副场长，一看就知道是个精明强干的人。还介绍了好几位，一时也记不住那么许多。

这真是一个盛大的宴会！我记不住都吃了些什么，只记得满桌子都是菜，鸡鸭鱼肉，飞禽走兽，还有酒！我是一个穷人家的孩子，从来也没有吃过这么好的东西。吃着这么好的东西，我觉得幸福极了，一点儿也不想家。是不是每一个人都这样呢？我看差不多。我们都是自愿到北大荒来的，没有人强迫我们，再说，那个时代的年轻人大多都很单纯，没有太多的想法。大家都刚刚经历了三年困难时期，挨过饿，现在吃这么好的东西，谁还想家呢？场长书记们来敬酒，我从来没喝过这玩意儿，就使劲地喝了一大口，只觉得是吞下了一团火。

不久，宴会散了。我觉得头晕，晕得好玩，控制不住自己。往外走的时候，趁没有人注意，我翻了两个跟斗。来到外面，凉风一吹，一阵恶心，我吐了。吐得非常全面，非常彻底……

王干事通知我们要在总场住几天，9 月 11 号分到各个分场。这几天要在总场学习一下，也休息一下。我从来也不爱学习，记不住学习内容，但是，我在那几天对 852 农场有了一个大致的了解。

852农场有好几万人，近一百万亩耕地，还有许多没有开垦的荒地。据说，它是世界第三大农场。第一是北大荒的友谊农场，第二是巴西的一个农场，第三就是852农场。有人说，我们本应该是世界第一的，因为东面的853农场和西面的597农场都是从852农场分出去的。那也是两个挺大的农场，如果不分出去，我们无疑是世界冠军！总场下面有七个农业分场，还有几个相当于分场一级的直属单位：工程大队、林场、煤矿、修配厂、学校、医院、面粉加工厂和场直机关。

农场在宝清县境内，但农场的人绝对是看不起地方的。说起来也真有点妙不可言，南横林子是宝清县的一个镇，但我们从不知道镇长是谁。我后来所在的五分场在索伦乡，有一个王乡长，可是他却归五分场领导，乡政府只是分场的一个办公室，管一管结婚登记什么的。宝清县是县团级，而我们农场却是地师级。可话又说回来，农场的耿书记又只是宝清县的县委委员。总之，农场的人是看不起地方的。有这样一个传说：宝清县一位副县长坐着吉普车到了农场境内，由于刚刚下过雨，汽车“误”在水坑里。随行的秘书走了好几里路，来到农场的一个生产队，要找拖拉机把那汽车拉出来。他来到农具场，看到一群人正在检修拖拉机，就上前去说。人家正忙，没有及时答话。他有点儿急了，就一惊一乍地说：“那车上坐的可是个十七级副县长啊！”这时，一个满手是油污的人站了起来，说：“十七级？我他妈的还是十六级呢，谁尿我呀?!”那个秘书弄了一个灰头土脸，走了。当然，后来十六级的生产队长还是让拖拉机把那汽车拉了出来。

离开总场的前一天，傍晚时分，我和几个人一起顺着大路走到白桦林的西面。我被眼前的景色给惊呆了。放眼望去，前面是一片无边无际逐渐升高的慢坡，慢坡的顶端停着一轮巨大无比的太阳，它血红血红的，正像毛泽东的诗中所说：苍山如海，残阳如血。我们站在路边，注视着渐渐下沉的太阳。逆着光，山林大地都像剪影一般，一队南飞的大雁嘎嘎地叫着，穿过落日，直飞入绚丽灿烂的晚霞中去。天边有几朵火红的云彩，像一个个燃烧的火把。太阳落到慢坡的后面，天色一下暗了下来，周围水墨似的山影渐渐淡了。世界变得无比的寂静，身后白桦林中刚才还啁啾鸣叫的鸟儿也停止了歌唱。甚至连风声都没有，我们的身后只有一片静穆的白桦林。

在那一个时刻，我懂得了美。

9 月 11 号中午，随着来接我们的五分场于秘书，我们坐卡车到了五分场。一到，我们先在一个叫“小饭馆”的饭馆吃了一顿饭，那又是一个很丰盛的宴会。然后，我们到场部办公室开会。场长陈海日和书记史瑞轩都讲了话。由于要同刚刚混熟的新朋友分手，前一天夜里几乎没有睡觉，我开始打盹，根本没听到两位分场领导说了些什么。后来有人叫我，我听见于秘书说：“刘进元，你分到五队。来，认识一下，这是你们的赵指导员。”我冲赵指导员点了一下头，他冲我笑了笑。和我同时分到五队的还有两个人：常万福和柏林。

散会以后，我把铺盖和小手提箱装到马车上，然后也把自己装到马车上。赶车的老板儿一甩大鞭子，马车动了起来。上了大路以后，顺着一条红砂石公路一直往北，我颠簸着，奔向我命中注定要生活十年的地方……

坐在马车上，我还是一点儿心事都没有。我知道自己不傻，但我从来也不是一个精明的人。这话现在说可能有些不准确，一个十六岁的孩子，怎么能用“精明”来形容呢？但是，在以后的岁月里，一直到现在，我仍然不是一个精明的人。粗粗拉拉，没心没肺。许多人认为我“社会经验”丰富，我讨厌这种说法。作为一个作家，像其他许多作家一样，说起社会来，好像什么都知道，没有不明白的事。其实不然。我太了解作家了，基本上都是狗掀门帘子——嘴上的能耐。当然他们也能写，写得好像把社会都看透了，作品里充满了智慧。但是，那只是他们的想象力发达罢了。如果真的碰到事情，特别是处理有关人或者钱的事，一百个作家，有九十个全会表现得智力低下！

当然，十六岁的我没有一点儿心事，并不是因为智力低下，而是因为天生就是那个样子。我是第一次坐马车，有种飘飘欲仙的感觉。四匹马拉着两个轱辘的车，一路小跑，马蹄踏在沙石路面上，发出清脆的响声。已经是黄昏了，金红色的夕阳悬在杂树林的上头，把缠绕在林间的晚雾染成了玫瑰色。树林里有一种不知名的鸟在叫，声音特别嘹亮，我猜想它的个儿一定也特别大。突然，一只动物从树林中窜出，跑到前面的公路上，停了下来，向我们张望。

“鹿！”我惊讶地大叫，“一只鹿！”

赵指导员笑了，用一种我听不大明白的口音说：“那不是鹿，是狍子。傻狍子！”刚才，他一直在跟常万福和柏林说话，我却没有注意他的口音。以后我知道，他是浙江人。那狍子瞪着一双惊恐的眼睛看着我们，一动也不动。我想也许能抓到它吧？可是，它却突然一下蹿下了公路，朝着另一边的树林飞似的跑去。它跑的姿势真是棒极了，一蹿一蹿的，像飞起来一样。

“这东西，有的是！”马车老板儿说，“这是一只孤的。经常能见到一群一群的，几十上百只。”

我不由得心里充满了向往。

过了慢坡和树林，前面就是一片平平坦坦的大平原。路两边的耕地一望无际，有的种着庄稼，有的光秃秃的。赵指导员说，高的庄稼是苞米（这我知道，北京叫老玉米），矮的是大豆，也就是黄豆；那些没种庄稼的是麦翻地，麦子收完了，地也就翻过耙平了。他还说，再有个十天半个月就该秋收了，掰苞米，割大豆。

马车在公路上拐了一个S形弯儿，赵指导员指着前面，说："到了，还有三里多路就到家了。"

这时我才意识到，我要有另外一个家了，心里不觉有一些惊惶失措。

马车慢了下来。路两边各有两排碗口粗的杨树，以后我才知道，这两排杨树简直就是我们生产队的标志。在整个农场，只有我们生产队才有林荫道！暮色中，我看到前面有一些房子，路上还有一些影影绰绰的人影。

车在那群人的面前停了下来，最先上前的是一个个子很高的人。他把我们三个人一个一个地拉下车，笑着说："来啦？欢迎，欢迎！大家在这儿等了半天了。"

赵指导员介绍说，这是李队长。

李队长叫李安厚，赵指导员叫赵相银。来迎接我们的还有副队长骆文仲、张智庆。

"来啦，小哥儿几个！"一口纯粹的北京话。

"别他妈傻啦，二哥，帮助搬东西吧！"又是极地道的北京话。

"孙子，谁他妈傻啦？我这不是拿着两个行李呢吗？"仍然是一点不错音的北京话。

李队长说对我们说："这几位也都是北京青年，1963年来的，两年了。"他又对那几个北京青年说，"你们先把东西拿到屋里，然后再自我介绍一下。”

那几个北京青年手提肩扛着东西在前面走了。我们跟在他们的后面，向路边的第一栋房子走去。

这是一栋砖、石、瓦和“拉合辫”混合结构的房子。地基是石头垒的，垛子是砖砌的，墙是“拉合辫”的，房顶上铺着瓦。开着三个门，我们被领进中间的门。进门是个小外屋，里面又有三个门，李队长说，你们住西边那间。正说着，西边屋里出来一个人，个子很矮，却穿了一件很长的衣裳。“欢迎，欢迎！到里面来，到里面来！”

李队长指着那个人说：“他叫隋学滨，跟你们三个新同志一块儿住，照顾一下你们，也带一带你们。好了，进屋吧！”

我们进了屋子。那几个北京老乡也跟了进来。

李队长在外面大声说：“你们说说话，歇一会儿，然后一块儿到食堂吃饭。我们先回去了，晚上再来。”我实在太累了，连屋里是什么样也没看，就赶紧放开行李，想休息一下。正这时，窗外传来一阵钟声。

“走，三个小同志，咱们吃饭去吧。”隋学滨说。

我无力地站了起来，要跟他走。一个北京老乡却说：“小隋，你他妈的别装孙子了，这仨小哥们儿交我们了，你该干什么干什么去。瞧你那个德性！”

隋学滨不高兴，却没敢说话，夹着饭盆儿出去了。

我们就听话地跟着几个北京老乡吃饭去了。太累，一切都没在意，只记得吃是大麦米干饭和熬西葫芦。

那几个北京老乡是吴长宝、张悦、赵光久、佟连友和刘国栋。回到宿舍，老乡们和我们三个人热情地说话，我却穿着衣裳睡着了，什么也没听见。

有一些歌终生难忘

有一些歌终生难忘，而这些歌都是在北大荒唱的。

我刚到北大荒那年冬天，在水利工地，几千人甚至上万人鏖战在冰天雪地的荒原。从早上一出工棚起天就阴沉沉的，空气中似有一丝暖意。到了下午，不知不觉天上飘起了雪花。这种雪只有在北大荒才能见到。没有风，大片大片的雪花忽忽悠悠地垂直下降，在半空中搂着，抱着，粘裹成一团团的，让你觉得身边的空间毛茸茸，胀鼓鼓的，好像整个世界都被雪花壅塞了。大家很兴奋。一来是为了雪。虽然下雪在北大荒并不新鲜，但是，每当大雪降临，人们还是非常喜欢。二是为了雪后刮“烟儿泡”。民谚说：风三儿风三儿，一刮三天儿。老职工说，大雪之后要刮三天大风，风卷着雪肆虐大地，周天寒彻，奇冷无比，不能出工，只能躲在工棚里休息了。我们的工棚也叫地窨子或地窝子。平地挖一个方形的坑，深一米，宽五六米，长二三十米，甚至可以更长，主要是以住多少人来决定。然后在坑上支起人字形木架，上面铺上树枝洋草，再盖上土，一头或者两头留上门，外部建筑就算完成了。内部装修更为简单，中间留一条通道，两边地上铺上厚厚的洋草，这就是地铺，睡人。通道上有一个或者两个半卧在地下的油桶，这是炉子，有专人烧。工棚里住几十个人，或者上百人。总之，凡是生产队到水利工地来的人，不分性别，全都住在一起，只在男女之间插一排苞米秸，算是象征性的界线。后来，大批的知青到了北大荒，农场的“文明”程度有所提高，男女界限逐渐分明，工棚住宿始分男女。

大雪下了一天一夜，地上是没膝深的积雪。第二天早上，我被一种山呼海啸般的声音弄醒。这声音其实早已进入我的梦中，当我醒来时才感觉到它的可怖。不用仔细分辨，这是风的声音，只不过它的声势超出了人的想象。工棚在摇动，身体下的大地也在晃动，随着每一声风吼的来临，我都觉得这工棚马上就要塌了。很冷，冷极了，刺骨的寒风从四面八方进入工棚，像锥子一样钻进被窝，刺痛我的身体。除风声以外，工棚里出奇地安静，没有一个人起床，大家都缩在自己的被窝里，不知道是在享受不用出工的安逸，还是在忍受寒冷给身体带来的痛苦。这时，虽然是初次经历，我不用向任何人请教就知道，在工棚外面闹腾的就是大“烟儿泡”。

冰雪遮盖着伏尔加河，
冰河上跑着三套车，
有人在低声唱着忧郁的歌，
唱歌的是那赶车的人……

突然，赵光久用他的宽厚的中音唱起了歌。这支忧伤苍茫的俄罗斯歌曲，是我们这些城市青年特别喜爱的。应该说我们并没有那么深刻的忧伤，但这种情绪很合我们内心的那种的“味儿”，在后来老职工对我们的批判中，有人说得很对的：这是小资产阶级情调。我和另几个北京青年也合着唱起来，沉浸在自己营造的氛围里。唱完这一支，又接着唱另一支，还是俄罗斯的。

茫茫大草原，
路途多遥远。
有个马车夫，
将死在草原……

工棚里七八十号人，只有我们几个在唱；另外的人们都在干着自己的事情，抽烟，喝酒，打牌，扯淡……俄罗斯和苏联卫国战争时期的歌曲，对于北大荒知青来说有一种特殊的意义，不但我们爱唱，后来再来的大批知青也爱唱。这其中的原因，不仅仅是因为这里离俄罗斯大地很近，恐怕一定还有更深刻的东西，但是，我说不清。在以后的岁月里，有许多人因为唱这些歌受过批判，可作为整体的知青却死不悔改，一直把自己的音乐爱好定位在这些歌曲上。我们在劳作之余，或者忧伤，或者高兴，或者绝望，或者憧憬未来，在田野，在炕头，在公路上，在草垛旁，都会随口唱起这些歌，唱起《喀秋莎》，唱起《小路》，唱起《莫斯科郊外的晚上》……这就好像在那个剿杀文化的年代里，知青们在暗地里顽固地传阅着《上尉的女儿》《复活》《安娜·卡列尼娜》《静静的顿河》《青年近卫军》《叶尔绍夫兄弟》《远离莫斯科的地方》一样。虽然“防修反修”似乎已经深入人心，“社会帝国主义”成为了最主要的敌人，但是，我们却抵挡不住那些老俄国和苏联作家的作品诱惑，私下里认为那是文学的真正高峰。当然，不只是这些作品，还有雨果、巴尔扎克、司汤达、杰克·伦敦、海明威、梅里美、乔治·桑……我曾经为了买沙米亚金的《多雪的冬天》和三岛由纪夫的小说，专门跑到几百里以外的佳木斯去走后门，那时这些书在内部发行，供一定范围的人"参考"。

还是说唱歌。

当然，我们也唱其他歌曲，其中最喜欢唱的是我们的"场歌"，它有一个很好听的名字:《春归雁》。这是一首四分之三拍的歌:

天高云淡雁成行，
展翅飘飘归故乡。
追逐春风千万里，
比翼飞向北大荒。
转眼不觉山河变，
看不见家乡在何方……

据说这首歌是我们农场文工团自己创作的。它的旋律婉转优美，是一支非常好的圆舞曲。后来到了"文化大革命"时，它也受到了批判，被定性为"靡靡之音"的"修正主义"歌曲。然而，知青们却不管那么许多，这支歌一直在我们当中流行传唱。以至于回到城市以后，就好像可以凭着《国际歌》找到无产阶级的战友一样，我们可以凭着这支歌找到曾经在852农场生活过的人。

这些歌给我们暗淡的生活底片上增加了一点儿明媚的亮色。

有一年我参加营里的宣传队，写一些能够表演的节目。当时大家选一首在全国传唱的歌曲，名字忘了，但有几句歌词却记着：“欢乐的伽倻琴在海兰江边回荡……”是歌颂毛泽东的。可是在审查节目的时候，营里的宣传干事却说这支歌不好，是四分之三拍的，有些“软”，最好不要演出。当时大家都没有说话，但回到住的招待所之后，我们不禁骂了起来：妈的，这叫什么事啊？软？这歌不就是因为软才好听吗？骂着骂着，不知道是谁唱起了《春归雁》——

天高云淡雁成行，
展翅飘飘归故乡。
追逐春风千万里，
比翼飞向北大荒。
转眼不觉山河变，
看不见家乡在何方……

软就软吧，索性唱一些更软的。于是，大家在招待所的房间里，一支又一支地唱了起来：“我们的田野，美丽的田野，清清的河水流进无边的稻田，无边的稻田好像起伏的海面”；“让我们荡起双桨，小船儿推开波浪，水面倒映着美丽的白塔，四周环绕着绿树红墙”……夜色深了，我们小声地唱着：

一条小路曲曲弯弯细又长，
一直通向迷雾的远方。
我要沿着这条细长的小路，
送我爱人奔向战场……

一条路让人情思不断

这条路以浅红色砂石铺成，镶嵌在北大荒多彩的大地上，我在上面走过十年青春的岁月。几十年之后，它还时常出现在我的梦中，我走在上面，有时步行，有时骑马，有时坐"尤特兹"(UTOS，罗马尼亚产的轮式拖拉机)，有时坐爬犁，有时坐马车，有时我干脆躺在路边的砂石堆上……

2006 年 8 月底回北大荒参加 852 农场建场五十周年庆祝活动。从佳木斯坐汽车到宝清，一路柏油或水泥路面，风驰电掣一般，让人感觉到北大荒的巨大变化。可是到宝清时却遇到了麻烦。按常规，汽车要走杨大房(朝阳乡)，然后进入农场地界。不想，水泥公路却到县城东的挠力河大桥为止，杨大房一带正在修路，汽车走不了。同车的人说，这条路修了两三年了，修修停停，总也修不好。我问原因。说按规定新公路每五十公里设一个收费站，地方出钱修路，可收费站却只设在农场界内，花钱却把收益给了别人。因此，农场的水泥路去年就修好通车了，而这一二十公里属于地方通向农场的路却迟迟没有完工。没有办法，现在汽车只能绕行万金山、尖山子，然后进入农场。别人也许会因此而不高兴，可我却突然兴奋起来——这样走，不就要经过我的五分场五队，经过我梦中的那条路吗？

过挠力河，上了万金山，仍然是平坦的水泥路面。可是一到尖山子(三分场场部)，公路一下变得坑坑洼洼，汽车走在上面东倒西歪，发动机发出阵阵呻吟。过了尖山子，可以看到我待过十年的连队了，路况却更加不好，不禁让人想起以前的一句顺口溜：车到八五二，钢板断一半儿；车到八五三，两头一起颠。经过我的五分场五队时，天已经黑了下来，除去几盏闪烁的灯光，天地间被沉沉的暮霭笼罩，什么也看不见。黑暗使人的思想旺盛，我的心激动不已，车下就是那条梦牵魂绕的路啊！

三十多年前的这条路比现在要好，天天都有道班专人维修，虽然说不上平坦，却也差强人意。这条路不是852农场的主路，只是一条支线，路的南头是五分场场部，与宝清到总场的主路相连，向北通向三分场、七分场和五分场的两三个连队，是它们的运输命脉。属于我们五队的路差不多有五六公里吧，路两边就是我们经年累月劳作的黑土地。十年的时间，我差不多每天都要在这条路的路面上活动，几乎熟悉它的每一个细节。比如连队南边曾经铺过二百米柏油路面，是老场长黄振荣搞的试验——他想把农场的每一条路都修成这样——但是，"文化大革命"来了，老场长死了，柏油路没有铺完，这二百米路成了最难维护的地段，还不如砂石路面。从五分场到五队正好十公里，那时路边没有防风林，一眼可以看到天边，只有到了我们五队住区附近，路两边各站立着两排特立独行的杨树，那是我们的老队长李安厚带着人种的。老队长大个子，一脸络腮胡须，1958年的转业军官，平时粗粗拉拉，却时常表现出一些让人意想不到的浪漫。

那时,从分场方向回来,只要看到这些杨树,我们就觉得到家了。

有一天,我到分场办事,往回走的时候已经是黄昏了。快上公路时,基建队的一个老职工见我一个人要走二十里的路,就把一只刚刚断奶的小狗送给我,说:“揣着它,路上做个伴儿。”我把小狗揣进怀里,在昏暗的暮色中上了路。在北大荒常常走一二十里路遇不到一个人,黄昏时分就更是如此,除去走路时脚下发出的沙沙声和路两边树林传出的鸟叫,天地间一片静谧。天很快黑了下来,鸟停止了鸣叫,我不时跟怀里的小狗说话,来壮一壮胆。其实这并不是我第一次独自走夜路,可这次却心慌得厉害。还好,虽然没有月亮,天上的星星却大得出奇,亮得出奇。小狗似乎在我怀里睡着了,没有一点儿动静。走出大概七八里路时,突然,一颗绿色的信号弹从东边的树林中升起,嗖地一下照亮了天地,眼前的一切瞬间变得清晰可见。我站住了,愣愣地看着缓缓降落的信号弹,心中一片茫然。片刻之后,黑暗又笼罩了一切。“苏修特务!”我心里一紧,快步跑了起来。此时,我觉得周围到处都是危险,心想,说不定从哪丛榛柴棵子里就会蹿出一个苏修特务来!小狗被我吓坏了,在我怀里不停地乱动,发出吱吱的叫声。终于我跑累了,心里也平静下来,想起有人说那些信号弹都有定时装置,是早埋设好的。我喘着粗气,放慢了脚步。可就在这时,不远处又有一颗信号弹腾空而起,眼前又是雪亮一片。我不想跑了,站住,看着信号弹缓缓落到树林里,嘴里说出在北大荒学会的一句话:“该死该活屌朝上!”然后,不紧不慢地走了起来。那段时间前后,农场范围经常有信号弹在夜空升起,把本来已经很紧张的气氛弄得愈加紧张。很多连队都搜索过信号弹来源,都组织人抓过“苏修特务”——后来我竟被怀疑是打信号弹的人,这是另外一个话题——但从来也没听说真的破获过信号弹疑案。

终于,我看到了连队的灯光,看到了熟悉的路边杨树。后来那只狗长大了,陪着我度过了好几年艰难的时光。

1969 年 3 月初,春天还没有来,北大荒仍是冰雪一片,珍宝岛打仗了。我奉命值夜班,任务是巡视公路,如果有上前线的军车发生故障,立即通知拖拉机前去救援,并给解放军送去开水。连续多天的夜里,我一只手里提着一盏马灯,一只手里拎一根大木棒,在公路上来回走动。几十里外的东南方一盏盏车灯闪烁,快速地向边境方向移动。我时刻做好准备,可是,没有一辆军车从这里经过。珍宝岛两次冲突之后,形势开始缓和,我也懈怠下来,值班时总是泡在伙房,偶尔到公路上张望一眼,远方也很少再有闪烁移动的汽车灯光了。

这条路并不总是这样“紧张不安”,它后来充满了青春的甜蜜,在不少知青的心里留下了永生难忘的记忆。知青们渐渐长大(他们刚来时还是孩子呢),青春的躁动开始了,有人偷偷谈起了恋爱(领导不让谈啊!)。我们五队地处平原,没有山,也没有树林,于是每当夜幕降临,情侣们就按照事先约定,悄悄地分前后走上公路,聚头后并肩沿着公路走下去。据说有人就这样一直走到十二里路以外的二队,然后又走回来。恋爱中的情侣走路速度慢,估计这一程下来要三四个小时吧。还据说,情侣们常常在半路与另一对情侣相遇,天黑,只要没有月亮,虽然近在咫尺,他们却看不清对方是谁。后来,他们当中有的成了夫妻,孩子都早已经过了当年他们轧公路的年纪;有的虽然分手了,但我想他们永远也忘不了这条北大荒的公路。

我也有过一段关于这条公路的青春记忆。有一个春天的下午,从分场办事回连队,刚上公路就碰上一个同连队的女知青。不用商量,我们一起向连队走去。没有走多远,天上飘起了雨丝。那个女知青从随身的书包里拿出一件粉红的塑料雨衣,穿在身上。我没带雨具,再说,在北大荒十年我从来就没有雨伞或雨衣,就那么在小雨中淋着。我们保持着一定的距离,一边赶路,一边不咸不淡地说着些无关紧要的话。路边新播的麦地里麦苗一片黢青碧绿,远处的树林罩在蒙蒙的雨雾当中。走着,她忽然站住,脱下雨衣,说:“你别那么淋着了,咱俩一起披着吧。”我犹豫着,她却十分坚定地催促着:“怕什么呀,又没有人!”于是,我们并肩用手扯起了雨衣,披在两个人的身上,开始在雨中行进……慢慢地,我浮想联翩,心猿意马,有些把持不定。可我心里一再警告自己:不许乱想,不许乱想,不许破坏人家纯洁的善意!刚才我们还在说话,而此时却一句话也没有。就这样沉默着,我们披着一件雨衣并肩走了十几里地。不用说,当我们看到连队住区路边的杨树时,我放开了手里扯着的雨衣……

这次回农场,我当然要回连队看看。汽车从总场出发,到五分场路口拐上这段路以后,车身开始上下颠簸左右摇摆。一路上,公路两边,我离开北大荒后栽种宽宽的防风林已经成材,它们挡住了视线,我再也不能像以前那样一眼望到天边了。啊,30 多年过去了,怎么这条路反而不如以前了呢?当我看到我的连队时,却没有看到那些熟悉的路边杨树。同行的人告诉我,那些树已经太老,树干空了,前些年就伐了。

我看着眼前的路,心里问道:怎么会是这样呢?

怀念草甸子

现在的北大荒偶尔还可见零星的沼泽，却也不是以前那种水泡子了。大片大片的草甸子更是无处可寻，能开垦的土地几乎都已经成了庄稼地。福兮？祸兮？仁者见仁，智者见智，全在于所处的不同立场。当年，为了解决吃饭问题，人们向荒原进军——据说这一行动开始于 1946 年；然后就是 1956 年，铁道兵转业，山东移民开荒队，北京青年垦荒队；1958 年，十万官兵和上海支边青年开发北大荒；1959 年，山东支边青年新的闯关东；“文革”前，北京青年参加边疆建设。以上都可看作是为了解决中国的粮食短缺。后来就不一样了。“文革”中，巨手一挥，知识青年到农村去，接受贫下中农的再教育，很必要——五十万知青到了北大荒。于是，荒地越来越少，可以肯定的是粮食的确生产了很多。不过，也有另一种说法：三江湿地是世界三大湿地之一，如果得以保留，它所产生的效益是现在的九倍！

那时，每块开垦出的土地所毗邻的远方，差不多都是大片大片的草甸子。比如我生活了十年的生产队，东西六七里以外各有一条河，大索伦河和小索伦河，在这之间好开垦的草甸子成了地号，不好开垦的地方就还是草甸子。北大荒的草甸子和内蒙古的草原不同。我去过内蒙古,但没到过草原,但在照片和影视上见的草原上的草不过刚没脚踝,而北大荒草甸子的草,低者齐腰,高者没顶。主要有三种草:小叶樟、洋草和三棱子草。东北三样宝之一的乌拉草少见,否则也就不会成“宝”了。乌拉草经捶打后楦棉鞋,有极好的保暖作用。三棱子草可代替乌拉草楦棉鞋,但效果差了许多。洋草最多,也长得高,是苫草房的好材料。以前北大荒的房子是“拉合辫”的——洋草在泥里滚过,然后在立柱间缠绕,一片片连接而成墙壁,屋顶则是用洋草苫成。苫屋顶是个技术含量很高的活儿,我只打过下手,没动手苫过,在这里说不清楚,不说也罢。每个秋天,我们都会去草甸子里打草,秋高草肥,准备牛马冬天的草料,场院上也会用不少。

还是说草甸子。

北大荒的春天实在是太短了,我一直没有注意过春天的草甸子。小草是怎样破土,怎样成长,我心里没数,当我看到它们的时候,草已经长高了。夏天,小麦快成熟时,草甸子正是茂盛期,南风吹过,像海一样的草甸子波涛滚滚,一直翻卷到天边。这个时候如果走在草海中,无数岁月枯萎腐烂的草盘结于大地,脚下松松的,软软的,深一脚,浅一脚,人会有一种坐船的感觉,天地都旋转起来。你永远不知道在前面的草甸子里隐藏着什么,也许会突然蹿出几只惊恐万状的狍子,箭打一样逃向远方,你被吓得心口咚咚乱跳;也许一阵吱吱的叫声把你吸引过去,草丛中几只淡黄色的小狼崽冲你龇牙咧嘴,还好,母狼出去觅食了;也许你正走着,蓦然觉得刚刚经过的地方有些异样,便回头看去,果然,那里的草绿得发黑,形成一个圆圈,再看那草圈之中长着一株株雪白的蘑菇,这是北大荒最有名最好吃的花脸蘑。在草甸子里，最常见的是扇动翅膀停在空中的叫天子，也就是云雀。这种鸟跟麻雀长得差不多，个头比麻雀大；它开始缓慢地鸣叫，婉转悠扬，悦耳动听；而后，随着叫声渐渐急促，鸟儿也越飞越高，慢慢在空中成了一个小黑点儿；突然，鸣叫声变得嘹亮高昂，它收紧翅膀，一头从空中扎下来，只刹那间，就在草甸子里消失得无影无踪。走在草甸子里，让人有些兴奋，有些恐惧，有些警惕，当然也有不少欢乐。有时，走着走着，猛然，你会觉得好像被火给烫了一下，停下脚步，站在“塔头墩子”上向前一看，无论是谁都会愣住：黄绿色的草甸子在这里突然断开，眼前是不知有多少株通红通红的百合花轰轰烈烈地开向天边，像一片熊熊燃烧的火海。草甸子里凡是草长得矮的地方，那里一定是沼泽，一脚下去，常常会水没脚踝，甚至过膝。人们不敢再向前走，怕失足走进鬼沼，再也走不出草甸子了……

就是这样美丽神秘的草甸子，在那个时代一年一年地减少——一根火柴轻轻地划着，豆大的火苗颤颤巍巍地伸向草叶，草被点着，火苗渐渐大起来，一阵风吹过，火舌舔着了旁边的草，突然，火像疯了一样，翻卷着，扭动着，顺着风势扑向草甸子深处。火，呼啸着，呐喊着，惊天动地。不用多长时间，大草甸子就变成了一片火海。当烧荒的火熄灭以后，一台台红色的“东方红”拖拉机挂着铁犁开进原野。拖拉机喘着粗气向前爬行，尖尖的犁铧刺入大地，以千万年腐殖质构成的北大荒黑土就翻身朝上，一条条，一趟趟，一片片地坦露开来，面向天空变成庄稼地。播种，收割；播种，收割……生地变成了熟地……地力下降，就大量使用化学肥料，农作物中长杂草，闹了虫害，用飞机洒各种农药……这些年，土地的颜色变浅了，原来肥得冒油，现在显得枯锈，原来土质松软，现在板结成块。于是，成群结队的狍子成了稀有动物，秋去春来的阵雁不再停留……

写到这里，我还是要肯定，北大荒给国家提供了大批的宝贵的粮食！

但是，在我们得到的同时，也一定失去了什么。据说，湿地是地球的肾。人的肾出了毛病，那是很严重的病，就会中毒，要做血液透析……地球的肾萎缩甚至消失，那该怎么办呢？

两难！

我怀念草甸子……

忏悔山林

这是二十年前的一段思想记录。

金沙江被称为“天界神川”，江这边是人的世界，江那边是神居住的地方。汽车从离虎跳峡不远的桥上越过金沙江，进入横断山脉的大山之中。公路依山而筑，高时，白云在脚下升腾，低时，湍急的山溪奔泻在身旁。那时，通往云南迪庆藏区的这条公路还要走以无比险峻著称的“十二栏杆”。路险得让人头晕目眩，景却美得令人心旷神怡。在香格里拉——那时叫中甸住了一夜，我们继续前行。此时山势更加雄伟，大山连绵不绝。汽车如同一叶小船，起伏在山的波涛之间。翻过白马雪山的丫口，司机停下车来，让大家休息。也是真够累的，刚才几辆汽车都陷在积雪中，一辆一辆推过来，大家已经喘不过气了。这里的海拔是四千三百米。

几个月前，因为攀登梅里雪山，中日两国的十七名登山运动员在雪崩中遇难。我是陪着遇难家属前去祭奠他们的亲人的。

下得车来，放眼四望，忽然觉得周围很熟悉。那时，我是第一次到迪庆藏区，怎么眼前的景物竟然似曾相识呢？大山、白雪、树木……是了——就是这些不知何时被伐倒，乱七八糟躺在山坡上的树木，使我回到了一个非常熟悉的环境。在北大荒，这些被伐倒而运不出去的树木叫“困山木”。那些年，我在北大荒见的困山木多了。每次进山，路边，林子中，山坡上，沟壑里，到处都是东倒西歪的困山木。这些树说不清是哪年伐倒的，大多已经腐朽。最可叹的是那些桦树，那些被多少诗歌赞美的白桦，正应了那句俗语：“桦树不剥皮，三年烂成泥。”站在横断山的大山上，我想，现在人们看到的北大荒的困山木，一定有不少是我当年伐倒的……

那是一个疯狂的年代。中国和中国人在进行自我摧残，同时也意气风发地摧残着大自然。唱着歌，高呼着口号，我们向山林进军，多少棵伟岸的大树訇然倒下，多少座山被剃成了光头！破坏山林的主要原因，是人们的无知和某些领导对权力的追逐。那时，生产建设兵团的各级领导想更多地控制山林，同林业局不断发生摩擦，据说严重时还动用过武力。在这种背景下，我们这些兵团战士便被派往各处的山中，对林木痛下杀手。在我们接受的“再教育”中，从来没有生态平衡、保护自然和保护人类生存环境这些内容。溶化在血液中，落实在行动上的是“活着干，死了算”和“笑洒满腔青春血，喜迎全球幸福来”。听说曾经有人不知是马虎还是故意，在会上把“笑洒满腔青春血”说成了“笑洒满脸青春血”；我听后先是大笑，随即心中不禁一想，洒了满脸的“青春血”那该是什么样子啊！在准军事化的集体里，我们盲目而坚决地服从命令，豪情万丈地冲向完达山，冲向兴安岭，冲向在我国极为少见的平原森林，拉开大锯，抡起“剥离斧”，用自己的实际行动，砍伐着漫山遍野的杨树、桦树、榆树、椴树、松树、柞树、水曲柳、黄菠萝、核桃楸、水冬瓜、暴马子丁香……我自己也不清楚砍伐了多少树。是的，我说不清有多少绿色的生命死伤在我的斧锯之下！

夜深沉。没有月亮，天上的星星多而且大，几乎一伸手就可以碰到。三辆马车悄悄地进了山。我们奉命去偷砍杨木杆。杨木杆就是还没有成年的小杨树，胳膊粗细到小腿粗细。人就是有能耐，摸着黑，我们找到了白天已经看好的那片杨树林。不用吩咐，大家自觉地两个人一组，如狼似虎地扑进树林。分散开后，一个人扶着树，一个人抡起大斧。斧声惊动了宿鸟，它们扇动翅膀惊叫着逃进林子深处。不到一分钟，第一批小杨树倒了下来。紧接着，就是不断线的倒树的声音。渐渐地，人们开始活跃起来，边砍树边说话，有人还点上烟，红红的火头儿一明一灭。山林中充满了诗意，也充满了杀气。在这一片诗意和杀气之中，数不清洋溢着生命的小杨树，变成了光秃秃的杨木杆。

两个钟头以后，兵团战士满载而归。

1971年的冬天，林彪摔死的消息传来，在知青当中弥散开一股迷茫的思潮，毛主席的接班人竟然都如此下场，这世界还有什么可信？生活没有浪漫可言，现实并非像宣传的那样美好。就在这时，我们接到上级命令，再一次进山，杀伐的目标是一个叫“三不管”的地方。连里让我带一个班上山建点，为大部队进山伐木做好宿营准备。当我们坐了三个钟头的车，来到“三不管”的时候，全团(农场)各连的先头小队都已经到了。到处是白雪，柳茅子的枝条上挂着一串串冰凌，冻着冰的小河在山脚下蜿蜒，冰面上凿开了供取水的窟窿，白色的水汽在荒野上缭绕。说实话，这个地方够漂亮的。但是，我们没有时间，也没有雅兴对大自然进行审美，下了车，就立即扛着行李上了山。

找到事先划好的宿营地点，把行李往雪地上一扔，我们马上拿起斧锯，到附近的林子里伐起木来，为当天晚上的宿营准备材料。明天再为大部队进山搭地窝子。这是一片杂木林，什么树都有。我一声吆喝，四把大锯一起开干。几分钟以后，四棵树就先后訇然倒下。大树倒下碰落砸起的雪雾弥散在阳光里，使树林变得五光十色，也让我们变得兴高采烈。于是，一场没有号召的伐木竞赛开始了，高大的树一棵接一棵倒下。伐木这活儿经常险象环生：搭挂，打板子，回头棒，扫堂腿……哪一项处理不妥，都可能要了人的小命。一年以前，也是冬天，也是我带着一班人到蛤蟆通水库工地建点。搭好地窝子之后，按照领导事先的安排，我们到水库对岸去偷伐。对岸不属于我们农场，偷伐了木材就是占了大便宜。那几天，我们专拣好的树种伐，黄菠萝，水曲柳，核桃楸……不要杨树这一类的"贱木头"。那天，伐一棵又高又直的水曲柳的时候险些出了人命。伐木要先确定树倒下的方向——这取决于树干和树冠的倾向，也要配合人的经验。先下第一锯，锯到一半时，撤出锯，换到对侧在高于第一锯两三寸的地方再下第二锯。当两个锯口相错时，那树就按着预定的方向倒下了。不想，也许是由于马虎，也许是由于兴奋，我们的第一锯锯得太深，过了树的半径许多。待锯第二锯时，两个锯口还没有相错，那树却突然劈开，打了板子，树干被立起的"板子"掀起四五米高，然后直落下来。和我一块儿拉锯的王学凯抬头看着这景象，待在原地一动不动。眼看那粗大的树干就要砸到他身上，我扑了上去，搂着他滚向一旁。惊天动地的一声巨响，我们满头满脸被溅上了雪粉。趴在地上抬头一看，那树就砸在王学凯刚才站的地方！生死就是转眼之间的事。后来，我和王学凯再也没有提起过此事。他是一个谁也不服的人，可从那以后他对我言听计从。一年以后的现在，我们这些人早已经把生死置之于度外，当时中苏之间正仇人相见，知青中有人因为绝望而希望挑起世界大战呢。胸中有股恶气，不知道来自何方，也不知道如何发泄，干活儿，劳累，破坏，乃至自残，使我们可以出一出闷在胸中的恶气。此时伐起木来，我们竟然在自己制造的假象里豪情满天，只是惨了那些树们。

当天完全黑下来的时候，我们被迫停下手来，却忽然想起一件事，忘了给自己搭当天过夜的小地窝子了！

只好露营。大家扛来最好的柞树，用锯截开，劈成三尺来长的柈子，在深山中点燃了篝火。我们把行李在火堆的周围铺开。火光映红了山林，也映红了我们脸。一人多高的火苗像金蛇狂舞，烤得人直冒汗。大家都扒了衣服，光着膀子站在篝火旁，谈天说地，嗷嗷乱叫。临睡前，往火堆上加了大量的柈子，然后集体进入迷失灵魂的梦乡。第二天醒来的时候，那火早已经熄灭，我们躺在零下三十度的严寒里，头上是夜霜凝成的冰粒，身下是皑皑的白雪，四周是寂静的山林。

在那以后的二十多天里，我们和后上来的大部队——全团（农场）总的两三千人吧，开始了对一这带森林的围剿。大批的树林被伐倒，不断地向山外运去，还有大批的树木被当成木柴烧掉。突然，有一天上级一声令下，我们又连夜撤下山。于是，又有大批的圆木被扔在山中。据说，林业局紧急上报，一位军区的副司令要来检查，我们才仓皇逃下山的。

站在白马雪山的丫口，看着眼前的困山木，想着自己当初在北大荒的愚昧行为，我对山林充满深深的忏悔。后来，我多次到迪庆藏区，知道这一带林业局的伐木工人大多是从黑龙江调过来的，那些光头的山和山上的困山木就是他们的“杰作”。现在，情况已经有了好转，迪庆藏区实行了天然林保护工程，自然生态得到了保护，繁茂的山林正在恢复。

2006 年夏天，我回北大荒农场，在那里见到了久违多年的大龙。大概是 1972 年，听说调到钢厂的他在伐木的时候让树给砸伤了。我们相约到钢厂去看他。钢厂坐落在深山中，到处是遮天蔽日的森林。朋友们说，他们一天到晚伐木，用这些成材的树当木柴烧砖，来建造房子。大龙刚出院不久，头上缠着绷带，一只胳膊耷拉着。大家对他的伤势表示关切，他却淡淡地说：“也许这就是报应，我亲手伐了多少树啊！”大龙的颅骨被取下一块，右臂残废，后来提前在农场退休了。现在，他从北京回到农场，为了多争取一点儿伤残补助金而四处奔走。和他聊天儿，我突然想起当年听说的那个“笑洒满脸青春血”的笑话。原来，洒了满脸青春血就是这个样子！

仁者乐山，智者乐水。愿我们大家都成为仁者智者，愿山林长青，愿绿水长流。

在水利工地上

“起床啦！起床啦！”

我被人叫醒，把脑袋从被窝里伸出来，从枕头下摸出眼镜，戴上，首先看到的是脑袋旁边放着一个特号的大馒头。据说它有八两重。不洗脸，不刷牙，用从被窝里伸出有些变味儿的手，就着一块咸菜，开始吃这个硕大的馒头。地窨子里一定是充满了一股难闻的味道，但我闻不出来，同住的几十个人也一定都闻不出来。我们已经在这个地窨子里待了十几个钟头了。入鲍鱼之肆，久而不闻其臭。

12 月份，我们在六分场的小孤山兴修水利。

这是整个农场的大会战，在一片白雪皑皑的荒原上，几千人或者上万人摆开十几公里的战线，开出一条十几米宽的河道，以备排涝使用。

十六岁的我，已经是一个完整的劳动力了。

每天早上，吃完那个八两重的大馒头，穿上棉裤棉袄，往腰上“杀”根绳子，我随着人们走出地窨子，到工地上去干活。我还没有锻炼出来，不会打炮眼，不会刨镐，只能去抬大筐。我有一个不变的抬筐伙伴——张悦。他是两年前从北京来的，比我大五岁。现在我可以说，在我几十年的生活中，这是一个少见的大好人。可当时我并不觉得张悦有多么好，只是觉得他少言寡语，忠厚老实。过去三十多年了，生活中经历的人和事越来越多，我才发现，忠厚老实是多么难能可贵！我有一个解不开的“北大荒情结”，便是忠厚待人，坦诚处世；可是，生活在都市里，生活在九十年代，我突然发现，周围的人，忠厚老实者少，狡诈阴险者多。特别是那些小我十几岁的人，他们怎么有那么多心眼儿，而且都是歪的呢！也许是因为“商品”？也许是因为“文化”？人活着要处处设防，却又防不胜防！我因为一直没有九十年代的都市头脑，吃亏上当，却又总不接受教训，只好以我仍是一个“北大荒人”来给自己吃宽心丸。

闲话少说。我和张悦在抬大筐。一根杨木杠子，穿过装着满满黑土的大筐，他永远在前头，我永远在后头，一上肩，就开始爬坡跑了起来。不用跑几个来回，全身就冒汗了。这时可不能偷懒，零下三十多度，只有使劲干活才不觉得冷。忽然，远处传来一阵口哨声，从抑扬顿挫中我能听出“刘进元”三个字。我知道那是吴长宝在跟我起哄打招呼。于是，我也撮起嘴唇，吹出了“吴长宝”三个字的音。张悦是个基本不说话的人，听我和吴长宝这样你一声我一声地用口哨联络，他只是眯着眼笑。

休息了。人们跺着脚，抽着烟。张悦把杨木杠子搂在怀里，抽着自卷的旱烟，不停地跺着双脚，身体一晃一晃的。

“土豆，”他的外号叫土豆，我问，“你是怎么到这儿来的？”

“初中毕业以后，我到一家工厂当学徒工，每月十六块钱。按说挺好吧？可是那点儿定量不够我吃的，老是不饱。后来农场去招人，别人跟我说北大荒有的是粮食,我就报名来了。”

“这回吃饱了吧?”

“两年多了,没挨过饿。”张悦喷了一口烟,又说,“可是刚来那年吃了好几个月的头疼粉。”

“头疼粉?”我不解地问。

“说是从美国,或者是从加拿大进口了一批麦种,有毛病,长出的小麦每颗麦粒里都有一个小虫子,咱们也不知道,磨成了白面,吃了以后就头疼。大家管这种面叫头疼粉。”

“眼镜!”吴长宝走了过来。我刚到生产队没有几天,人们就给我起了个外号:眼镜。“敢跟我打赌吗?”

“敢!”我也不问赌什么,就说了大话。

“真的?”

“真的!”

“好。谁输了谁掏晚上的饭票!”

“行！你说赌什么吧。”

吴长宝坏笑了一下,说:“你敢用舌头舔一下这根铁丝吗?”

我心里想,这有什么呀！没说话,我拿起那根铁丝,伸出舌头就去舔。张悦急忙说:“哎哎,别!”可是已经晚了,我的舌头碰到了铁丝上。立刻我觉得好像有什么不对,就把铁丝往外一拉。这下坏了,我说不清是舌头还是整个口腔一阵剧疼,血就滴到了雪地上。

“我让你舔你还真舔呀!”吴长宝有些惊慌。

“大宝,你他妈的真坑人!”张悦骂道。

我疼得直流眼泪,却装着好汉,含含混混地说:“晚饭你掏饭票啊!”

从那以后我才知道什么叫滴水成冰。

下雪了。我敢说除去北大荒，你在中国的其他地方再也见不着这么大的雪。没有风，大片大片的雪花忽忽悠悠地垂直下降，在半空中又搂着，抱着，裹成一团团的，让你觉得空间毛茸茸，胀鼓鼓，整个世界都被雪花壅塞了。

能见度很低，工地上的一切都影影绰绰。我显得很欢势，使劲地干活。张悦抱着扁担看着我，挺温情的样子。我说："这雪可真是没治了，真棒！"他说："下雪好啊！一下完雪就该刮风了，大烟儿泡。风三儿风三儿，一刮三天儿。能躺在工棚里睡觉啦！"我问他什么叫大"烟儿泡"。他说，下完雪一刮风你就知道了。

大雪下了一天一夜，地上的积雪到膝盖。回到工棚，吃罢晚饭，人们都是很高兴的样子。

我虽然不明白大家为什么这样高兴，却也跟着高兴起来。几个北京老乡凑到一起，开始漫无边际的海聊。旁边的几个姑娘在唧唧咕咕地小声说话，听不清说些什么。这几个姑娘不是来串门的，她们就住在这个工棚里。她们的铺位靠着门，和男人们并排，刚一住下时，有一排苞米秸将男女隔开，后来不知为什么苞米秸越来越少，以至于一点儿象征性的都没有了，她们就这样和男人们紧靠着睡觉。不过，众目睽睽，男女双方一直相安无事。

吴长宝对我说："明天在家里睡大觉吧，后半夜准起风，三天大烟儿泡。高兴！"

老听人说起"烟儿泡"，我真想见见它到底是什么样。

第二天早上，我被一种山呼海啸般的声音弄醒。这声音其实早已进入我的梦中，当我醒来时才感觉到它的可怖。不用仔细分辨，这是风的声音，只不过它的声势超出了人的想象。工棚在摇动，身体下的大地也在晃动，随着每一声风吼的来临，我都觉得这工棚马上就要塌了。很冷，冷极了，刺骨的寒风从四面八方进入工棚，像锥子一样钻进被窝，刺痛我的身体。除风声以外，工棚里出奇地安静，没有一个人起床，大家都缩在自己的被窝里，不知道是在享受不用出工的安逸，还是在忍受寒冷给身体带来的痛苦。这时，我不用向任何人请教就知道，在工棚外面闹腾的就是大"烟儿泡"。

终于还是指导员第一个起了床，他把油桶烧得通红，工棚里有了一丝暖气儿，大家才从被窝里爬了出来。

有人要出去解手，朝西的门却推不开了。狂风已经把门洞里填满了雪。好在还有一个朝东的门，那里背风，可以打开一个很窄的门缝。我穿好衣裳，随着出出进进的人出了门。好家伙！外面一片天昏地暗，狂风刮着雪在天地间奔跑，像魔鬼一样到处留下它的痕迹，然后又突然把这些痕迹抹去，在一瞬间使周围又变成了另外一副模样。我背着风掏出撒尿的家伙，却立刻感觉那里像被刀割了一样，生疼。大家都是在工棚门口撒的尿，一块黄色浑浊的冰在白雪的世界里显得非常扎眼。偶尔抬了一下头，才知道太阳已经老高了——它挂在风雪迷蒙的天空上，死气沉沉的。

在大"烟儿泡"面前，太阳是死的。

刮"烟儿泡"，不能上工地干活儿，闲着没事，我们几个就躺在工棚里聊天儿唱歌。不想，就因为这个，十六岁的我和另外几个北京知青挨了批判，第一次接受"生动的阶级斗争教育"。

我想，那个会一定是有预谋的，指导员一宣布开会，马上就有人发言。他说，这几个人唱的歌不健康，有问题，是资产阶级思想大暴露。我们几个不服气，问他有什么问题。他说，那些歌都是老毛子的，是修正主义的。说实话，虽然那时我也知道有“九评”，有铁托和赫鲁晓夫，但是，我不懂什么叫修正主义，更不会把修正主义和现实生活联系起来。有的人发言真是蛮不讲理，正所谓“欲加之罪，何患无辞”。

这个人姓彭，外号叫“诈唬”，是1958年的转业兵。他说：“他们这几个说话有一股流氓气，为什么呢？他们总是说‘阴道好’‘阴道好’。这么年轻，还都没有结婚，却说什么‘阴道好’，这不是流氓，又是什么呢？！”

我们几个都让他给说得摸不着头脑。赵光久问他：“彭诈唬，我们什么时候说这句话啦？”

彭诈唬说：“你们没有事总是说嘛！”

我们几个说：“我们总是说什么啦？”

吴长宝说：“你说我们是流氓，您倒好……”

还没等他把话说完，彭诈唬就说：“大家听听，他现在还在说‘阴道好’！”

我们一听，差点儿没让他把鼻子气歪了：北京人常说的“您倒好”在他的耳朵里竟成了“阴道好”！

批判没有什么结果，但是，我们的歌声却从工棚里消失了。

过了没几天，在广播里听到姚文元的文章《评新编历史剧〈海瑞罢官〉》。那时，我不知道姚文元是何许人，但我知道吴晗，也知道海瑞；新编历史剧《海瑞罢官》我不知道，却知道另外一出戏《海瑞背纤》——因为我从小就喜欢马连良。可以肯定，批判我们和批判吴晗没有关系，但是，从后来的历史发展看，这两件本来没有关系的事却是有联系的，阶级斗争不但在上层已经剑拔弩张，而且在下面已经做好了准备。

从那时起，我开始莫名其妙地卷入“阶级斗争”……

批判也好，斗争也好，胡说八道也好，都不影响我的好情绪。在和张悦无休止地抬筐时，有时我也想，批判会上，李保祥和闫维成干吗对我那么大的劲儿呢？说我资产阶级思想严重，流氓习气，不尊重老职工……当然，我并不以为这是什么了不起的罪名，可是，我总觉得在他们的口气中有一种特别的仇恨。我拿这个问题去请教吴长宝，“大宝，”我现在和别人一样管他叫大宝，“我怎么觉着李保祥和闫维成好像特别恨我呢？”

“什么叫‘好像’呀？他们俩就是恨你。”大宝说。

“我怎么招他们啦？他们干吗恨我呀？”我真的是不明白。

大宝小声说：“你忘了你跟他们摔跤的事啦？你这么点儿一个小孩子，摔了两个大老爷们儿！”

我当然没有忘记摔跤的事，可是，这就至于让他们恨我吗？

那是刚到生产队不久的事——

割了几天大豆，我们三个新来的又跟着大家一起到场院干活。我们这个班全都是北京知青，班长是赵光久，副班长是刘国栋，还有吴长宝、张悦、佟连友和我们三个新来的。这时秋收刚刚开始，活儿还不忙，倒了一个大豆囤子以后，大家就没事可干，东倒西歪地坐在麻袋上晒太阳。不知道是谁起的头，说起了摔跤的事。我说我会摔跤，大家都笑了，说，你戴着副眼镜，会什么呀？我说，我真会。有人就说，那你跟张悦摔一个，他会摔跤。

张悦眯着眼，朝我一个劲儿微笑。

一来是年轻气盛，二来是确实喜欢而且也会摔跤，我答应了。

我们俩一交上手，我就发现张悦其实不会摔跤，他只是有一身蛮劲，而不懂摔跤的绊儿。没有几分钟，他三次让我摔倒，这时周围已经站了许多人。

我会摔跤的名声一下传了出去。

第二天，有人到场院来找我摔跤。他姓李，外号叫老美，是个湖南转业兵，会武术。但是，武术和摔跤不是一个路数，他也几次都让我摔倒了。老美是个非常好的人，我们穿好衣服以后，他一直在跟我探讨他为什么会输给我的问题，十句话，我有八句听不懂，全靠别人来翻译。我说不清，就跟他上手比画，又摔了他好几个跟斗。老美不但不恼，反而喜得抓耳挠腮。

第三天又来了两个人要跟我摔跤，这就是李保祥和闫维成。李保祥二十六七岁，圆脸，浓眉大眼，很壮，虎背熊腰，说起话来却有些细声细气的。闫维成比他小两三岁，不是太壮实，但显得很精干，他的眼珠有些特殊，是绿色的，说起话来，嘴角总是泛起很多白沫。李保祥打量着我，说："操，一个小破孩儿，还他妈会摔跤啦？怎么回事儿，听说把老美给摔啦？我今天倒要见识见识！"闫维成则说的要简单些："我就不信！我就不信！"不用多说，这两个人还不如老美，都让我给摔老实了。

我会摔跤出了名，同时也给自己惹下了麻烦，以至于后患无穷。水利工地的批判会只是个开头，在后来的"文化大革命"中，我终于让人家给打倒了，并且踏上了一只脚。

虽然大宝指出了我挨批判的真正原因，但对于我来说却如同东风过耳，完全不起作用。我的心情照样很好，照样没心没肺地活着。

在水利工地上有两件事对我的影响很大。

第一件事。有一天看《东北农垦报》，上面登着一张照片，一个人在冰天雪地中光着膀子干活，一段小文字说明介绍说，他是852农场的北京知识青年。大宝说："这孙子我认识，是跟我们一块儿来的，外号叫'侯老冒儿'。"也许有不少人觉得侯老冒儿在出风头，在犯傻，可是我却一直很佩服他这股劲儿，冰天雪地光着膀子，那可不是玩儿的！在以后的岁月里，虽然我没有像侯老冒儿那样在冰天雪地光膀子干活，但我可以无愧地说，在大多数情况下，我干活是卖力气的。有人管我们叫"傻青"，在北大荒的日子里，英雄主义一直是我们的世界观。

第二件事。刮大"烟儿泡"之后的一天，一半是为了早日完成任务，早点儿撤回生产队，一半是为了抵御寒冷，我们正在拼命地干活，忽然响起了一片哨声。大家停下工作，有人来通知说，农场文工队来工地慰问演出了。一时间，人们都非常兴奋。

生活在城市的人绝对体会不到北大荒人对文化的那种渴求。到农场三个多月了，我没有看过电影，没有看过书，更没有看过演出。生产队里是没有书的，订了几份报纸，但看到时都已经是过时的新闻；到水利工地后，有一天晚上，六分场场部曾经放过电影《李双双》，因为有人来工棚找我玩，我没有看成。据大宝他们说，看电影的人很多，可是没有看好，天太冷，大家一边原地跑步，一边看，光能看见影儿，却听不见声音。当然，文化生活也不是一点儿都没有，每天早上，工棚里的喇叭都要反复放同一支歌，是贾士骏唱的："毛主席的书我最爱读，千遍那个万遍呀下功夫。深刻的道理我细心领会，只觉得心眼里头热乎乎……"由它来负责叫我们起床，并把我们送出工棚，送到冰天雪地当中去。这支歌给我的印象太深了,以至于在三十年后的现在,当我早晨醒来时,有时耳边还仿佛响起“哎——好像那旱天下了一场及时雨呀,小苗儿挂满了露水珠呀,毛主席的雨露滋养了我呀啊,干起了革命劲头儿足”。

我们是在自己亲手筑起的排水干渠的大堤上看演出的。天太冷,像那天晚上看电影一样,大家是原地跑步看的演出。节目虽然很单调,但人们却兴趣盎然,这毕竟是活人在给我们演出呀!第一个节目是男声独唱,唱歌的人是个胖子,叫杨春古,他是个男高音,嗓子极好,唱的第一支歌就是《毛主席的书我最爱读》!我觉得他比贾士骏唱得好,因为他是一个大活人。后面一个节目是单弦,唱的人是个女同志,叫秦金兰。最后上场的女演员叫祁德珍,也是唱歌,唱的是《谁不说咱家乡好》。演出很快就结束了,但是,这三个演员却一直记在了我的心里。几年之后,杨胖子当了文化干事,我们在一起打过不少交道。祁德珍现在在美国,知青们在一起常常说起她,不知道她生活得如何。秦金兰现在仍在农场,前几年我回农场曾经见过她,她已经退休了,晚上在农场的歌舞厅做一些辅导工作。这三个人都是从部队转业到的农场,据说,祁德珍是志愿军的一个非常出色的文工团员。

那天看完演出,晚上回到工棚里,工地上的几面红旗一直在我的眼前飘动。那天晚上,我偷偷地写下了我在北大荒的第一首诗:

在白皑皑的雪原上,
有几面红旗在呼啦啦地飘,
那几面红旗,
像一丛丛火焰在雪原上燃烧……

北大荒，关于吃……

我是个记吃不记打的人，北大荒的记忆中许多都和吃有关。我要是不把这些有关吃的事写出来，那不是糟践材料吗？贪污和浪费是极大的犯罪，这是伟大的至理名言——我不管它是谁说过的。

且听我慢慢道来。

与我年纪相仿的人都有挨饿的记忆，1959年之后的那几年真是不堪回首，一说起来就眼泪泡着心。我曾有专文《久饱记饿》记述这段个人历史，在这里不说也罢。到了北大荒以后，不再挨饿，但正值青春年少，活计累，油水少，就把馋虫勾了出来。于是成了“饕餮”，有了丰富而且多彩的关于吃的故事。

到北大荒没有多久，天天吃大麦米炖西葫芦，虽然能吃饱，但那张嘴却逮着什么都想叼住咬一口。那年的深秋是饕餮的盛大节日，从佳木斯狩猎合作社来了四个猎手。他们早出晚归，在大小两条索伦河之间打猎。每天，他们都满载而回，只十来天时间，食堂里堆起了小山一样剥了皮的狍子。那时，北大荒的狍子多，一群一群地在草甸子里奔突，夜间，常常会在公路上见到它们，瞪着双眼，呆站在路中间，不知何去何从。常听说有汽车轧死狍子的事。因为数量多，狍子肉就极便宜，一斤才两毛钱。九十年代我在北京吃过一次狍子肉，十八块钱一斤！猎手和我们住在同一排宿舍，我天天可以吃到不花钱的狍子肉。大块的肉炉在铁锅里，蒸腾起一股股诱人的香味，熟了，便捞到碗里，动手边撕边啃，大快朵颐。我不吃羊肉，嫌膻，可狍子肉比羊肉膻得多，我却能吃，不知是怎么回事。一天，我们在老六号地掰苞米，突然听到锣声，然后有人喊："打着黑瞎子啦！"出了苞米地，听人说，头天晚上猎手在这里下了地枪，刚才去查看，地上躺着一只死的，另一只受伤跑了。过了没多久，东北方小树林里两声枪响，便有人传出话来："另一只也打死了！"晚上回到生产队，伙房里就有了炖肉的香气。两张熊皮黑乎乎地钉在墙上，家属们排着队从猎人的手中领肉，不用交钱，猎人今天高兴，把熊肉白送给大家吃——熊胆和熊皮已经是相当大的收获了。伙房开饭了，单身汉们端着饭盆一个个兴高采烈，吃肉没有定量，每人还分了一块熊掌！那是我第一次也是唯一一次吃熊掌，黏糊糊，咬不动，像没有炖烂的猪蹄。从伙房到单身宿舍，一路上大家相互祝贺："吃国宴啦，吃国宴啦！"其实，熊肉并不好吃，肉丝很粗，炉不烂，有一股极浓的腥味。

北大荒有个顺口溜："棒打狍子瓢舀鱼，野鸡飞到饭锅里。"那是说以前，后来就不是这样了。这种情形我赶上一个尾巴。

那时的北大荒，冬天是不"猫冬"的，领导会找出干不完的活儿让大家来干。脱谷、选种、倒囤、出口粮食，这是非干不可的；伐木、打石头、修水利，现在来看就未必是不干不行。我的观点是，那时如果少伐些树，现在北大荒还会有大片的森林；少挖些沟，现在北大荒可能少了些耕地，却多了不少沼泽——不说这些了。在干这些活儿的时候，我们最常见的就是野鸡。也许是在草丛中，也许是在雪堆里，也许是在粮囤后，也许是在豆秸垛旁，突然就会扑啦啦飞出一两只野鸡，在白色雪的背景中闪耀着绚烂的羽毛。野鸡一般飞不远，总是能逗起人们去抓它们的欲望。我抓过好多次野鸡，但从来没有抓到过。我吃的野鸡，都是别人用枪打到或者下药毒死的。飞禽类，在北大荒更容易吃到的是大雁。春天，无边的原野上升腾着氤氲缥缈的阳气。开始播种了，大雁也就从南方飞了回来。湛蓝的天空，飞过一队队雁阵，留下不绝于耳的嘎嘎叫声。这时，好吃的人开始把大雁作为猎物，或者用枪，或者用药，把它们弄回来，放进锅里，然后进入肚腹之中。听说也有用手抓大雁的，那是一个带有童话色彩的故事，我放到另外的时间再讲。在北大荒十年，我从来没有吃过大雁肉，不是没有机会，而是因为父亲的一席话。临下乡前，父亲跟我谈了一次话，涉及许多内容，其他的没有记住，偏偏就记住了关于大雁的事。父亲说，他的祖父讲过一件事，有一年春天或者秋天，深夜，院中响起一声声雁的哀鸣，一阵弱似一阵，最后归于沉寂。早起到院中一看，两只大雁绞颈而死，其中一只身上带伤。显然，这是一对眷属，伤者坠地，另一只想带它飞起，最终无力回天，同归于尽。父亲说，大雁是“义鸟”，你到北大荒以后，那里会有许多大雁，但你不许吃大雁肉！他特别强调，这个义字是情义的“义”。虽然后来我听过多次类似有关大雁的传说，知道那是一个传播许久的故事，并不一定是我曾祖父亲经历的事。但我记住了父亲的话，一直没有吃大雁肉。

不过，我却吃过一口天鹅肉。那年正是春播时节，连队的大能人老聂忙里偷闲下夹子打大雁。头天晚上他在七支沟附近下了夹子，第二天早上去看，晨雾中，老远就见下夹子的地方有一个雪白的影子在上下跳动，走近一看才知道那是一只被夹住的天鹅！乱棒打死后，他双手拽着天鹅的脚——天鹅的头几乎拖在地上——把它背回了家。晚上，我路过老聂家门口，他请我吃天鹅肉。我只吃了一口，肉丝很粗，像牛肉一样。现在想起此事，心里极不舒服，那时的我们是多么愚昧，根本就不知道应该保护这些珍稀动物。老聂去年死了，他的肺有问题，被折磨了好几年。去年夏天我们见过面，他很少说话，只是笑。他老了，大概有七十岁。

我们生产队地势低洼，是两条相距十多里的河夹着的一片平原。春天下桃花水，或者夏秋两季逢大雨，河水常常顺着排水沟倒灌。这时，就连公路沟也会有鱼出现。那些早有准备的老职工就忙开了，有的拿抄捞子捞，有的下裤兜网堵，或多或少总有收获。知青们不行，没有工具，只能吃蹭儿。我曾经跟着几个老职工到尖山子下的水泡子去打鱼。那个泡子不算小，是小索伦河涨水形成的。老职工都有一身在北大荒练出来的生存本领，撒网打鱼就是其中一项。我学着他们的样子，站在齐腰深的水里撒旋网，却总也撒不开，渔网出手后成了一个大疙瘩，根本网不上鱼来。虽然因为同行回到生产队能吃到鱼，却不好意思放开肚子，毕竟我一条鱼也没打上来。

我自己有一次也亲手弄了好多鱼，请大家暴吃了一顿。那天休息，正是夏天，与我同岁的老职工子弟张启凤拉我到小索伦河去摸鱼。这是一条卧在荒原上无拘无束的河，宽处也不过七八米，水流不疾不缓。找到一处有漩涡的河面，张启凤给我讲了摸鱼的技巧后，我们就脱掉衣裳下水了。首先是在齐腰深的河水里胡乱扑腾，尽力把水搅浑，以应“浑水摸鱼”这句至理名言。鲫鱼好摸，它一碰到人的手，就一动不动，像块木片。可一旦出水，它就会拼命打挺，挣脱人手跳回到水中。时间不长,我们两个已经大有收获,二三十条清一色巴掌大小的鲫鱼被甩到岸边的草丛里。张启凤说:“摸几条鲶鱼吧!”他告诉我鲶鱼往往躲在洞里,要掏鲶鱼洞才能摸上鱼来。我学着他的样子在水里河床上摸索着找鱼洞,心里不免有些害怕,担心会被躲在洞里的鲶鱼咬到手。陡峭的河床上纠缠着粗粗细细的草根,终于在这些草根之间摸到了一个洞。张启凤告诉我,大胆地掏,鲶鱼没有牙,不咬人。我蹲下来,把身体完全泡在水里,伸直胳膊把手探进洞里。突然,心里一惊,手碰到了一个滑溜溜有弹性的东西,我知道,这是条鲶鱼!按照张启凤刚刚教的,我屏住呼吸,把手贴着鲶鱼从尾部向前滑去,直到摸着它的头。鲶鱼好像不知道危险已经来临,轻轻地摇摆着身子,没有要逃走的意思。我歪头看张启凤,他也找到鱼洞了,正全神贯注地干自己的事呢。我定了定神,把拇指和食指中指形成一个钳子,猛地抠进鱼鳃。鲶鱼剧烈地摆动身体,拼命挣扎。我死命地掐着鱼鳃把胳膊从鱼洞里抽出,把一条差不多二尺长的鲶鱼拎出水面。那边,张启凤的手里也举着一条稍小一点儿的鲶鱼,高兴地在河水里跳着,溅起一片水花。

那天,我们背着装了六条鲶鱼和二三十条鲫鱼的麻袋回到生产队,在宿舍门口支起大铁锅,炖了一锅散发着鲜香的鱼,让宿舍的单身汉们大吃了一顿。

那一年,我和张启凤总在一起,一到休息天就四处乱跑。有一回我们跑到草甸子里,在齐胸高的洋草中发现一种蘑菇,它们一株挨着一株,伞盖上闪着幽幽的淡蓝色光。听说凡是彩色的蘑菇都是有毒的,我们围着它们不敢下手,却发现这些蘑菇在草甸子里形成一个直径好几米的圆圈。我想,不吃到嘴里,拿几个蘑菇总不能中毒吧,就采了几个蘑菇回到了生产队。刚一到住区,迎面碰到马号的老郭。他是1956年的老开荒队员,我上前请教这是什么蘑菇。老郭看了一眼,大惊失色,用一口河南话大声说:“哎呀,我的天爷呀,有毒,这蘑菇可千万不能吃!”正说着,吴志坚从身边路过,看见我手里的蘑菇,一听老郭的话,就瞪起眼睛,撇着大嘴说:“你不懂,这叫花脸蘑,是最好的蘑菇!”老郭还要争辩,吴志坚却从我手里拿过一个蘑菇,咔嚓就咬下一块,大口嚼了起来。边吃还边说:“花脸蘑是从烂草里长出来的,没有就没有,一有就长成一个蘑菇圈!猴头蘑好不好?可没它好吃,也没它贵!”吴志坚的老家在富锦,是土生土长的北大荒人,我信他的话,更何况他正在吃生蘑菇呢。我和张启凤到场院上拿了条麻袋,又返回草甸子,背了一麻袋花脸蘑回来。还是支起大铁锅,炖了一锅蘑菇,请大家吃了一顿。花脸蘑真是鲜,可惜当时没有肉,虽然好吃,却不能解馋。

想解馋是因为馋,馋是因为吃肉少。那时在北大荒吃饱是不成问题的,不分男女,每个人每个月的粮食定量是45斤,可以放开肚子吃;豆油定量是一斤,也不算少了。可是肉却没有定量,也就是说不能保证按时吃上肉。随着荒地的开垦,野兽越来越少,打猎的也不来了。排水沟越挖越多,河道疏浚,水泡子和沼泽基本消失,鱼也不像以前那么好弄了。夏秋两季,各种蔬菜下来,虽然鲜美可口,可是,日复一日地素炒,就着大白面馒头,还是不能让人心里——也就是肚子里有底。特别是冬天,公家的菜窖太小,放不了多少菜,大量的菜就堆放在礼堂里;天寒地冻,所有的菜都冻成一个冰砣,用大铁柜渍的酸菜也都冻在冰里;素炒或者熬冻白菜、冻萝卜、冻大头菜、冻土豆……尤其是素炒冻酸菜,真是让人难以下咽。

于是,大家就想尽千方百计去解馋。

有一年春天,小麦播种完以后,大田播种还没开始,生产队放了一天假。头天晚上在宿舍里,大家沉浸在终于要放假的兴奋当中。说着说着,说到了吃,说到了馋,便有人提议第二天到宝清县城去“吃一顿”。响应者有七八人之多。第二天天一亮,一群人就走上了去县城的公路。阳光照耀着田野,一股股虚无缥缈的“阳气”从黑土地上升腾,野草破土而出,给枯黄了半年多的世界点缀着星星点点的嫩绿。此去县城六十里,大家说说笑笑,四个半小时走到了。一进县城,直扑饭馆,围坐在一桌,马上七嘴八舌地点菜。待菜上桌,十几个菜铺排开来,竟然都是肉!一声“下家伙”,七八双筷子上下翻飞,好一场狼吞虎咽,风卷残云一般,不消半个小时,所有的肉都进了肚子。多年之后,无论如何回忆,我也想不起那些肉的味道,只是觉得那次确实十分解馋!

所有的人都馋,所有的人都盼着麦收誓师大会。那时的农场,一多半耕地都种小麦,麦收是一件大事,是一场关键性的战役。像以前打仗一样,临战之前都要好好吃一顿,麦收誓师大会之后都要有一顿会餐,然后麦收就正式开始了。有一年麦收誓师会餐,几十桌酒席在礼堂里摆开,好酒的人们开始大碗喝酒,划拳、“打杠子”声此起彼伏。我不会喝酒,尽量控制自己少吃那些已经上桌的菜,虽然那些菜里也有肉——我专注精神等着那一大碗红烧肉的到来。终于,礼堂里弥散开诱人的肉香,红烧肉来了!可是,当大碗的红红亮亮的红烧肉摆到桌子上的一刹那,电灯却突然灭了。礼堂里黑咕隆咚,人声鼎沸,黑影晃动……当终于来电,礼堂重放光明以后,人们突然发现,桌上的红烧肉没了,不翼而飞!三十多年以后有人承认,那些香喷喷的肉，是他伙同另外的人趁着停电，飞快地挨桌倒进不知从哪儿拿来的洗脸盆里，端回宿舍藏了起来，偷偷大吃了好几天！

北大荒最冷最严酷的日子是冬天刮“烟儿泡”的时候。大雪过后，狂风骤起，搅得雪粉飞扬，周天寒彻。领导不再安排干活儿，人们躲在屋里不敢外出。可每当这时我和吴长宝都会用绳子“杀”好棉袄，系紧皮帽子，推开门走进大“烟儿泡”里。风实在太大，天实在太冷，感觉就像没穿衣裳，周身被寒冰包裹着一样。我们艰难地走向农具场或者场院，在暴风雪中寻找死鸡。我们知道每次刮“烟儿泡”，都会有下雪时外出觅食的鸡冻死在那里。拖拉机旁，粮囤边上，从白得晃眼的雪中露出一簇鲜艳羽毛——踢开积雪，一只鸡蜷缩着身体冻得棒硬。这时，我们是多么高兴啊！把死鸡拿回宿舍，用冷水缓开，再用开水烫一下，拔去羽毛，开膛破肚……当鸡肉的香味弥漫在小屋里的时候，世界竟是这样美好！

……斗转星移，日月如梭。北大荒的许多往事在记忆中都已经浅淡，可这些关于“吃”的事却越越来越清晰。

北大荒,关于穿……

东北有三宝:人参鹿茸乌拉草。北大荒也有三宝:镰刀水鞋破棉袄。

北大荒开发的早期,还保留许多原始状态,草甸子接天连地,间或有沼泽和小树林,野兽出没其间。手里拿一把镰刀,可以随手割草砍树开路,也可以给自己壮胆。沼泽多,路不好,无论阴晴,都要穿着高腰水靴。后来路修好了,除雨天外,一般日子可以不穿高腰水靴,最常穿也最方便的鞋叫“水袜子”。水袜子与“袜”无关,是一种胶鞋。早期多为黑色,胶底,平纹布帮,五眼系带儿,也叫“劳改鞋”,大概和早期北大荒的“劳改分子”多穿这种鞋有关。后来多为草绿色或土黄色。这种鞋最大的好处是晴雨皆宜。下雨,穿着它趟水踏泥,因为是平纹布帮,湿后干得快,第二天就可以再穿。我在北大荒时,春夏秋三季都穿水袜子。冬天,我十年一直穿棉胶鞋,也叫棉乌拉。早年间东北的乌拉是用兽皮做的,里面垫乌拉草以保暖,这种鞋就叫“乌拉”;至于乌拉草为什么叫“乌拉草”,我则不清楚了。棉胶鞋也要垫草才能保暖,不一定是乌拉草——这种草少——也可以垫三棱子草、小叶樟和洋草，甚至可以垫玉米皮。也可以不垫这些，而垫毡垫；但我觉得不如垫草保暖。虽然棉胶鞋已经是现代化产品，但还是沿用了“乌拉”这个古老的名字。那时，北大荒人从上至下冬天都穿棉乌拉。有人在北京委托行买了双大马靴，虽然漂亮，但据说不太暖和，走路也不方便。生产队里的武继林有一双“毡疙瘩”——高腰儿毡靴，我试着穿过，暖和倒是暖和，但走路时东倒西歪，好像老要摔跟头似的。

下面说三宝中的“破棉袄”。

棉袄而破，为什么？因为新棉袄不能成为“宝”。破棉袄却可以毫不吝惜，不分时间不分地点地使用。冬天风天，穿着御寒，抗冻挡风；下雨天，披上遮雨避水；累了，往地上一铺，就是褥子，阻挡寒气湿气……破棉袄的好处说不完。十年间，我穿过三件破棉袄，当然，开始穿的时候也曾经是新的，过了一段时间才成了破棉袄的。我的破棉袄不敢说是世界第一，却可以说是五队（我的那个生产队）第一，最破的时候甚至连布丝都看不见，简直就是一个棉花套子！别人也穿破棉袄，但一般都在破处打着各种补丁，有的甚至在黑棉袄上打着白补丁。也曾经有老职工的大嫂帮我的棉袄打过补丁，但我生性“狼虎”，邋遢不堪，同时有一种怪异的想法，认为穿这种没有布面的破棉袄自成一派，是一种风格，我的破棉袄就成了五队第一。受当时经济条件限制，当时十之八九的北大荒人都没有大衣，零下三四十度的严寒，也只是里面穿一件绒衣，外面穿一件棉袄而已。既然是破棉袄，就要破到底，连扣子都没有才是“正统”。穿时，把棉袄两片对襟向当中一缅，然后拦腰系一根麻绳或草绳，好处是不往怀里灌风。北大荒人说：“系根带儿，加一件儿。”我常用一根带皮的电线勒腰，电线往腰间一拧,不容易松动。

当然,北大荒的冬天是要穿棉裤的。光穿棉裤还不行,还要打上绑腿才能真正御寒。绑腿就是两寸多宽五六尺长的一条布带子。用棉裤的裤脚缅住棉乌拉的腰儿,然后把绑腿一圈一圈地从脚腕处向上缠,技术好的可以一直缠到膝盖下方,显得精神挺拔;技术不好的缠得窝窝囊囊,脱落下来,长布条堆在棉鞋上。缠上绑腿不但御寒,还可以防止雪灌进鞋里。绑腿有好多种颜色,蓝、黑、绿、白,穿着黑棉裤打着白绑腿,在那时并不以为怪异。大宝的棉裤在五队非常有名——屁股处破了,露出一块白棉花,永远吊在身后,像一根绵羊尾巴。

春秋两季,白天可穿夹衣单衣,视温度而决定在里面穿上或者不穿绒衣。男的多穿中山装或者劳动布工作服,差不多都打着补丁。女的则穿中式衣服多一些,因为能选择鲜艳一点儿的颜色。夏天,北大荒的天气也热,穿衬衣或背心。男人的衣裳往往是破的,露着肉。在场院干活儿,不知那年是谁发明的,从日本进口的化肥袋子拆开可以做披肩。于是,不管男女每人都披着一个白色的披肩,上面有两个大字:尿素!

那时的北大荒,男人没有穿短裤的,女人没有穿裙子的。

现在不一样了,大量地使用农药,蚊子、小咬和瞎虻少了,人们的思想观念也变了,女人们穿着花花绿绿的裙子,在生产队破旧的房子前走来走去,显得有些不搭调。冬天,也不再是以前破棉袄了,各式各样的羽绒服把雪原装点得挺漂亮。

北大荒，关于皮帽子

北大荒的冬天最缺不了什么？

——皮帽子。

也许现在有了其他替代品，但以前是绝对不能没有皮帽子的。

那年，离开北京以前，发了我们每个人一套棉衣棉裤，一床棉被，还有一顶皮帽子。那时黑龙江生产建设兵团还没有成立，棉衣棉裤的面和皮帽子的壳都是蓝平纹布的。

只说皮帽子。

九月中旬到了北大荒农场，到十一月初上大冻就开始戴皮帽子了。这时我才知道，凡是北大荒人，无论男女老少，每个人都有一顶皮帽子，而且知道皮帽子不简单，有许多讲究。大多数北大荒人的皮帽子是狗皮，也有少数人是狐狸皮或者“孬头”皮。而我的这顶皮帽子却一时不知道是什么动物的皮毛。褐色为主，有白色和黑色的规则条纹，有点儿像老虎的皮毛。可是，能发给我虎皮帽子吗？我配戴虎皮帽子吗？我自问自答：不能！不配！与众人研究的结果，这是一顶猫皮的帽子。猫皮就猫皮吧，保暖就行。可是，当真正的北大荒冬天来临之后,像刀子一样的小风刮起来,这顶帽子太单薄,那点儿猫毛的保暖作用有限。常常,放下帽翅,系紧帽带儿,我的耳朵还是冻得生疼。再戴上别人的大狗皮帽子一试,这才知道什么叫暖和。

第二年冬天将近,我下决心买一顶狗皮帽子。可是到了分场的小商店一看,那天柜台上只有一顶皮帽子,狗皮倒是狗皮,但却是天蓝色的壳,雪白色的皮毛,显得那么扎眼,那么硌路,那么不搭调!我这个人生活不讲究细节,而且不懂得难看和好看,再加上怕费事,就交上六块钱,把这顶狗皮帽子买了下来。还别说,当冬天到了以后,这顶帽子还真起了作用,我的耳朵在它的保护下没有再冻疼。只是那鲜艳的颜色让人耻笑,二三百口子人,只我一个人是戴白狗皮帽子,而且是天蓝色的壳。好多人站在一起,每个人都把自己捂得严严实实,看不清哪个是哪个,可只有我,别人认不错。这顶帽子太显眼啦!

再过一年,我决心换掉这顶皮帽子,就又到分场商店去。这回好了,柜台上有不少皮帽子可供挑选。我选了再选,挑了一顶自认为是狐狸皮的帽子,既厚实又好看,花了整整半个月工资。冬天来了,戴上这顶皮帽子,除毛有点扎脖子之外,可以说我的生理和心理双方面都得到了满足。可是,没等到三九天,这帽子上的毛就开始一绺一绺地往下掉。我问:别人的狐狸皮帽子怎么不这样呀?有人这才告诉我:你那叫什么狐狸皮呀?那是狐狸尾巴的!我说呢,摸着别人的狐狸皮,手上感觉细腻光滑,而我这顶帽子的毛却扎脖子!经过一个冬天的磨炼,这顶帽子的毛基本掉光,只剩下光板儿了。

以后的那些年里,我一直戴着一顶黑灯芯绒面灰毛的狗皮帽子。

我一直想有一顶“孬头”皮的帽子,却总也不能如愿。“孬头”的学名叫貉，有个成语“一丘之貉”就是说它。《大清会典》规定这种皮毛，“官三品褥用”，由此可见，“孬头”其实不孬。我没有见过“孬头”，只见过它在雪地上留下的像锁链似的脚印。据老职工说，这东西像小狗那么大，尖嘴，短腿，行动迟缓，遇险时便仰面朝天，作龇牙咧嘴状，其实并不咬人。还说，见到“孬头”上前抓就是，不用害怕；千万不要用脚踢，它的两条后腿之间有一层薄膜，一踢，膜破裂，它会跑得飞快。冬天，在雪原上行走，我总是东张西望，看到锁链似的脚印就兴奋异常，希望能抓到一只“孬头”，用它的皮做一顶帽子。但是，十年之间，我却连它的影子也没看到过！

“孬头”密密的绒毛灰黄色，有一寸半到两寸长，其间有高出绒毛半寸的黑色针毛。用这样皮毛做的帽子叫“孬头帽子”，拔掉针毛后做的帽子叫“貉(读毫)绒帽子”。我喜欢“孬头”帽子，针毛扎挲着，显得威风凛凛。貉绒帽子一般要配上羊皮壳，戴上去文质彬彬，与我的农工身份不符。

有一年，有人要送我一顶“孬头”帽子，我却没要。

大年初三晚上，被“清理出阶级队伍”的老铁兵战士陈树贤想不开，跳井身亡。那时我年轻胆大，下到井里把他捞了出来。事后，他的妻子拿着老陈的遗物——一顶“孬头”帽子来找我，说：“多亏你把死鬼捞出来，我也不知道该怎么谢你，这顶‘孬头’帽子你就戴着吧。”我千推万辞，终于没有要那顶帽子，不是我不喜欢，而是有点儿害怕——天天顶着一顶死鬼戴过的帽子，我不会也出什么事吧？

单干户宿舍

这里说的单干户同互助组合作化运动没有关系。

在北大荒最底层的生产队，也就是后来兵团时期的连队，大家管结过婚有家的人叫“双干户”，有时也叫“家属”；管没结婚单身的人叫“单干户”，有时也叫“跑腿子”。还是叫双干户和单干户的时候多。至于更高层次的分场总场机关怎么个叫法，我就不太清楚了。

那时有关“家”的概念很淡。结了婚，分了住房，甚至都有了孩子，人们住的地方也很少被称为家，而是叫“家属房”，或者“双干户宿舍”。单身就更无所谓家了，他们住的地方当然就叫“单干户宿舍”。

五队的第一栋单干户宿舍是 1964 年 7 月 15 日盖成的，当时在房子正中间的前脸下方用水泥“写”下了这个日期。这栋房子是砖、石、瓦和“拉合辫”相结合的，是五队第一栋用上砖瓦的房子。墙角的垛子用砖石砌成，墙是“拉合辫”，房顶苫着红瓦。“拉合辫”是指用在泥里滚过的一把把洋草“辫子”扎在木桩上垒成的墙，以前的草房都是这种结构。我到五队的第一天就住进了这栋单干户宿舍。去年夏天重回五队，我专门到“故居”看了看，它已经变成了双干户的家属房。红色的瓦是新的,墙上的泥不知道又抹了多少遍,整栋房子歪歪斜斜地站在那里,显示着它四十多年的资历。我站在房前照了张相,心里想了许多事情。

这栋房子分别在两头和中间开了三个门,共有大小七间房。除去东西两头的两间小房,另外五间我都住过。

我住的第一间是中间门靠西的那间屋子,前后有一年多。我和大宝、土豆三个人盘踞在那里,碗朝天,盆朝地,好像从来也没有叠过被子,冬天透风,夏天漏雨,养过一只狗,还养过一只喜鹊,那是一个脏乱差的典型,一个“不齿于人类的狗屎堆”。许多年少时的荒唐事都发生在此处,虽然受苦受难却给我留下了永不磨灭的温暖记忆。中间的小屋大概有八九平方,是生产队学校的教室,同时兼唯一的教师阿利的宿舍。阿利是上海人,北师大肄业,因病休学而随第一批北京知青到了北大荒。教室小,学生也少,大约有八九个,却分着好几个班级。阿利让这两个学生看书,那两个学生作算术,另外几个学生就在跟他朗诵课文。他在黑板上写字,大宝常常偷偷潜入教室,和学生们坐在一起。阿利回过身来,看到大宝,瞪起眼睛,一只手指着门口,斩钉截铁地说:“大宝,请你出去!”大宝也一本正经地说:“阿利,请你出去!”学生们哄堂大笑。在那种环境下,这不是故意捣乱,而是荒唐的恶作剧。东边那间屋住着三个人,两个北京青年,一个山东青年。有一阵,周达在北墙上贴了一张那个年代体操明星王维俭的照片,身姿舒展地做着体操动作;有一天下班以后,大家发现在女体操明星的敏感部位有一个小洞。一向脾气温和的周达突然暴怒,在屋里大发雷霆。住在别的屋里的一个人悻悻然讪笑着走开。大家相互看看就都明白了,这“活儿”是他干的。

后来我也住到这间屋来，那位山东的老大哥就在屋里搭了个铺。1968年5月21日凌晨两点多钟，我被人从睡梦中叫醒，眼睛让几道雪亮的手电光晃得睁不开。“起来，起来！你们三个都起来！”有人大声地命令着。睡在炕上的老久、周达和我被人推推搡搡地弄下炕来，穿上衣裳走到屋外。北大荒夏天的天亮得早，东方已呈鱼肚白色。东头房子里出来的北京青年小马和我们站在一起，几个人互相看看，用眼睛打了个招呼。一群人围着我们，他们都戴着红袖章，神情无比严肃。我早在前一天就知道此劫难逃。昨天，总场开了批斗大会，揪斗了许多人。在现场有的人的目光告诉我，下面就该轮到你了。回到生产队，我到处找推子，想剃个光头，以免在挨斗的时候被人揪住头发。可惜没有找到，看来这回这头发是要倒霉了。农场的派性斗争随着省里的形势已经明朗，我们这一“派”大败，对立面大获全胜……那一天的事情就不说了，反正是一顿好斗，一顿暴打之后，我们被关进了“牛棚”——原来是教室的那间小屋，外面有人拿着一枝七九步枪看守——“阶级敌人”被专政了，毛主席的无产阶级革命路线取得了伟大的胜利！

我忘记是什么时候住在东头的大房子里，可是记住了发生在那间房子里的一件事。有一天下班的时候，有人抱回两只毛茸茸的小狼崽，说是在草甸子翻地时翻出一个狼窝，母狼跑了，这两只小狼崽被抓了回来。所有单干户都来看，商量着怎样把它们养大。可是狼崽子并不理解人的思想，一直不停地嚎叫，冲每一个想接近它们的人龇牙咧嘴。夜里，我们把狼崽子用铁丝拴地炕前的木桩子上，一夜的哀嚎使我们没有一分钟得以睡眠。早上有人说，听到了母狼在不远处的呼唤，甚至有人说，看到了在宿舍附近徘徊的狼的影子。于是，不知道哪位对两只狼崽子下了手，把它们打死了。怕母狼前来报复，两只狼崽子的尸体被拉红砂石的“尤特兹”送到了南山。也许因为听不到孩子的哀叫，母狼并没有来。可是有人说，不该把狼崽子丢掉，而应该把它们送到索伦乡政府。那时有规定，无论大狼小狼，只要打到并有证据，每只可以发放二十块钱奖金。第二天便有人趁着拉红砂石去找狼崽子，踪迹全无，四十块钱白白地丢了。

西头的那间大房子是我最后住的。先是住着我和大宝，后来我们又把哪个宿舍都不要的傻子张洪明接进来同住。到“清理阶级队伍”时，老复转军人陈树贤被当成“漏网富农”和“还乡团”让“群众专政”，从家里搬了出来。为了有人给我们烧炕，我和大宝把老陈弄进宿舍。以后的日子，我们和“阶级敌人”处得像一家人一样，其乐融融。不想转过年来，老陈的硬纸牌子被摘了下来，却在他的黑棉衣背后给钉了一块白布，上书：历史反革命分子陈树贤。或许是由于想不开，认为自己被定了案，一天晚上，他趁我和大宝不在，跟张洪明说出去解手，在漆黑的夜里走到猪号的井边，一头扎了进去。那天夜里，是我下井把他捞了出来。

这栋房子的两间小房我没有住过。住在那里要有资格，得结婚才行。好几对新婚的夫妇都是在那两间小房里过渡，然后有了新房才搬到“双干户”宿舍的。

以后，我还住过许多宿舍，都有不少故事。比如，我住过鸡号，跟几百只鸡住在同一个门里；有一年冬天修水利，我负责放炮，成箱的炸药和一盒盒雷管就放在我的床下，而我并不知道危险，却也平安无事……这些留待以后说吧。

好人赵光久

四十多年的交情可不算浅。

前些日子，赵光久打来电话，大声说："想你们啦！"于是，选择一个星期日，我们从北京出发到天津大港看赵光久。

跟光久认识的时候我才十六岁。他比我大八岁，一直像兄长一样看待我照顾我。那时，我们在北大荒，一起经历了单纯而复杂的岁月。他像我一样，或者不如说我像他一样，青春时期虽然历经磨难，但对北大荒那片土地，对那里的人还总是一往情深。

他比我早到北大荒两年，刚认识他的时候，觉得他是一个可以依赖依靠的大哥哥。那年冬天，在水利工地上，白天抡一天铁镐，抬一天大筐，晚上躺在工棚的地窨子里，聊着聊着，他就会用浑厚的男中音唱起来："冰雪遮盖着伏尔加河，冰河上跑着三套车……"或者"茫茫大草原，路途多遥远，有个马车夫，将死在草原……"我们几个加入进去，沉醉在歌声营造的氛围当中，心里也充满了苍凉。有些老领导和职工看不惯，就组织人批判，说我们是小资产阶级情调。那是我第一次跟他一起挨批判。但领导对他还是留有情面的，因为大家都知道，他的舅母是北京的一位副市长，不看僧面看佛面嘛。第二年春天，他不当农工，到了机务排，而且是在最先进的自动康拜因上工作。一般来说，“上机务”就是掌握现代化机械，政治上比较可靠的人才行。整个生产队有五台拖拉机，五台康拜因，其中只这一台苏联产的自动康拜因——自走式的收割机，这真是对他的极大信任。

不料，北京的邓拓、吴晗、廖沫沙的“三家村”出了事，北京市委成了“针插不进，水泼不进”的独立王国，赵光久的舅母当然也难逃厄运。群众运动没有理智，由于给领导提过意见，在批判北京“三家村”的时候，我们又遭到批判，成了“邓拓之流的小黑帮”，而且是“以赵光久为首”。几个月之后，随着北京形势的变化，被打成反革命的蒯大富他们翻了身，成了不可一世的革命者，我们这几个“小黑帮”也稀里糊涂地被平反。一切照旧，只是赵光久有了一个外号——蒯大衣——他回北京探亲时带回一件质地相当好的皮大衣，他常常只穿一条短裤披着它，在宿舍里边踱步边挠被虱子咬得发痒的身体。

赵光久因为他成了“黑帮”的舅母没有太大的受影响，可是，他却因为另一个差一点儿当了他舅母的女人遭了大罪，以致他的亲人都含冤离世。

这个差点儿成了他舅母的女人就是江青。

那时江青已经是中国的第一等红人，是“文化大革命”的旗手。有一天晚上赵光久说，其实江青没有什么了不起，她要是不跟我舅舅分开，现在就是我舅妈。还说，江青原来叫蓝苹。渐渐地，他又说起了他家跟江青的关系。赵光久的父亲赵太侔早年毕业于北京大学，后留学美国，学习西洋文学和戏剧，是中国现代戏剧和戏剧教育的创始人之一，曾经两度做过山东大学校长。1932 年，他继杨振声之后第一次任山东大学校长时，曾帮助过困境中的江青(那时叫李云鹤)，让她在山东大学旁听，并通过梁实秋安排她到学校图书馆工作，每月可得三十元工资。后来，江青与赵光久的母亲俞珊的弟弟俞启威(黄敬)相识，并恋爱同居；再以后，俞启威因革命活动被捕，江青远走上海，二人也脱离了同居关系。抗战期间，赵太侔到重庆在国民党政府教育部和编译局任职。抗战胜利以后，第二次出任山东大学校长。解放前夕，他拒绝国民党要求，坚决留在大陆。解放后，把山东大学完整地交给共产党政权，在山东大学任教授。以后，山东大学从青岛迁往济南，他留在青岛，任海洋学院外语系教授。1968 年 4 月，赵太侔含冤而死。关于他的死有两种说法。一是说跳海自杀，二是说人们在海里发现他死在一个麻袋里。关于第二种还附带着一个消息：那几天江青正在青岛。

赵光久小的时候，由于父母分开，他住在舅爷——国民党交通部长俞大维家，解放后又住在共产党的部长舅舅黄敬家。可以说，他从小生活优越，但在北大荒却无论什么苦都能吃，什么罪都能受，一点儿也没有娇生惯养的样子。他身体棒，干活特别卖力，一个人顶两个人。麦收在场院上干活儿，最累的不是扛麻袋，不是扶马拉板，而是打撮子。用撮子把麦子往麻袋里装。“撮子”像个大簸箕，铁皮制成，一撮子下去，能装整整四十斤小麦。赵光久打撮子可以二十分钟不抬头，身上不是出汗，而是从皮肤下冒出白色的泡沫！

那个时代，“文化大革命”是任何大陆中国人都躲不开的宿命，没有真正的逍遥派，你即便不在行动上参与其中，心灵也一定会受到它的冲击。毛泽东以及一切有关他的事物全都是具有无限魔力的神话，在他的统帅下，洪流滚滚，天地翻覆！我们都“革命”了，把个人的一切置之于度外。生产队的人分为两派，以贫下中农和老职工为主体的大多数为一派，我和赵光久等十几个人为另一派。写大字报，开辩论会，同时还要种地——春播，夏管，秋收，冬藏，伐木，打石头，修水利……赵光久写一手好字，常常在累了一天之后，点上油灯，我说他写，我们一起炮制出现在看来莫名其妙的大字报。

有一年我们前后脚回北京探亲。他先到我家找到我，然后我们一起去了他在北京的家。那时，他的舅母已经被关押，偌大一个四合院空空荡荡，南房的客厅只有我们两个人。现在已经记不清当时说了些什么，只记得一个戴眼镜的二十八九岁的女人推门走了进来。赵光久说，这是我姐姐。我知道她叫赵光中，虽然是第一次见面，但她写给赵光久的信我见过不知道有多少次了。她跟我打了个招呼，然后开始不厌其烦地叮嘱赵光久，不要忘了这个，不要忘了那个……一幅长姐对幼弟的真实图画。这时，隔壁有个苍老的声音在喊："光久，光久！"赵光久说，外婆在叫他。后来他告诉我，外婆是曾国藩的后代。过不久，我们从北京回北大荒，我在北京站见了赵光中最后一面。这也是他们姐弟的最后一面，第二年，在他们的父亲沉海之后，赵光中因为所谓"五一六"问题也自杀身亡。前不久，赵光久在电话里跟我说，姐姐遗物他至今没有一件，她原来的单位中科院某所一直在推诿。

1968 年 5 月，全都在誓死保卫毛泽东的两派分出了胜负，我们终于被"群众专政"了。半年后我被解放，赵光久却因为"散布关于江青同志的谣言"的"现行反革命罪"而被关押进宝清县看守所，一直到第二年才释放回来。那些年，赵光久挨了多少打，受了多少罪，遭受多少凌辱，我只能记在心里，不想把它们全部说出来。还好，北大荒的老百姓是宽厚的，虽然没有给他平反，但大多数人并不歧视他。赵光久慢慢恢复了正常生活，干活儿之余，他跟几个围棋爱好者下棋，有时还给别人修修半导体收音机。他把一切都埋在了心里。2001 年，我和赵光久一起重返北大荒，在宝清县城吃饭时，他说，那个看守所是日本人建的，不知现在还有没有。他竟动了要看看"故居"的念头！回到农场，见到当年的老人儿，大家对他特别热情，我知道，这其中包含着对过去历史的歉疚。赵光久对此全不在意，他大而化之，把人们对他的情意全都放到酒里，一次次地干杯，然后发出一阵阵爽朗的大笑。

"文革"过去，赵光久给王震写了一封信，在王震的干预下，他得到平反。他到分场的中学当了教师，和一位漂亮的医务工件者结了婚。后来，大批的知青返回了城市，赵光久也想回北京……但是，他终于没能回到北京，而是通过他舅舅当年秘书的关系，调到了天津大港。现在他退休了，身体不好，血压高，糖尿病，前两年又中风，行动不太方便。我每隔几个月总要去看看他，因为他是个少见的好人。

哀远行

人的生命真是脆弱，让我们不由得慨叹命运难以捉摸。

如果事先知道会发生这样的事情，无论如何我也不会到北大荒去。但是，一切都已经发生，只能承认人是有命运的，而命运是难以捉摸的。

4 月 29 日下午，经过一天一夜的长途旅行，终于进入了 852 农场的地界。我知道周达在等我，便给他打了个电话。他问："到哪儿啦？"我说："快到良种站了。"二十分钟以后，当我们的汽车停在农场宾馆的时候，周达穿着现在已经没有什么人穿的蓝中山装也骑着自行车到了。我们两个都不喜欢握手，便连手都没有拉，只是相对而笑。他说的第一句话是："真快，这么一会儿就到了！"农场领导安排接风，我让周达一起参加。他说："不了，我还是不参加，吃过饭再来看你，咱们好好聊。"我知道他不喜欢这种应酬，放他走了。前不久，我们在网上聊天，他说："公款吃喝，一年两千个亿，民脂民膏啊！"我也不喜欢这种吃喝，在北京基本不参加这种活动，但农场领导的盛情却不好拒绝。

晚上，我先到他家看望他的妻子周亚琴——当年的上海知青，然后一起回到宾馆，天南海北地聊了两三个小时。自从前一年我从北京给他背来笔记本电脑，七个月以来，我们几乎每天在网络上聊天。话题无所不包，从戈尔巴乔夫、叶利钦到下岗工人，从抗日战争到中东和平，从中国的传统文化缺陷到人道主义，从他劝我戒烟，我让他每天用热水泡脚，到他准备来北京镶牙，并和我相约待我退休后两个人骑自行车旅游……这成了我晚上的主要快乐，我相信他也是如此。那天，我告诉他在来的路上，我到597农场医院精神科去看了住院的阿利，并给他看了数码相机里的照片。他看着照片上的阿利，摇着头长长地叹着气。阿利是和他一起从北京到北大荒来的，患精神疾病二十多年了。周达一直关心他，想知道他的情况。我们还说起了为死去二十九年的上海知青盛黎明立碑的事，他说第二天到工程大队去看一下，那里有做墓碑的。九点多，他告辞回家。

我和周达认识已经快四十二年了。以前，由于年龄、性格和学识的差距，我们并不十分亲近。他长我四岁，性格内向，学问非常好；而我只有十六岁，什么也不懂。但是，命运却总是把我们拴到一起。

1966年，"文革"初起，我们一起成了"邓拓之流"的小黑帮，受到批判。以后，派性斗争时，我理所当然地成为同"当权派"作对的少数派，他为自我保护参加了贫下中农为主的"革命派"。可是，当派性斗争分出胜负，我们这一派被揪斗时，他并没有因为参加了"革命派"而幸免于难，与我一起再次被"揪"了出来。那是1968年5月下旬的一天，凌晨两点半，宿舍的门被撞开，我们被人叫醒，好几道雪亮的手电光在屋里晃来晃去，让刚醒的我睁不开眼睛。我只蒙了片刻，然后就一下明白了，我被"揪"出来了！前一天我已经有预感，知道自己和赵光久难逃此劫。可是，怎么睡在炕头的周达也被叫了起来，他不是你们那一派的吗？总之，几分钟以后，我们三个人站在北大荒春夏之交的熹微晨光里，互相看着，然后被人押进了生产队的办公室。门被关上，从玻璃窗中能看到外面有人背着七九步枪走来走去。我问周达："怎么你也揪了？"他苦笑无语。赵光久说："这你还不明白？他的家庭出身！"我知道他的"家庭成分"是地主。那天对我们来说真是一场锻炼，四个小时的批斗，有一半是在拳打脚踢中度过。我和赵光久在争辩抗议，而周达却一声不响。当我们被押进事先准备好的"牛棚"时，我问他怎么不吭声。他张开嘴，向手心吐了一下，有什么东西掉到手掌上，他说："牙打掉了一颗！"

半年以后，我被"解放"，赵光久因为涉及江青的事，被关进了宝清县看守所，周达却因为来北大荒前写的"反动"日记而一直被"群众专政"。那些日记是真实的。在两次参加高考两次落榜决定来北大荒时，他写道："和同窗相比，我的成绩是何其优秀。不能被大学录取，不是因为我的才智之不及，而是为时所不许！"对现实不满，昭然若揭。周达差不多被"专政"了两年，才被"解放"出来。在这两年当中，他受了多少凌辱，有多少冤屈，我未必全都知道，也未必全都记得，我也不想在这里多说。只不过，在后来的岁月里，他很少提及那一段事情，也从没有过怨言……

4 月 30 日上午，我采访身残志坚的农场女作家马才锐。中午，马才锐的朋友请我吃饭，我把周达夫妇也叫了过来。席间，周达小声对我说，为盛黎明立碑的事，他上午骑车到工程大队去了，一个碑的价钱按不同质量要三百五十元到七百元不等。我们约好第二天再去一次，把碑文告诉制作者，等碑做好，向农场要一辆车，拉到五分场南山的盛黎明的坟上去。晚上，狂风大作。六点多钟时我给他打了个电话，请他叫着老朋友陈善新一起到宾馆来聊天。半小时后，我到宾馆外迎他们，风吹得人喘不上气来。过了一会儿，周达和陈善新顶着风出现了，一高一矮，侧身而行。那一晚都谈了些什么，现在竟然想不起来，只记得他说："我们家乡义乌的第一任县委书记是耿志义。"耿是"文革"前852农场的老党委书记，我当时不明白周达怎么会说起这件事。当三天后我知道这其间的联系时，真是觉得命运竟然如此捉弄人。九点二十分，周达开始穿毛衣，准备回家。我们在网上聊天，每天都要到夜里十一二点，可是他妻子有病，二年以来他一直对她倍加呵护。于是，我没有留他再坐一会儿，放他走了。把周达和陈善新送到宾馆外，看他们在大风中的背影消失在拐角处，我回到房间，关上手机，吃了安眠药，在床上躺了下来。

谁能想到，这一分手竟成永诀！

半夜，我被一阵急促的砸门声惊醒，看看手表，一点三十五分。打开门，陈善新冲了进来。他大口喘着粗气，急急地说："周达车祸死了！"

冒着嗷嗷的狂风，我们跑到医院，周达的遗体已经被转到了太平间……

周达和陈善新往家走，他们是邻居。当拐上小马路，又走了一百多米，由于大风，北大荒的夜提前到来，路上除了他们一个人也没有。再有几分钟路就要到家了，突然，周达听到背后有汽车的声音，他是一个在生活细节上中规中矩的人，便按照习惯和交通规则向右侧路边躲。这一躲竟同那汽车躲到了一起！这是一辆212北京吉普，没有牌照，司机没有驾驶执照，没有开灯，没有鸣喇叭，车速在八十公里以上——这从第二天法医检查的伤势可以看出。周达静静地躺在灵床上，除去右眼眶青肿以外，看不出他受伤——他的全部致命伤几乎都在后背。我摸着他的脸，凉凉的，寒意直透进我的心中。一个四十二年的朋友，一个近几个月几乎天天在网络上见面的朋友，就这样离我而去了？春节时我们还相约今年什么时候一起去一趟海南，以实现他年轻时的梦想。那是四十一年前，有一天夜里我被人推醒，睁开眼，月光映出周达的面庞。他认真地说："咱们去海南岛啊！"窗外是北大荒无边的夜色，几个小时天亮以后等着我们的是繁重的劳动，他却想去美丽的海南岛。那时，这几乎都不是梦想，简直是扯淡！于是，有好长一段时间，他的外号就成了"海南岛"。然而，三十八年之后，我们——四个当年一起在北大荒的朋友把云南当成海南，实现了我们浪迹天涯的青春梦想。在大理，我们看苍山洱海；在丽江，我们沿着古城的小巷寻找历史的痕迹；在香格里拉，我们等待着梅里雪山的日月同辉……周达把所有亲人的名字一笔一画地写在彩色的经幡上，向神圣的梅里雪山双手合十，为他的亲人们祈福。当时，他对我说："看到梅里雪山，生活是要发生一些变化的。"我问他会有什么变化。他说："脾气太急，以前我有时向周亚琴发火，今后不会了。"事实证明，自那以后，他再也没有向妻子发过脾气。

我和诗人郭小林给周达拟了一副挽联：

生未逢时运交华盖却不忘天下

死遭厄辰命属多舛仍永在人心

周达天资聪慧，认真严谨，一丝不苟，讷于言而敏于行。他五岁时在家乡浙江义乌开蒙上学，九岁到北京，一直到高中在学校各门学习功课匀名列前茅。第一次高考不中，又参加了第二次高考，又不中，终于明白了自己不能读大学的原因，便毅然决然上山下乡到了北大荒。我清楚地记得，那时在宿舍的油灯下，他捧着《活页文选》喃喃诵读司马迁的《报任安书》："古者富贵而名摩灭，不可胜记，唯倜傥非常之人称焉。盖西伯拘而演《周易》；仲尼厄而作《春秋》；屈原放逐，乃赋《离骚》；左丘失明，厥有《国语》；孙子膑脚，《兵法》修列；不韦迁蜀，世传《吕览》；韩非囚秦，《说难》《孤愤》。《诗》三百篇，大氐贤圣发愤之所为作也……"那个时候，我才十七八岁，他也刚刚二十出头，我们一起读了不少在当时所能见到的书，例如：《拿破仑传》《司巴达克斯》《静静的顿河》《被开垦的处女地》《上尉的女儿》《普希金诗选》《雪莱诗选》《远离莫斯科的地方》《叶尔绍夫兄弟》《马克思青年时代》《联共(布)党史教程》《边疆晓歌》《山乡巨变》……正值年轻，满腔热血，我们读了《列宁选集》，认为列宁比马克思"棒"，文章写得痛快！我们还一起打乒乓球，常常在礼堂舞台的乒乓案前打到最后。后来，周达的兴趣更多地放在研究围棋和高等数学上。他和另外几个知青爱好者在一天劳作之后，或摆开棋盘，摊开棋谱，作黑白之争，或在纸上演算数学题。我于这些没有兴趣，却知道他从中得到过大的快乐。周达处江湖之远，却始终忧国忧民，惦记着国家的前途，人类的命运。在最倒霉的时候，他写过一首诗《朝阳歌》："蓬蓬勃勃，化千尺严冰，作三分融水；争凛凛寒春，便是郁郁盛夏。"在去世前半个月的 4 月 13 日，他在自己的博客"北横林子"上又写了几句诗："枯叶衰草黄泥，愁云垂低岸，知否心绪？闻道知更鸟儿，杜鹃泣血啼！天涯人，春水叮咚处，又见新绿。"此诗是他见到朋友为章诒和女士而写的诗之后写的。两首诗差不多相隔四十年,心中的血和火却一样炽热。

在送周达的遗体去火化的路上,看着北大荒无边的原野,我一直在想他这一生。四十多年来,他有过几次发自内心的欢乐呢? 1978年他有了儿子毛毛,给我写信来,喜悦之情形诸字里行间。那是发自内心的狂喜,他深深地爱着自己的血脉后代,为基因能够延续而满足。后来他又来信告诉我,为了儿子有个健康的身体,他买了一盘手摇的石磨,每天给毛毛磨豆浆。老天不负他的苦心,毛毛现在身强体壮。当儿子登记结婚后,他在 MSN 上对我说:现在我又有了一个女儿! 2004 年我们四个人结伴去云南旅游,那些天,他一直处于兴奋之中,除了把自己融入了大自然,更多是因为身边有几个知根知底又知心的老朋友。2005 年,我们一行十六个知青回北大荒,周达一直陪伴着大家,忙前忙后,始终笑呵呵的。虽然大家以前都在一个生产队,但有几个当年的女知青却从来没有跟周达说过话,这次接触之后,她们说:“周达真是一个好人啊!”绝大多数知青都返城了,周达也想回北京,却因为母亲去世,抚养他的姨娘到了湖南,北京无处落户而不得返城。去年,我再一次回北大荒,返回时把他的档案带到了北京,由现在在北京工作的毛毛跑一跑有关部门,看能不能把户口办回来。我们都盼着他回北京,大家可以经常见面,说说往事,逗逗闷子……

可是,一切都成了泡影!

火化回来,周达的表弟王玮说,1949 年国民党到台湾之后,曾派船来接周达的伯父、父亲和其他人。船到海上,听说要去台湾,兄弟两个执意回大陆,船只好返回。他们到了上海,买了许多文具教具,准备回家乡义乌办教育。返回义乌,周氏兄弟立刻被抓了起来,并在雨夜被执行枪决。第二天放晴，上级的文件到了，大意是周氏兄弟等不应被杀。一场大雨阻隔了上级文件的送达，生命已经不可挽回。王纬说，周达的伯父是国民党少将，在情报部门工作，为抗日战争做了许多事，其中日本准备偷袭珍珠港的情报就是他参与破获的。周达的父亲也并非劣绅，也为抗日做了许多事情，是个爱国人士，他的岳父——也就是周达的外公就是让日本鬼子杀的。听了这些，我突然想到周达三天前对我所说"我们家乡义乌的第一任县委书记是耿志义"的话，如此说来，周氏兄弟的被"镇压"，耿志义应该是知道，甚至就是他所批准的。在"文革"中周达所参加的那一"派"是保耿的，他后来知道了这一段历史，心里该是一种什么滋味呢？

所幸，二十多年前周达参加并通过了自学高考，算是与大学沾了一点儿边。他生命的最后一些年当了教师，所教的学生有不少考上了大学，成为对国家有用的人才。《光明日报》的记者郭丽君就曾经对我说，"我的数学就是周达叔叔给辅导的"。他的儿子毛毛大学毕业，先在上海打拼，现在北京工作。周达去了，他的妻子周亚琴哀痛至极，总是说起自她病后周达对她无微不至的照顾，现在亚琴已经和毛毛在来北京的路上了。

死者长已矣……这几天我总在想，如果那天他不来看我，如果那天我多留他坐一会儿，如果我不去北大荒，如果……也许他的命运就可以改变！但是，这就是命运。我们在网上谈过命运这个话题，共同认为，活到这把年纪，如果再不承认人有命运，那就算白活了！

天涯人，春水叮咚处，又见新绿……周达，走好！

大胡子连长

不知道为什么，有人好像不希望我们在五队待的时间太长，许多老人儿还没见到，许多地方还没去，就一直催着我们快回分场去吃饭。我原本想到尖山子大胡子连长的墓地上去看看，献上一捧野花。可看到同来的人已经上了车，不好显得太“各色”，我只好找了个地方，朝西北方向的尖山子看了一眼，也上了汽车。以前在五队，只要站在公路上就可以看到尖山子，那座突兀呈现在平原上的小山离五队不太远，几乎就是我们的北大荒标志。现在田间道上当年的小树已经长大成材，遮天蔽日，阻挡住人们远眺的视线，尖山子从五队的视野中消失了。

大胡子连长从五队调到尖山子半腰上的三分场当副场长（那时还叫副营长），去年秋天他死了，埋在尖山子上。

大胡子叫李安厚。他一米八以上的身材，总是腰杆笔直，加上黢黑的络腮胡子，显得十分威严。就为他这胡子，五队的人背后都叫他大胡子。外面的人却一般叫他李大炮。

几年前，我曾经和两个老知青回农场一趟，专程到三分场去看大胡子。他早已经离休了，听说我们要来，一直在家里等着。见面时，他咧着嘴笑着，不知道说什么好。后来喝起酒来，他的话多了，也顺了。大胡子手里捏着酒杯，习惯地歪着头，声音有些沙哑，“哎，小刘，”几十年他一直这么叫我，“你知道以前在五队我最喜欢谁吗？”我当然知道，却故意装傻。“谁呀？”他一口喝干杯里的酒，身子向后一仰，“谁？你是其中一个！”

他的神情中有些失望，那意思是“你怎么连这个都不知道”。我笑了。

我和大胡子可谓不打不相识。

连长，那时叫队长，在农场不算大官，可在生产队是说一不二的人物。大胡子是山东德州人，从小到东北做童工，全国解放前参军，后来在解放军后勤学院当营房参谋，授衔中尉。1958 年号召报名到北大荒，一位叫叶建民的战友对他说，咱们报名啊，你敢不敢？李安厚说，这有什么不敢的？可他心里想，你是高中生，是知识分子，只要你报名，上级一定批准；我跟你不一样，我是苦出身，报名也不会让我去！于是他报了名，在决心书上签了名。没想到，光荣榜贴出来，他和叶建民都榜上有名！他不能耍赖，打起铺盖带着家人到了北大荒。开始，分在总场当后勤协理员，困难年代，他在没有请示批准的情况下，杀了一口猪，让已经好久没有吃到肉的职工吃了点儿荤腥，却给自己弄了一个党内处分。大概是 1962 年，他到五队当了队长。我属于那种疏远领导的人，到五队后跟他没有什么接触，只是听大家说大胡子脾气大，常常吹胡子瞪眼，军阀作风。到第二年夏锄的时候，有一天，我正在地里锄地，他突然走到我旁边，看了一眼我锄的苞米，一下火了，骂了一句：“他妈的！”我抬起头来问：“你骂谁？”他瞪了眼睛：

"骂你！看你干的这叫啥活儿！"我也一下火了："你他妈的！"他愣住了，也许从来没有人骂过他，"啥？你……你骂我？"我肯定地说："对，我骂的就是你！"他双手叉腰，"你再骂一声？！"我把这些天心里的火都撒了出来，冲着他祖宗十八代的骂了过去。他真的愣了，一句话也说不出来。老职工都吓坏了，纷纷过来劝我。我骂够了，把锄头往地上一摔，扭头走了，"骂你？我还不干了哪！"

我回到宿舍，躺在炕上，一连三天没有上工。

到第四天一早，大胡子推门来到宿舍，满脸堆着笑。我装没看见他，闭上眼睛。

"小刘，还生气哪？算了，骂过就算了，上班吧。"

这是我跟大胡子的唯一一次冲突。

后来，"文革"时，那是一个冬天，全队开会，一位副队长突然站起来说："我揭发一件事，李安厚让他女儿用毛主席像擦屁股！"会场上像死一样安静。这可是个要人命的罪名，别的队有一个女青年，鞋襻儿上的扣子丢了，用像章代替了一会儿，被揭发以后就成了现行反革命。大胡子愣在那儿，半天才说："你胡说！"那位副队长激愤地说："这是你二女儿跟我儿子说的，她说，我爸爸说可以用毛主席像擦屁股！"会没有再开下去，指导员赵相银让大家散了。接连几天，大胡子都没有露面。大家心里不相信这件事，但是，谁也不能替他辩护。

晚上，宿舍里都在议论这件事，大多数人都认为李队长不会说这句话，一个从小就参加革命，1949 年入党的人，对毛主席的感情该有多深呀。不少人觉得这是那位副队长陷害大胡子，根据是大胡子那种军阀作风，张嘴就骂人，平时也没少骂那位副队长，这回让人家逮着机会了。有人说："这也太狠了点儿，谁也没把谁家的孩子扔井里，何苦呀!”

大家对此事的议论是有根据的。前不久在东边修排水沟,有一天干着活儿,突然风雪交加,气温一下降了许多,怕有零下40度吧。地本来就冻得像铁一样,一镐下去,地上只留一个白点儿,现在更没法儿干活儿了,寒风一吹,人就像没穿衣裳似的,透心凉。那天是那位副队长带队,大家都看着他,希望他发话收工。可他穿着棉大衣,戴着貉皮帽子,两只手揣在手套里垂在腰间,在沟沿上走来走去,不断地大声说:“快干呀,多使使劲儿,出汗就不冷了。”人们紧干了没两分钟,实在是冻“草鸡”了,又停了下来。有人小声骂了起来,可是没有人带头往回走。那时候的人,包括我们这些北京青年,即便再调皮捣蛋也还是听领导的话;就比如我吧,旷工可以,但带头罢工却不敢。副队长也冷,鼻涕冻成小冰凌挂在嘴上,听见有人骂也装没听见,依旧在沟沿上走来走去。双方就这么在大风雪中干耗着。大概过了四十分钟,大胡子冒着风雪走来,一出现在沟沿上他就大声喊:“老张,天这么冷,你怎么不让大家回去?!”副队长冷得都不会笑了,咧着嘴说:“啊,同志们说……说要锻炼锻炼。”大胡子一下火了,骂了一句:“放你妈的屁!”然后一挥手,高声说:“天这么冷,大家回去烤火吧!”

我心里想着去年夏锄时跟大胡子对骂,后来他又主动找我道歉的事,站起身,走出门来,摸着黑,深一脚浅一脚,向他家走去。

敲了敲门,队长妻子开了门,我问:“李队长呢?”她指了指后面的小屋,小声说:“连饭都没吃,一直一个人在小屋里坐着。”我推开小屋的门,里面只有一盘小火炕,地上摆着一把凳子,窗台上放着一盏油灯,灯捻儿很小,只有豆大点儿亮。见我进来,大胡子用袖子抹了把脸,显然他是掉了眼泪,怕我看见。他没说话,从烟盒里拿出两支烟,递给我一支，然后自己探着头在油灯上对着烟，深深地吸了一口。那时我刚刚跟贫下中农学会抽烟，也把烟点着，坐到小凳上，吸了一口烟，呛得我连连咳嗽。平时我抽葡萄牌的，两毛四一盒，劲小，李队长抽蝶花牌的，两毛一盒，劲大。借着油灯的那一点儿亮，我打量着这个站起来一米八几的人，平时他真的像条汉子，逮谁骂谁，到处吹胡子瞪眼，老子天下第一，现在却一下蔫了，坐在炕上，二目无神，呆呆地发愣，一声也不吭。

连着抽了两支烟，我们谁也没有说话。最后，我轻轻地叹了口气，站了起来。要出门了，我想，总得说句话吧，要不，我干什么来了？于是，我说："你甭往心里去，没人信那些，我就不信！"他一下站了起来，一把攥住我的手，使劲握了握，又拍了拍我的肩膀，想说什么，又一下把要说的话咽了回去。

此事不了了之。

大胡子爱热闹。1969年，他心血来潮，让连队的宣传队排演"样板戏"——《沙家浜》，在大家的撺掇下，他出演了剧中的陈书记，出了不少洋相。知青们下工以后经常打篮球，大胡子有时也下场和大家一起打球，更多的时候他是当裁判。有一年麦收前，不知道谁说下雨时场院上抢场，光吹哨不行，大家听不见，应该想点儿别的办法。于是，大胡子决定买一个警报器。花了几百块钱，警报器买回来了，安到场院专门为它做的木架子上。大胡子想试试效果，就站到架子上摇动把手，警报器响了起来：呜——那声音真是瘆人，好像苏修的军队开始进攻了！那个警报器在正式抢场时只用了一次就坏了，以后再也没有响过。一到下雨或者刮"烟儿炮"，连队几百口子人就要集合到礼堂开会，读报纸，念材料，大家烦了，就起哄让大胡子"讲讲国际形势”。这时，他就会笑眯了眼，点上烟，大口吸着，往台前一站，信口开河地讲起来。队里领导订了一份《参考消息》，那上面的内容是他的基本依据，可又不是他的全部依据，美国、苏联、越南、柬埔寨、日本……他想到哪儿说哪儿，许多我明明知道他说得不对，可是大家都很爱听，因为能从他的讲述中得到意想不到了乐趣。有一回说到日本，不知怎么的，他说起了伪满时期在沈阳的一次运动会。他说，那天比赛跑步，上场的全是日本人，一个个穿着裤衩背心运动鞋。发令枪一响，赛跑的人出发了。跑了几圈，喇叭里开始嘲笑中国人是“东亚病夫”。这时，突然从看台上跳下一个中国人，穿着趿拉板儿，光着膀子，开始围着跑道跑了起来。日本人一看，先是愣了，后来哄堂大笑。可是，那个中国人却越跑越快，越跑越快，到最后只听见趿拉板儿响，却看不见人，结果，中国人拿了第一！大家笑得前仰后合，大胡子却严肃地说：“别笑，这是真的！”

大胡子爱热闹，却从来不和女人开玩笑。在女人面前，他永远板着脸。

连队里的人对他也有意见，经常提的一条是“不爱干活儿”。提归提，他却从来也没有改过，别人干活儿，他基本上是背着手站在一边看。时间长了，大家不提意见了，人长着眼睛，谁都看得出来，大胡子是连队里最辛苦的人。一年四个农忙时期，春播，夏锄，麦收，秋收，一个紧接着一个。他从早到晚泡在田间地头，一会儿在拖拉机上，一会儿在中耕机上，一会儿在康拜因上，一会儿又赶到了场院，指挥播种，指挥收割，指挥翻地，指挥抢场。每年秋天，各家各户自留地里的萝卜白菜都收回家了，他家的菜却没有人去收，总是冻在地里。

大概是 1971 年，为了“备战”，上级布置连队要配两套班子。有一天,大胡子对我说:“你要做好准备,我看你当第二连长挺合适。”多亏我没把这当真,没有向任何人说起此事,后来形势不那么紧张,配第二套班子的事不再提起了。1973年春天,大学招收工农兵学员。大胡子把我叫到公路上,说:“你不准备报名上大学呀?”我说自己不够条件。他说:“我看够了。只要你报名,群众也会推荐,领导班子这里肯定没有问题。”于是我报了名,班排也都推荐了我,可是就在等待领导班子研究的时候,大胡子却到师部开学大寨的会去了。结果可想而知,另一个人到哈尔滨建工学院上学去了。大胡子开会回来,知道消息后对我骂了一句:“他妈的,把你耽误了!明年再报吧。”我表示今后再也不报名上大学了。

第二年,大胡子调到三营当副营长。听说在那里他并不太愉快。大家说,他如果在五营当副营长就好了,这边的人都了解他,会谅解他的脾气。

如今大胡子去世了,我常常想起他,说起他,好像他还活着一样。

岁寒三友

大家千万别误会,“岁寒三友”看似很“雅”,其实与松、竹、梅根本不沾边儿。这里说的是四十多年前,我们三个人在北大荒挨冻的事。

那时,住宿舍自由组合,我和张悦、吴长宝投脾气,就住在了一个炕上。所谓投脾气,是因为我们三个人都比较懒,生活上不那么卫生。比如说张悦的被子吧,由白变成深灰,泛着一层油油的亮光。我曾用杜甫的两句诗形容他和他的被子:“布衾多年冷似铁,娇儿恶卧踏里裂。”我和吴长宝的被子干净些,当然这十分有限。

那年冬天可真冷!吸一口气,直扎肺管子,嗓子眼儿又疼又辣。每天早晨,我们都要顶着西北风去水利工地,修那个多年之后不知是有利还是有害的排水沟。那风就像一把小刀子,肆无忌惮地在人身上乱划。大家走路都非常规矩,一律侧着身,歪着头,尽量使脸接触风的面积减小。但那风的穿透力极强,我们都被冻得透心凉。我的棉衣扣子全掉了,又懒得重新钉,就找了根草绳子系在腰上。吴长宝怕我冻坏,不知从哪儿弄来根电线,让我替下那根草绳子。他说:“电线结实,别怕,不通电。”那天早上,我们又排着一路纵队去水利工地,照例走得十分规矩。小风飕飕的，脚踩着雪嘎吱嘎吱直响。我猛一回头，觉得张悦的脸似乎有些不对，再一细瞧，他的鼻子变成了白色的！实在是太冷了，血液流动不畅，张悦的鼻子冻白了。我说："张悦，你的鼻子！"他站住，愣了一下，从棉手套里伸出手，摸了摸鼻子，说："它他妈的好像没了。"他的鼻子失去了知觉。

我忙摘下手套，用手去揉他的鼻子，却被吴长宝打了一下："你还要他的鼻子不要啦？手那么热，一揉，鼻子非烂了不可！"我想起贫下中农的教导：身上无论哪儿冻坏了，那是绝对不可接触热气儿的。吴长宝弯腰抓起一把雪，一下糊到张悦脸上，开始轻轻地揉搓起来。张悦闭着眼睛，表情麻木，慢慢地，他的眼泪流了下来——鼻子恢复知觉，懂得疼了。吴长宝换了三次雪，弄了一手鼻涕，张悦的鼻子终于又成了肉色的。但是，第二天他的鼻子又变成了黑色的——表皮组织冻死了。几天之后，黑皮蜕尽，那鼻子又成了嫩嫩的粉色，像其他的新生事物一样，在最初的几天比较地引人瞩目。

冬天干活必须卖力气，否则身上冷。可一卖力气，身上又出汗，不干活时让风一吹，人就跟没穿衣裳一样，冷得邪乎！这天的下工路上，我们觉得特别冷。当离宿舍还有几百米的时候，大家向住区发起了冲锋。我们三个欢呼着冲进宿舍，立刻觉得脸上暖融融的。张悦最怕冷，拿火当命，他马上打开炉盖，用火筷子去捅炉子。不料，连捅几下，炉内不见一点儿火星儿。我摸了摸小火墙，又摸了摸炉盖，冰凉。我说："灭了！"三个人都傻了眼。墙上的温度计显示：零下二十度。

张悦说："生炉子吧。"

吴长宝冲我一挤眼，说："反正我不怕冷，算了，明天再说吧。"我附和说:“冻一宿吧,我们年轻人有颗火热的心。”然后,我们俩拿起饭盒儿到食堂去打饭。我们心里有数,张悦怕冷,熬不过我们。果然!当我们在别的宿舍暖暖和和地吃饭的时候,窗外传来哗啷哗啷的声音——张悦在摸着黑拨拉煤块呢。估计时间差不多了,我和吴长宝敲着饭盒儿,推门进了自己的宿舍。这回可是实实在在的暖和了,岂止是暖和,简直就是热!张悦皱着眉毛抽着烟,脸上全是黑道道,对我们俩睬也不睬。他是出名的好脾气,这会儿不过是生闷气罢了。

几圈炉盖都被烧得通红,屋里的温度持续上升。吴长宝在炉子上坐了一盆水,一会儿水就热了。他把那盆水端到地上,然后慢慢地脱衣裳,说:“好些日子没洗澡了,身上发紧。”脱光衣裳,他开始擦起澡来。当他往身上打肥皂时,我听见张悦在大声地喘粗气。我心里发毛,预感要出事。果然,张悦大喝一声:“我他妈让你洗!”跳起身来,伸手拨拉开炉盖,端起那盆水,全部倒进了炉膛。登时满屋尘灰飞扬,我赶紧把炉盖又盖上了。

蔫人出豹子。我和吴长宝噤若寒蝉。半晌,我说:“睡觉吧。”吴长宝说:“肥皂还没洗下去呢,都干了,身上发皱。”张悦面有得色。我们三个人上了炕,钻进被窝。虽说是“恶卧”,却很快都进入了梦乡。

不知过了多久,我忽然被身下的热炕烫醒,睁眼一看,不仅是炉盖,连小火墙都烧红了。那水不但没有泼灭火,反而助长了火势。吴长宝也被烫醒了,他跳下地,又在炉子上坐了一盆水,嘴里还哼着歌。突然,张悦像一头猛虎,只穿着一条裤衩跳到地上,光着脚蹿出门去。转眼,他手拿着一把镐又进了屋。没等我明白过来,他已经把炉子刨得稀里哗啦了;接着一盆水又泼到火上。吴长宝又钻进了被窝。我怕中煤气,下地打开了窗户。

第二天，我们是被冻醒的，墙上的温度计显示：零下二十九度！谁也不忍心离开还有些热气的被窝，但上班的钟声响了。我们齐声高呼："下定决心，不怕牺牲，排除万难，去争取胜利！"终于跳出了被窝，置身于一片寒冷之中。

四十多年过去了，我们三个仍然是好朋友，常常回忆起难忘的青春岁月——那是我们的幸福生活。

老实人

我和张悦有四十多年的交情了。

他现在六十三岁，是个小老头儿了，由于胡子少，更像个老太太。当初在北大荒认识他的时候，他才二十岁出头。在连队里(我们是生产建设兵团，据红头文件说，属于人民解放军序列，归沈阳军区管)，他是个出了名的老实人。因为爱吃土豆，大家就叫他“土豆”，他也笑眯眯地答应。他是 1963 年从北京到北大荒的。据他说，在北京时已经有了工作，但总是吃不饱饭，听说北大荒粮食多，就报名上山下乡了。那年头儿，能吃饱饭，还想什么呢？他在北大荒待得很安心。我比他去得晚。刚到没几天，听说他会摔跤，心里就痒痒，便说我也会。于是，有人起哄让我们两个人摔一个给大家看看。我是练过几天摔跤的，一交上手，就看出张悦其实不会摔跤，只是力气大。摔了三跤，他都输了。我们成了好朋友。

城里人到了农村，觉得自己特殊，少不了调皮捣蛋，偷奸耍滑。张悦老实，不多说话，也不干出格的事，只是常常跟我们一起旷工(这并不是说我们常常旷工，而是说我们偶尔旷工时，他一般都跟我们在一起)。那年过春节,团支部开会,我们作为团外青年列席,张悦的一番发言让我吃了一惊。他说:“一马当先,万马奔腾。我们青年人要像葵花向阳那样,永远团结在党支部和团支部的周围……”会后,他像变了一个人,不再跟我们一起瞎起哄。我们住一个宿舍,他也变得话很少,我觉得挺别扭的。几个月之后,他在五四青年节那天入了团。又过了一个月,夏锄开始了。有一天,为一点儿什么事,我和连长吵了起来,一怒之下,我把锄头一扔,回到宿舍躺了起来。没过半个钟头,门开了,张悦走了进来,一下也躺到炕上。我觉得奇怪,问:“你怎么回来啦?”他说:“太累,我他妈旷工了!”我说:“你可是刚入团呀!”他笑了笑,说:“我那是伪装进步!”躺了三天,连长主动上门找我道歉,我才下地干活儿。他也跟着拿锄头下地,大概是歇过来了。

张悦的手笨,只能当农工干粗活儿。连里曾经让他当过拖拉机手,他老先生却连锤子都不会使,链轨销子出来了,他用锤子砸,差点儿把自己的手给砸了。翻地时,张悦坐在五铧犁后座上把犁,前头拖拉机一开,他就睡着了,到了地头儿,他还不醒,也不把犁升起来,前面的驾驶员还得停车下来,走到后面把他叫醒。没干几天,他就又回了农工班。扛麻袋,扶马拉板,抬土方,他是把好手。沾点儿带“技术性”的活儿,他就不行了;比如割麦子,割大豆,他总能把自己的手或者脚给割破了。张悦是左撇子,那年秋收割大豆,上头发他一把右手镰,还是朝鲜式的直把镰刀。干了没几天,他就腰疼受不了啦。有一天早上,我推门准备出工,看见他蹲在过道里,左手拿着镰刀咬着牙往右手上比画。我问:“你干吗呢?”他说:“我他妈让你割!让你割!我砍了它!”原来他要用镰刀砍自己的手,可又下不了狠心。八十年代,梁晓声写《今夜有暴风雪》时,曾问我“人能被劳动折磨成什么样儿”，我把张悦这件事说了。晓声把这个细节用到了作品里。

1972 年，张悦二十八岁，用一个朋友大宝的话说，小公鸡长大了，该打鸣儿——他想成个家了。说实话，他的这个正当想法要实现还真有点儿困难，女知青大多数还太小，岁数合适的又看不上他。没办法，大家就在知青之外的女性里给他物色。正巧，老周的侄女从江苏老家来探亲，有人就从中作伐，给他们说合成了。结婚之后，张悦过起了小日子，只不过他过得比别人更加艰难一些。老实，加上笨，在哪里都不会比别人过得好。可他毕竟戴着“知识青年”的帽子，平时又有人缘，连里领导还是照顾他的。老同志了，学不了技术，可也不能干一辈子农工呀！领导让他去喂牛。说实在的，在北大荒能干上喂牛这活儿，也算是上辈子修来的福气。冬天不冷，夏天不热，蚊子不叮，虫子不咬，就那么三五头牛，玩儿似的！大宝哄他说：“会喂牛吗？我告诉你，这牛啊，你每天得用铁刷子沾水给它们刷，要不，牛不爱吃，不长肉，还容易得病。特别是冬天，你得用铁刷子把牛身上的毛‘刀’开，要不，北大荒这么冷，牛非冻死不可。”于是，每天傍晚，张悦穿着高腰水靴，站在水坑里用小铁刷子在牛身上到处刷来刷去，弄得自己浑身上下都是水。冬天了，他站在冰天雪地里，用铁刷子在牛身上“刀”毛，冻得涕泗横流。有人问：“张悦，你干啥呢？”他说：“大宝说了，每天都得给它们刷，‘刀’毛，要不，牛养不好，弄不好还能冻死。”听者哈哈大笑，张悦给牛“刀”毛传为一时美谈。

后来返城风大盛，知青们都回了原来的城市，张悦却仍然留在北大荒。我曾经几次回北大荒，都在张悦那里落脚。他总跟我说，早晚我得回北京，早晚！我却不信，大拨儿的人都走了，现在谁管你呀！可没成想，1992 年，他来找我，说：“二十七年，我到底办回来了！”我问他办到哪个单位。他说:“人家问我会干什么,我会干什么呀?我说会喂牛,就到了东郊的一个牛场。”他的两个弟弟真好,先是给他腾房子,后来又给他找房子,在北京给他安了一个家。几年前,他对我说,牛场给他分房了,让我有时间到他新家去玩儿。我去了。可真是离城里不近,过垡头,还在焦化厂的东边,那个地方地名就叫“牛场”。到那儿一看,我不禁乐了:他这哪儿是回北京呀,简直跟在北大荒连队一样!一条窄窄的公路,路边种着杨树,土地虽然没有北大荒辽阔,却也种着庄稼,路边的一排排宿舍,也是红砖红瓦,连厕所的位置都一点儿不差!

我说:“就你住的这地儿,跟咱们连一点儿区别都没有,你干吗回北京呀?”

他说:“你睁天眼好好看看,好好看看!甭管怎么说,这是北京!只要是北京,我就知足。”

不过,据我观察,他不但知足,甚至可以说生活得很幸福。我把我的想法说了,却引得他老婆——我管叫嫂子的说:“他幸福了,我可跟着倒霉。这个傻东西,前些日子把人领到家来,翻箱倒柜找钱,还给我往班上打电话,问家里的存折在哪儿,我没告诉他。结果还是翻出两千多块,换了一些秘鲁币,后来到银行一问才知道,一把废纸!”

张悦在一旁笑着,说:“我又不认识秘鲁币,还以为是美元哪。”

此生足矣

马会计不是搞财务工作的，也没当过会计，这只是一个外号。说起这个外号也还真有点儿来历。当年他在北大荒的生产连队，大家都叫他小马。后来搞“阶级斗争”，他的出身不好，被“广大革命群众”揪了出来。开批斗会时，不知谁出了个主意，让他穿了件中式长棉袄，胳肢窝下夹着一个本子，手里拿着一把算盘，在台上走来走去，那意思好像是说“这是替黄世仁收账的穆仁志”。出这主意的人一定没把“阶级斗争”看得很严肃，小马哈着腰在台上来回走了几趟，把台下的人逗得哄堂大笑。会后，小马就落下这个外号：马会计。细想，这算怎么回事呢？拿着算盘就是会计吗？当然，在那个年代，马会计并不会因为把大家逗笑了就能逃离“阶级斗争”，他还是被“群众专政”了，很是受了些苦和屈辱。

没有不散的筵席。一年多以后，马会计被“解放”，回到人民中来了，他一直老老实实地干活儿，从不多说多道，不惹是非。但是，他是一个年轻人，有自己的理想，这理想几乎成了他心中解不开的情结，他像所有的知青一样，想上“机务”。北大荒生产连队的工作基本可以分成三大类:机务、农工和后勤。机务就是开拖拉机和康拜因,因为掌握着机械化和现代化,能让人高看一眼。马会计不止一次地跟我小声嘀咕:“我想上机务,真想!”可是,这点儿理想他都无法实现,机务是他这种出身的人能“上”的吗?! 马会计祖上从明朝永乐年间就开始参与北京的宫廷建筑,是古建筑世家。在前清的时候,一提“兴隆木厂马家”,北京人没有不知道的。马会计曾对我说过,小时候逛颐和园,在昆明湖上划船,同行的一个尼姑对他说:“知道吗?这园子是你们家祖宗修的。”更何况,庚子之乱,八国联军借口德国公使克林德被杀攻进了北京,李鸿章签订的《辛丑条约》第一款就是在东单的西总布胡同路口给克林德修一座牌坊,以示“纪念”,这座牌坊也叫克林德碑,就是马会计家祖上施工建造的。第一次世界大战之后,克林德牌坊改叫公理战胜牌坊,迁到中山公园,建国后“公理战胜”被刮掉,换上了郭沫若写的“保卫和平”,叫和平牌坊了。家庭有如此的历史,马会计想上“机务”只能是一个梦。马会计常常自己安慰自己:“今后如果能回北京,我到北海游船码头拿钩杆子钩钩船就挺好!”

后来,知青大返城,马会计回到了北京,他没能到北海钩船,而是被分配到345路公共汽车卖票。他是个老实人,干活儿也卖力气,让领导喜欢;同时,家庭出身对人的影响也不那么重要了,他学了开汽车。345路是大型的通道车,那时出了德胜门就是郊区,车少人少红灯少,开起车来飞快,一路威风凛凛。马会计这回算是痛快啦!他对我说:“什么时候到十三陵玩去,坐我的车!”我没坐过他开的公共汽车,但心里为他高兴,他这不是就算上了“机务”了吗?能干上自己喜欢的工作,该是一件多么惬意的事啊。

娶妻生子,成家立业。父亲被平反,成了革命干部,无论到哪儿,大家都把老人当作古建筑专家。马会计像换了一个人一样。

再后来,马会计换了单位,不开公共汽车了,到一个机关改开了小轿车。他给我打电话,说,现在开桑塔纳,哪儿都好,就是刹车太"肉",得多留点儿神。有一天,他告诉我又换车了,本田,日本原装的,开起来比桑塔纳舒服多了。春节,我坐他的车一起去看一个北大荒时的老朋友,本田果然不错,车里车外也让他收拾得干净。路上,他跟我说:"五张儿(五十岁)多了,混到这一步就算不错啦,比在北大荒开拖拉机强多了!"

看来,马会计此生足矣。

膘　子

听说张洪明死了，我心里难过了好一会儿。

张洪明是个傻人。北大荒管“傻”叫“膘”，因此，他是个“膘子”。他是 1956 年从山东单县参加开荒队到北大荒的，算是第一代北大荒人。大约没有人知道他的确切年纪，所有的人都和他平辈论交，即便是拖鼻涕穿着开裆裤的小崽子们，也张口闭口叫他“洪明”或者“张洪明”。在我们生产队里，没有人叫过他哥哥或者叔叔，一直到死，他都只是“洪明”或者“张洪明”。在那些年里，他实在是我们生产队的特殊人物，特殊到几乎察觉不到他的存在。他总是精神不振，或者不如干脆说，他是懒得振作精神。他很胖，一身囊肉，脸总是红扑扑的，一双大眼睛极亮，却没有一点儿光彩。大概是小时候头上生过疮，他是个秃子。有人也管他叫“小秃”。同年龄的人都有了家小，他却一直打着光棍儿。女人们看不上他。又何止是女人们呢？那年单身汉调整宿舍，他成了没有人要的人，抱着行李卷站在食堂门口发呆。完全是出于怜悯，我让他住进了我们的宿舍。他把行李卷放到炕上，冲我扑哧一笑，便又恢复了老样子，自己上一边抽烟去了。

洪明的傻,不是彻底的傻,有些半傻不傻。有人说他是往里傻,不往外傻。我看不像,他是真的有一点儿傻。我跟他在同一条炕上住过好长时间,对他还是有些了解的。但是,我却从来也不了解他的"历史"——有人说,他刚到北大荒的时候当过司务长——可我从跟他的接触中发现,他根本不会算账——然而,他却认识字。我曾逼着他给我念过报纸,虽说念得不好,念错了一些字,但他毕竟念下来了。张洪明是否当过司务长,只好存疑。他念报纸可真是个乐儿!他把"恩维尔·霍查"念成了"恩维尔·佳查",把"母猪"念成了"母猎",念毛主席语录时,他是这样念的:"毛主席教导我们说:诸粮诸草,各战各荒。"我一时听不明白,便拿过报纸来看,原来是"储粮储草,备战备荒"!

真有他的!

北大荒的冬天总要刮几次大"烟儿泡"——下过大雪之后,狂风大作,把雪吹得满世界乱跑,搅得天昏地暗,周天寒彻。这种天气没法出工干活儿,大家只能在屋子里糗着。我和同宿舍的大宝总是在这时候冒着暴风雪,到场院和农具场去到处踅摸,找冻死的鸡。每次,我们都不会落空,总会拎着一两只死鸡(天,零下30多度啊!),收拾干净,上锅一炖,大快朵颐。我们邀张洪明一块儿吃,他笑笑,摇摇头表示不吃。再逼他,把筷子塞到他手里,他才吃了起来。但是,过不久,他就会到六号村或者别的什么地方,割二斤猪肉,炖了,微笑着请我们吃。他不占别人的便宜,不欠别人的人情。

张洪明胖,肥头大耳,大腹便便。他基本上是个秃子,因此,他四季都戴着帽子。人傻有人欺。一些混蛋小子总是设法欺负张洪明,打上一拳,踢上一脚,或者摘下他的帽子甩手一扔。张洪明顶多瞪瞪眼睛，嘴里“咋咋咋”几声，然后先扑哧一笑，息事宁人。我也逗他，让他表演“肚皮舞”。有一天，他只穿一条裤衩躺在炕上，简直就像一堆肥肉，大概是高兴了吧，突然，他的肚子蠕动翻滚起来，像海上的波浪一样连绵不绝。真是妙不可言，让我看得心花怒放——北大荒没什么娱乐，看什么都好。于是，有一段时间，我每天都逼着他表演“肚皮舞”。最初，他有求必应；后来有时就“拿糖”了，非得我央求再三，或者蛮不讲理地威逼，才会给我表演。不过，我们从来也没有翻过脸——一是他脾气好，二是他也许念着我的好处，当初哪个宿舍都不要他，嫌他傻，而我让他和我同住。北大荒给我一个最大的好处，让我的平民意识变得非常强烈。

他的确是个特殊人物。那个时候，很少有人旷工，病了，得医生开条子，才能休息。可张洪明不管这些，干累了，跟谁也不打招呼，躺在宿舍，歇了。班长或者排长找他，让他上工。他“咋咋”半天，说：“咋？拖拉机到时候还保养呢，我就不能歇歇啦？咋！”有人跟大胡子连长告状，大胡子说：“你跟他比？他膘，你也膘？”连长护着他。有一天，全连人在礼堂开会，大胡子连长正在讲话，突然，他伸着脖子朝外看，用手指着窗外，大声笑着说：“王殿太，你赶紧去公路上把那个傻东西弄回来，别让汽车把他撞死了！”大家都向外面看去，原来，张洪明看别人买自行车，他也买了一辆，大家开会，他在公路上歪歪扭扭地练上车了！

张洪明年轻时也想过女人，而且想得厉害，但是从来没有女人看上他。有一年中秋，他曾给一个女炊事员送过月饼，让人家臭骂了一顿，把月饼从门里扔了出来，并且找到领导又哭又闹，好像张洪明把她怎么样了似的。张洪明为此很伤心，也觉得很丢面子。有人拿这事跟他开玩笑:“洪明,又到八月十五了,该送月饼了。”他的脸就有些红,一句话也不说。过了许多年以后,人们再问他:“洪明,给你找个老婆吧。”他总是翻着白眼,嘴里发出一连串的“咋咋咋”,脸上毫无表情。他是断了有关女人的念想了呢,还是有苦水咽到肚子里了呢?

每当这时,我心里总有点儿怅然和悲凉。

相处十年,我返城回北京了。十五年后,1990 年夏天,我回北大荒,到连里向人打听张洪明,回答说调到十一连了,他弟弟和弟媳妇见他老了,怕没人照顾,把他接去的。我向人借了一辆自行车,骑车去看他。那时正是麦收时节,过了一片树林,老远就见在场院上一个秃着头的大胖子在翻麦子。张洪明几乎一点儿也没变,还是以前的老样子!我喊了他一声,他抬头看我,眼睛一下亮了起来。拉着手,我问了他许多话,他还是像从前那样恍恍惚惚地说着“咋咋咋”,让我觉得亲切,也让我不知所以。忽然,他问我:“你不是在北京的出版社吗?来这儿做啥?”八年前我曾回过一次北大荒,我们见过面,他竟然记着我现在的工作!谁说他傻?“大宝……大宝咋样?”接着就是一连串的名字,都是北京知青——马中平、李树田、赵西景、周景兰、李玉山、马士芬……一个不落,我心里默想着,几乎所有的北京知青他都问到了。我问他:“现在咋样?”他好像没听明白,反问:“啥咋样?”我说:“你过得咋样?”他像是回答,又像是自言自语:“过得咋样?没有你们在的时候热闹了。”世事沧桑,我心里不由得升起一股无可奈何的惆怅。生活待人虽然不公平,但我希望他感到幸福和宁静。

现在他死了,我好像听到那次分手时树林中传出了一声声鸟鸣。

老蔡

老蔡是我在北大荒时的老班长，是生产队（兵团时叫连队）里革命资格最老的人。1941 年，抗日战争正在激烈进行。胶东有七七四十九个抗日司令，老蔡是山东招远人，正是血气方刚的年龄，他投奔了蔡司令。老蔡是个小个子，穿上二尺半的军装，像穿件大褂。刚到队伍的第一天，排长说："你出去弄只鸭子来。"他不敢违抗命令，到河边弄了只鸭子，不想让老百姓发现了，只好放下鸭子，空手跑了回来。排长见他没带回鸭子，骂了一声，抄起顶门扛，打了他两下。这时他才知道，自己参加的是土匪队伍。心里不舒服，瞧个机会，他跑了，改投八路。抗战胜利，老蔡回到家里，又当起了农民。1947 年，为打老蒋，解放全中国，他参加了解放军。淮海战役，打黄伯韬兵团，老蔡是运输兵，赶马车。一日，激战正酣，前线急需补充弹药，命令下达后，正副班长竟畏缩不前。老蔡挺着胸脯从队伍中走出来，对下达命令的首长说："我去行吗？"首长说："怎么不行？把弹药送上去，回来你当班长。"老蔡说："我倒不想当班长，前边打得紧，总得有人冒死送弹药呀！"于是，他赶着装满弹药的马车，冒着连天炮火出发了。前线得到弹药补充，坚持下来，打了胜仗，老蔡荣立二等功。新中国成立了，他脱下军装，回到家乡种地。没多久，抗美援朝，老蔡又参加了志愿军，给团长当挑夫，在异国的战场上挑文件和行李。其间，几经生死，又立了两次三等功，腿上曾留下美国人的炮弹皮。1954 年，他复员回到老家，领到几百斤小米，再一次当起农民。1959 年，开发建设北大荒，上级号召支援边疆，老蔡报了名，在快到四十岁的时候成了支边青年，带着妻子到了北大荒农场。

当知青们到北大荒时，老蔡已经是快五十岁的人了。为了教育好知青，连队领导常常要搞忆苦思甜。老蔡以上的历史，就是请他教育知青时，断断续续“暴露”的；有人表示不信，老蔡急了，回家翻出了立功奖状和军功章，大家才知道，原来这个小个子老家伙是革命功臣。老蔡常对知青说：“新中国是打出来的，北大荒是干出来的，学习毛泽东思想就得下死力干活儿，光说不行。”有的领导听了就不大高兴，可也无法反驳。有一次忆苦会，老蔡诉了旧社会的苦，让知青们听得血脉偾张，不停地高呼口号：“牢记阶级苦！不忘血泪仇！”恨不得跟旧社会拼个你死我活。老蔡在台上接着说：“同志们呀，那旧社会不是人过的日子，苦啊！可是，要说到苦，再苦也苦不过 1960 年，那年把人饿得呀，妈个×的……”领导只好带头高呼口号，把他的话岔了过去。后来，忆苦思甜过时了，领导不再让老蔡上台讲话，他说：“这样好。哪有那么多说的，每次都是那一套，我自己听着都烦。还得挑着话来说！”

有人说老蔡有钱，银行里存着两千多块。那时候有两千多块钱，可不是闹着玩儿的，大多数人都不信。有两千多还过得那么省？瞎说吧。老蔡一年到头抽旱烟，蛤蟆头，烟叶不大，形状像蛤蟆脑袋，劲儿大。抽惯柔和点儿的人，来一口蛤蟆头，能给顶得一个跟头。过年，再穷的人家都要买几盒好烟，三毛二一盒的“哈尔滨”，两毛八一盒的“迎春”，顶不济也是两毛四一盒的“葡萄”；可老蔡不，他就买一毛六一盒的“紫藤”，来了客人，送上一支烟，他自己还是卷“大炮”。这像银行里存着两千多的主儿吗？然而，1971 年夏天，上边来人找到连队领导，说老蔡给越南大使馆寄了一千块钱，支援越南人民抗击美国侵略者；越南大使馆来信了，还寄来一本越南画报，让转交老蔡。这时大家才信了，老蔡在银行里真有两千多。甚至有人说，可不止两千多，恐怕有三千！

老蔡几乎是年纪最大的老职工，知青们来的时候，他都过五十岁了。可是，干起活儿来，小伙子们也怵他三分。但是，毕竟老了，像扛麻袋这类出大力的活儿，老蔡虽说也能干，但不能算是出类拔萃。场院里入囤，大家扛麻袋，老蔡负责苂囤子。他苂的囤子，饱满，周正，结实。有一年深秋，一早，我们正在场院准备入囤，老蔡的身边堆满了苂子。连长急匆匆地走过来，说北边水坑里还泡着线麻，差点儿忘了，刚才想起来。他对老蔡说：“老蔡，你带一个班去把线麻捞出来，晒上，冬天扒下麻，打麻线，好拴麻袋口儿用。”老蔡答应一声，拐着伤腿，招呼我们跟他走。到了北边水坑边，一看，大家傻了眼：水面上冻着一层薄薄的冰！谁都不说话，也不动，十来双眼睛都看着老蔡。冰水里捞麻，找死呀！老蔡也不说话，却开始动手脱衣裳。转眼，棉袄棉裤扔在地上，他只穿着一条三角裤衩站在水坑边。我说：“老蔡，有冰，这水太凉，你那腿……”我的话还没说完，他已经迈到水里，薄冰被踩碎一片。他向水深处走去，渐渐，水没过了大腿。老蔡弯下腰，从水中捞起一捆线麻，看着我们。大家也不再犹豫，纷纷脱了衣裳，跳到水里。我接过老蔡手里的线麻，向后面的人递过去。

我从北大荒返京之后，好几次回农场，每次都去看望老蔡。头两次还行，他退休了，在家里莳弄莳弄园子，身体也好，只是腿拐得更厉害了。1990年那次去，他中风了，瘫痪在炕上。我去看他，临走时，他说："你回北京帮我问问，为什么只有老干部政策，没有老战士政策？"我不知道为什么。那一阵儿，农场只给老干部发工资，一般职工领不到钱。老蔡革命一辈子，当过最大的"官"也就是班长，从来也不是干部，现在家里缺钱。我心里清楚，他的问题没有地方能够回答，可我还是答应了。1994年我又回北大荒，老蔡已经不能说话了。一见我面，他嘴里哇哇叫着，老泪纵横。此时，我已经不用回答他的问题了，老干部的工资也有好几个月发不下来了。1996年我再次见到他，他的老伴说，怕是不行了，一天就吃两块豆腐。看着老蔡瞪着晶亮的小眼睛，我的心里不禁凄然。后来，老蔡随着工作调转的女儿到了塘沽，我去看过他两次。他失语多年，见了我只是流泪，一句话也说不出。我告别的时候，他架着拐非要送我下楼。我不让，他瞪着眼哇哇乱叫。他的老伴说："让他送吧，还能送你几回？"

再后来，我一直没有见到他。2005年回北大荒时又说起了老蔡，人告诉我说，老蔡死了，他活了八十多岁。愿我的老班长安息。

我常想，当初为开发北大荒，一大批像老蔡那样的人，爬冰卧雪，战天斗地，为国家做出了巨大的贡献。可是，现在他们都已经老了，风烛残年，怎么没有人想到他们，为他们的晚年做一些事呢？谭孝掌，1955年入伍，1958年转业到北大荒，现在差不多七十岁了。一身病，站都站不住。他的妻子孙兆华，1959年从山东支边到农场，现在也六十多岁了，腿不好，走起路来东倒西歪。他们都退休了，老谭的退休金是六百整(去年涨的),老孙的退休金是四百多一点儿。要生活,要治病,那点儿钱根本就不够。至今他们还住在危房里——这房子就更没钱修了!今年我去看老谭。老谭没诉苦,只是说:“你能不能向哪儿反映一下,我们快死了,只希望能有块高一点儿的地当坟地,别埋在咱们这块低洼地里。”

我向哪儿反映?谁又肯听听这些北大荒老人的最低要求呀?

我只想说,别做卸磨杀驴的事!

三老四炎

那时号召工业学大庆，农业学大寨。大庆有个“大庆精神”，叫“三老四严”。“三老”是做老实人，说老实话，办老实事。“四严”是什么，现在忘了。而三老四炎却是老柳的外号。三老者，老职工、老贫下中农、老争取入党；四炎者，胃炎、关节炎、气管炎、大叶性肺炎。在那个时代，大庆是老人家树立的红旗，拿最高典型调侃可谓胆量不小。好在天高皇帝远，没有人追究。

我在北大荒认识老柳的时候，他也就是三十来岁，可长得却像六十岁的人。他是1959年从山东招远支边到北大荒的，人们说，他刚来的时候就是这个样子。是，有些人从来也没有年轻过。他很少说话，因为有严重的气管炎，就是说起话来也是气喘吁吁，有气无力。“文革”前，老柳不显山，不露水，“文革”开始以后，他一下变了一个人，特别是知青大量到生产队以后，老柳成了一个人物。

那时对知识青年实行“再教育”，讲究忆苦思甜。先开忆苦会，让贫下中农回忆讲述旧社会的苦难。生产队不少人都上过台，老柳作为贫下中农，当然也不例外。他坐在台上，齁喽带喘地讲他家怎样受地主老财的压迫，他的一个妹妹惨死在日本人手下，弄得声泪俱下。我们在台下也听得心里酸酸的。可会后有的老职工（也是贫下中农）却说："瞎嘞嘞些啥？扯他妈鸡巴淡！"忆苦会后的下一道程序是吃忆苦饭。食堂做些菜团子糠窝窝，无论男女老少都要吃。吃这些东西并不可怕，又不是天天吃，只当是换换口味了；可怕的是在吃的时候老柳总是找受再教育的知青问："怎么样，好吃吗？"这话是没法回答的。如果你说好吃，老柳就说："以前贫下中农吃的这种猪狗食，你怎么能说好吃呢？"如果你说不好吃，他就会说："你这是啥阶级感情？贫下中农以前就老吃这个，你刚吃一顿，就说不好吃啦？"不管你怎么回答，结果都要听他唠叨老半天。

为了这个，知青们都有些烦老柳。

有一阵儿，老柳在菜组当副班长。班长是老蔡，一个老革命，只知道干活不会讲大道理。那时生产队有个不成文的规定，班长是管干活的，副班长是管政治学习的。菜组管着生产队几百口子人的吃菜，人不多，活挺多。菜地最怕长草，一旦草要是把菜欺了，人们吃菜就成了问题。所以，菜组的工作主要是锄草。老蔡干活是没的说的，只要猫下腰，就从地这头到地那头。老柳也不含糊，不紧不慢地跟着，虽说比老蔡慢点儿，可是比其他人却不慢。说实话，大家不爱跟老蔡干活，他从来也想不起休息一下，顶多蹲在地里卷支烟，猛抽几口就算完事。老柳到菜组当副班长以后，情况大有改观。到了一定的钟点，老柳就直起腰，大声说："老蔡大哥，咱们学一'蛋儿'吧。"他把"段儿"说成"蛋儿"。老蔡开始还有些弄不明白："学一'蛋儿'？学啥？"老柳说："读读报纸，学学上面的精神，突出政治嘛！"老蔡只好停下手里的活儿，让大家坐在地里。于是，老柳便从身上掏出一张《兵团战士报》,气喘吁吁地念了起来。菜组里有知青,但老柳总是把念报纸的任务交给自己,不麻烦那些比他念得顺溜的人。老柳每天两次念报纸,学习两“蛋儿”,一“蛋儿”起码半个小时。如此时间长了,眼看着菜地里的草疯长,老蔡急得坐在地上直用手搓土疙瘩。这种时候,知青们是有些喜欢老柳的。

后来,老柳到农工班当班长。生产队要打一口深水井,人工日夜不停地干,在帐篷里推绞盘用钻头往地里钻。一天夜里,升降钻头的铁链子从滑轮中脱出,要有人爬到木架子上去挂上。正是三九天,下着小雪,寒风凛冽,有零下三十多度。年轻人争着要上架子,老柳却说:“你们是毛主席派来的知识青年,不能把你们冻坏了,还是我上去!”大家说,老柳,你身体不好,我们来吧。老柳说:“我的身体是不好,但是我有毛主席的思想武装!”大家不好再阻拦,只好随他去。老柳开始爬十几米的木架子,一边爬一边高呼:“下定决心,不怕牺牲,排除万难,去争取胜利!”铁链子是挂上了,可老柳第二天就发高烧,住进了医院。

有一阵儿,老柳每天晚上到生产队办公室去学习毛主席著作。那时,生产队的领导班子晚上总要开个会,当领导们进办公室的时候,老柳已经坐在灯下了。他歪着脑袋,手捧着红宝书,眼皮也不抬,学习得非常投入,好像不知道有人来了。人到齐了,老柳仍然埋头读书,有人咳嗽几声,向他示意,但老柳还是把全部注意力放在红宝书上。无奈,最高领导,或者是连长,或者是指导员只好说话:“老柳,我们开会了。”这时,老柳才如梦方醒,缓缓站起身,慢慢踅出屋去。日复一日,有人解开老柳在办公室学习之谜:“他不是写了入党申请书吗? 争取入党哪!”

过了没多长时间,老柳入党了。他也不到办公室去学习了。

应该说,老柳是一个老实人。在那个年代,他头脑里没有自己的一点儿思想,听什么样的宣传都信,都照着去做,结果把自己弄得很可怜,也很滑稽。多年之后,老柳已经去世,他的儿子在北京做生意,有时和我们这些叔叔阿姨见个面,他说:“我爸爸纯粹是那个时代的牺牲品。”

老柳死时也就五十来岁。

冤死鬼

那时候有一个运动,叫“清理阶级队伍”。

那天,我们被召集到礼堂开会,气氛很严肃。入冬有些日子了,天很冷,没生炉子,大家都揣着手,有坐有站。指导员照例先讲了一些“阶级斗争一抓就灵”的话,然后拿出一张纸宣读——山东省某县某公社某大队革委会的来函,大意是说,一九四八年,还乡团回村对革命群众实行报复,还乡团长、富农分子陈某某抢了一头驴,交给自己的侄儿陈树贤牵着。因此,陈树贤是漏网的富农分子、还乡团成员。宣读完,指导员宣布对陈树贤实行隔离审查,监督劳动。隔离审查就是要陈树贤从自己家中搬出来,到单身宿舍去住。领导在会上大声问:“哪个宿舍愿意要?”没人应声。

谁愿意要一个漏网的富农分子、还乡团成员呀?

那时我正在被一个难题困扰:我们的宿舍住了三个人,我、大宝和张洪明。我们三个人都不会管炉子,好不容易生着的火几乎每天都灭,挨了一个多月的冻了。这时我想,陈树贤是老北大荒人,管炉子一定有经验。于是我举起手高声说:“我要!让老陈到我们宿舍去！”领导马上同意，让陈树贤回家拿铺盖。同宿舍的张洪明是个傻子，根本就不清楚什么叫阶级斗争，对我此举没有一点儿反应，可大宝却一个劲质问我为什么要这么一个人。当我说明用意，他说：“高！实在是高！”

陈树贤扛着铺盖到宿舍来了，脖子上还挂着一个大纸牌子，上书：漏网富农还乡团。他胆怯怯地问：“我睡哪儿呀？”我说：“你睡炕头吧。”他说：“那哪儿行啊，我睡炕梢吧。”我说：“老陈，你甭客气，我们三个都怕炕头烫。”他点点头，放下铺盖，顺手摸了摸炕。我说：“你不用摸，炉子灭两天了。……连里让我们监督你，你白天干完活儿就好好在宿舍待着，哪儿也别去，大家都省事。只有一样，我们三个人不会管炉子，你得负责把火弄好。”陈树贤笑着说：“好，好，好，这还不好办，我和煤管炉子，外带打水。”说干就干，他马上出门捡煤块劈柴，一个多钟头以后，屋里暖和起来。

从那以后，陈树贤每天白天挂着牌子和其他两个“专政对象”（都是北京知青）一起干活儿，中午晚上打水侍弄炉子，没事的时候就抽着烟听我们瞎聊。我能感觉到他的目光总是忧郁的，却从没有深想过是为什么。他有老婆和四个女儿，近在咫尺，却不能回家。我知道他是 1947 年参加人民解放军，1956 年作为铁道兵的一员来开发北大荒的，当过拖拉机车长和农具场主任，工资是五十四块，仅次于一两个干部。可是，我对他那段“还乡团”历史最感兴趣，有一次就问他那到底是怎么回事。他沉默了半天才说：“我那时还不到十六岁，谁知道是咋回事呀，反正是俺叔让我牵着那驴我就牵了呗。”

说良心话，我们那时和陈树贤处得不错，我和大宝从来也没有训斥过他，也从来没有把他当成“阶级敌人”。张洪明就更不会这样了，在他的心中和眼里根本没有“阶级敌人”这一说。有时，我和大宝弄回点儿肉，炖好了，四个人一起吃得像一家人一样。

春节前，上级来了指示，说给阶级敌人挂牌子是体罚，我们革命者不是要触及他们的皮肉，而是要触及他们的灵魂。于是，陈树贤脖子上的牌子被取消了，可取而代之的是黑棉袄上缝了一块白布，上书：历史反革命分子。

那几天，他的情绪很不好。

大年初三晚上，连里开知青座谈会，我和大宝去参加。临走，我对张洪明说：“洪明，你看着点儿老陈啊。”张洪明照例翻着白眼，一脸懵懂地连连说“咋咋咋”，弄得大家都不知所以。

三四十分钟以后，我们正在开会，有人跑进办公室，惊慌地说：“不好了，陈树贤跑了！”会没法开了，大家纷纷跑出办公室，分头乱找起来。我和大宝首先跑回宿舍，只见张洪明呆愣愣地站在门口，便问：“老陈呢？”洪明“咋咋咋”几声之后说：“他说撒尿，他说撒尿……”我连忙进屋，拉开桌子的抽屉，发现我们平时用的那把菜刀还在，便放了一半心。当时我确实担心那把菜刀，万一陈树贤拿着它行凶怎么办呢？如此一想，我的后背直发凉，要是平时我们睡觉的时候，陈树贤要行凶，我岂不是要第一个人头落地吗？我拿起菜刀出屋，一头扎进黑暗里。

我和几个人在场院里找陈树贤。没有月亮，住区的灯光也照不到这里，只有夜空闪烁着数不清的星星，连地上的积雪都是黑色的。在彻底的黑暗中，场院上散布的粮囤、麻袋堆、固定棚和木头显现着奇形怪状，骇人心魄。我高举菜刀，奓着胆子前行，脚踩着积雪发出嘎吱嘎吱的响声，吓得我心惊肉跳。突然面前发出一阵响动，我本能地举刀大喝:“谁?!”没有回应,响动声却继续响在耳畔。我的心几乎要跳出嗓子眼了。终于有人打开了手电筒(在这之前,他吓得都不知道打开手电了),原来三尺之外是一头牛!惊魂未定,远处有人高喊:“找到啦!找到啦!跳井啦!”

在远离住区的猪号井旁围了好几十人。借着灯光,我趴到井口一看,一个人背朝上浮在水面,黑棉袄上的那块白布分外刺眼。没人愿意下井。我说:“找个梯子来,我下去吧。”当我顺着梯子下到井下,揪住脖领子一看,老陈的鼻孔处有几丝血痕,我大声说:“死了,呛死了!”在人们的共同努力下,老陈被绳子吊到井上。我们几个把他抬到木工房中,然后回宿舍睡觉。

第二天早上,我被连长叫醒,他让我带几个人到南山去把陈树贤埋掉。我来到木工房,见连里的另两个“专政对象”正在用草包捆陈树贤的尸体。老陈蜷着一条腿,伸着一只胳膊——他已经被零下三十度的严寒冻僵了。这时,由远而近传来一个女人的哭喊声:“你死得冤呀!你死得冤呀!美丽(老陈的小女儿)啊,你长大了可要记住你爸爸是怎么死的呀……”

我们几个年轻人坐着马车,车厢板的中间躺着死去的老陈,一路顺风来到南山。北大荒的土地被冻得像铁一样,一镐下去,地上只留下一个白点。几个人轮流刨了半天,连一块拳头大的土块也没有刨下来。我拿了一包炸药,插上雷管导火索,点着,一声巨响久久地回荡在山谷里。我们跑到放炮的地方一看,地上只崩出一个不大的雪坑。大家商量了一下,决定先用雪把老陈埋了,到春天化冻以后再挖坑用土埋掉。

从那天起连里有两种说法:一是说老陈死前回了一趟家,见了家人,并给家里挑了满满一缸水;二是说老陈为人真是仁义,跳井还跑了那么远到猪号,要是就近跳到住区的井里,几百号人的吃水就成问题了。

老陈生前留下一顶貉皮帽子,他的妻子为了感谢我,执意要把它送给我戴;我没有接受,并不是因为它是“还乡团”的帽子,而是因为我和老陈相处了不短的时间,现在他死了,我心里有些害怕。那时,因为我下井捞人,大家都说我是全连胆量最大的人。

春天,我坐“尤特”去团部,营里的刘会计路上搭车。他上车以后问我:“你们把陈树贤埋在什么地方了?”我说:“用雪埋在南山的西北角的柞树林。”他说:“昨天我到南山去打猎,见柞树林里有一只狍子,就瞄准开了一枪,可那狍子一动也不动。我走近一看,看见草包里露出一只黑棉胶鞋,吓得我赶紧跑了。”

我们已经把春天该办的事忘了。

晚上回到连里,我找到连长说了此事。那天夜里,陈树贤的连襟一个人骑自行车上了南山……

据说,老陈的妻子多年后改嫁,大女儿爱荣现在香港,三女儿谈恋爱与男方闹别扭生病死了,其他两个女儿现在还在北大荒。当然,陈树贤的问题早已经平反,可是,他冤魂能真正得到安慰吗?

他如果活着该八十来岁了吧。

盲流小曹

北大荒有许多临时工,其中大部分是盲流,来自全国各地,以苦的地方为主,江南人很少。之所以叫盲流似乎有二解:一、盲目流窜之谓也;二、北大荒是历代流放之地,例如“流放宁古塔”。——六七十年代的北大荒盲流不是被流放来的,因此只能算作是第一种。可是也不太准确,他们并非是盲目流窜者,总是有目标,“扑”谁谁谁而来的,或者是“扑”亲友,或者是“扑”同乡。在这里就不管它吧,咱们就叫他们盲流。

曹孟杰是盲流,安徽人,是“扑”他表姐来的。二十郎当岁,中等以上身量,淡眉细眼,总是笑眯眯的样子。能干活儿。割大豆,把两条垅,猫下腰,噌噌噌,一会儿就蹿到前头去了;扛麻袋,二百斤放在肩上,上三级跳板,颤颤悠悠一溜小跑。人缘儿也好。不笑不说话,爱给人帮忙,有求必应。割大豆时我最喜欢靠着他,我割不快,他到地头后总是返回来给我“接趟儿”。

最早,大家叫他小曹。

小曹是个聪明人,能吹会唱。春夏秋三季,常常在傍晚站在宿舍门口，双肩端起，横一根笛子在嘴边，吹一些荒腔野调。那笛声跟北大荒苍茫的暮色很和谐。天黑了，大家一般是窝在屋子里，有聊天儿的，有打扑克的，小曹有时参与，有时一个人靠在行李卷上，呆愣眼睛，看着屋顶，小声唱起了家乡的花鼓戏：“说凤阳，道凤阳，凤阳是个好地方，自从出了个朱皇帝，十年倒有九年荒……”哀婉凄楚，又充满了怀乡的深情。有一阵儿，小曹不知从哪儿弄到一本旧唱本，黄黄的纸，缺篇短页，他却爱不释手，晚上就着煤油灯，仔细认真反反复复地看，油灯冒出的烟把他的脸都熏黑了半边儿。第二天，干活儿休息的时候，他躺在大豆堆上，翘着一只脚，闭着眼睛，唱着：“看月下开着几朵鲜凌凌的花，不由我想起了那个俏冤家，恨自己十年寒窗身无力，不能够抖擞精神把墙爬……”这一定是昨天晚上那唱本里的词儿。

盲流临时工也是每月开支。关饷那一天总是重复同一个场景：小曹从会计那里领来工资——干一天一块二，再刨去一个月十来块钱的伙食费，领到手也就是不到二十块钱。他总是先到小卖店买一条烟，蝶花牌的，两块钱，再买一瓶酒，一块多，再来一斤月饼，六毛五，然后用手托着，哼着小调往宿舍里走。回到宿舍，放下东西，到处找人还账，这个五块，那个两块……往回走的时候，刚发的工资就已经全光了。这时，小曹还是镇定的，他回到宿舍，拿出烟来分给大家抽，打开酒瓶，请大家一起喝酒，月饼掰成一块儿一块儿的，请每一个可能在场的人都尝尝。这一段时间，他都是高高兴兴的，仿佛是世界最慷慨、最幸福的人。该睡觉了，他就开始哭起来，他想起了在家乡受苦受难的母亲和妹妹：“我的妈呀，小妹呀，钱都光了，你们在家里受苦啊，我在这儿抽这么好的烟，还喝酒吃月饼，我对不起你们呀……”他哭得很伤心。

第二天，他就开始找人借钱，这个五块，那个两块……然后托人到邮电所给家里寄十块钱。然后一转眼，他从小卖店里出来，手里拿着一盒高级的凤凰烟，嘴里骂着：“妈的，一个也是赶，两个也是放，老子豁了，花完了再借！”他点上一支烟，嘴里又唱起了小调儿。

如此，每月循环往复。有人给他取了一个外号：不务正业。简称“小不儿”或者“曹小不儿”。

那一年麦收，正是用人的时候，小曹被开除了，大胡子队长强行让他回老家了。原因是他在地里休息，看着无边无际的麦浪，说：“北大荒真好，起码能吃饱饭。不像我们安徽，1960年村里饿死了那么多人……”这话让大胡子队长知道了，背地里找小曹问他是否说了这些话。小曹说是。大胡子说，这是啥时候？讲阶级斗争，你找死呀！小曹说：“我又不是瞎说，我弟弟就是那时候饿死的！”队长听后发了一会儿愣，突然一瞪眼：“我看你是不想活了，给我滚，滚回老家去！”

小曹走了，有人怀念他，也有人说，多亏大胡子队长是好人，让小曹滚了，否则，说社会主义饿死人，那还了得！

不知小曹现在怎么样，我很想再听他唱唱小调儿：月光下开着几朵鲜凌凌的花……

清边人员

1969年3月,中国和苏联在珍宝岛发生武装冲突,一时间,北大荒战云低垂,杀气遍野。许多知青恨不得立时参战——活着,立功;死了,当烈士。身边的公路上,各种战车过了好长时间;牺牲的军人就埋在宝清县城边的万金山,一共五十多个人,建了一个烈士陵园;空气肃杀,连队加紧战备。天没亮,大家还在熟睡,突然窗下一声巨响,接着周围又是几声爆炸,就人高喊:“苏修打进来啦!苏修打进来啦!”于是,几百人迷迷瞪瞪地起床,出屋,在黎明前的黑暗中结队走向荒原,茫然四顾时才知道这是一场演习,指导员带着人点燃了几管炸药……然而,战争并没有爆发。还好,中苏两国领导人都不是知青。

不过,边境地区一直是紧张的。

第二年春天,连里来了两批“清边人员”。他们有各种不同的问题,是潜在的“阶级敌人”,不适合在更靠近边境的地区居住和工作,被清理出来后,撤到离边境稍远一些的地方安置。

这是一些什么样的人呢?

大叛徒

以我们那时的眼光看，他起码有七十岁了。现在想来，不会那么大，也就是五六十岁吧。年轻人看老人，总是觉得很老。

到的第一天，按那时的规矩，要先给这些人一点儿下马威，杀杀他们的威风。于是，从车上下来，几个人先被带到礼堂，站在台前，向全体人员报一报“狗名狗姓”。

“我是个大叛徒，叫张正南。”

语惊四座。虽然那时“阶级斗争”弄得十分热闹，连队里有各种各样的“阶级敌人”，但还从来没有过“叛徒”。叛徒——是随便什么人都能当的吗？这要有资历才行！

张正南被分配到马号喂马。一是以他那个年纪不适合干农工活，太累；二是单身宿舍几乎都是知青，哪间宿舍也不会要一个老头儿。到马号喂马，干活儿在马号，住宿在马号，工作和住宿都解决了。

连里有三挂马车和一套牛车，马号养着十几匹马，两头牛。白天两个人，铡草，挑水，喂牲口，帮助车老板儿套车；晚上一个人，只给马添草料和水就行。张正南值夜班。马号是一趟土坯草房，孤零零地在远离住区的西北角。除去食堂开饭时，张正南拿着饭盆儿，一个人踽踽地走过公路，打完饭又一个人踽踽地向马号走去，他几乎从人们的视线中消失了，是真正的离群索居。当然，开有关“阶级斗争”的会时，他到台上陪了几次斗，不过，只是弯了弯腰，没有遭大罪。后来，这方面的会也不让他参加了。谁也不知道这个“大叛徒”是怎么回事。

两年以后，大胡子连长为了让我练习写作，安排我当了后勤排长。后勤上的事，有司务长，有炊事班长，有菜组班长，有托儿所班长，我插不上手。为了找些事干，我就常常到连里拨给后勤的大豆地去转转。地号远，我便到马号牵一匹马骑着去。那天，我又到马号去牵马，见张正南坐在门前的石头上晒太阳。

“晒太阳啊，老张。”大家都叫他老张。

他点点头，指着身边的一截木头让我坐。

我坐了下来，一时心血来潮，问：“老张，你真是叛徒吗？”

他认真地点点头，“真是，我真是大叛徒。”

在我的追问下，他给我讲了他的叛徒经历。

张正南是山东人，家乡的日子不好混，他一个人闯了关东。伐木，种地，什么活儿都干过。后来日本人占了东北，他参加了抗联，跟小鬼子打仗。在一次战斗中，他的队伍让日本人给打散了。他捡了一条活命，到处流浪，想找到队伍再回去跟小鬼子干。可是，好长时间他听不到一点儿抗联的消息，便在松花江边以打草为生。后来，有人找他，让他每天早晚管理一下江里的航标灯，划船到江心点点灯，加加油。他答应了。一来可以挣点儿钱，二来能赚点儿灯油。张正南叹了口气，说：“唉，这一干就是好几年，日子也就混过去了。”

他不往下说了。我问：“你后来怎么成了叛徒呢？”

他说：“这不是已经成了叛徒嘛！”

我说：“没有啊，你还没叛变哪！”

他说：“怎么没叛变？原来在抗联打小鬼子，后来又给日本人管航标灯。这不是叛变了吗？告诉你，我真是个叛徒，不该给日本人管航标灯。”

我愣了好一会儿才转过弯来。原来他是因为先在抗联，后来又管航标灯，才成的“叛徒”！我问：“你要是没参加抗联打小鬼子，直接就管航标灯呢？”

他也愣了好一会儿，才说：“这个……那我估计就没什么事了，起码不会是叛徒吧。”他闭上眼睛想着，喃喃地嘟哝：“唉，娘的，真不该……”他没有说下去。我不知道他要说“真不该”什么。

以后，张正南就这么一直在马号干着活儿，悄无声息，好像没这个人一样。他抽烟袋，是一种很冲的黄烟。有时，他会买点儿肉，在锅里炖一炖，一个人端着碗吃了。一天，我到马号去，老远就闻到一股又香又骚的怪味儿。走近一看，张正南正蹲在火旁，守着铁锅抽烟。我捂着鼻子，问：“锅里炖的什么？”

他说：“猪号杀了头泡卵子，我把那两个卵子捡回来了，这也是肉啊！”

泡卵子就是大公猪。

无理取闹

她曾经被判了四年劳动教养，真冤。

王国琴是从兴凯湖农场清边来的。刚一到五队，像别的清边对象一样，走道尽量靠边，说话尽量低声。可没有多长时间，她就走起路来一阵风，一张嘴说话就像吵架了。

她的原籍好像是沧州，后来到北京一家工厂当学徒工。有一天，工人宿舍丢了些东西，有人怀疑是她偷的。领导找她谈话，她不承认。可是众口铄金，这个偷东西嫌疑很长时间甩不掉。后来，案子破了，事实证明不是她偷的。王国琴得了理，逼着领导给她平反，给她恢复名誉，恨不得一天找好几遍。平反和恢复名誉是做不到的，因为并没有把她怎么样，也没有正式给她戴上什么帽子。她就闹，闹得领导烦了，找了公安局，给她一个“无理取闹”的罪名，送了劳动教养，发配到黑龙江的兴凯湖农场。

刚清边过来，大家拿这几个人当危险分子看待。一天晚上，不知道谁把他们弄到大宿舍批斗。别人还好，老老实实地站着，王国琴却摆出一百个不服的架势。有人说：“你们是什么人，每天还喝牛奶？今后不许再喝了！”王国琴把头发一甩，敞开大嗓门，说：“喝牛奶怎么啦？我们就不是人啦？我们就不能喝牛奶啦！”一时弄得在场的人都愣了，哪个领导也没说不让他们喝牛奶呀。那时连里养了两头黑白花的奶牛，一天能挤两三桶奶，卖给大家，五分钱一斤。双职工很少买，有喝不惯的，有嫌贵的；单身，特别是知青爱喝牛奶，便常常买来喝。王国琴他们原来都是城市人，又是单身，每月有三十多块钱的工资，便也跟着喝起了牛奶。批斗会开过了，王国琴她们照样喝牛奶，没有人再说什么。

接触时间长了，大家觉得王国琴这人不孬，常常有大嫂子们在背后提起她该成个家的事。可是，男方不好踅摸，没有般配的。我们曾跟同是清边对象的小武子说：“干脆你跟王国琴凑合凑合得了。”小武子一撇嘴：“就她？别扯臊啦！”小武子高中毕业，因为在水库里打了几百斤鱼被送到兴凯湖劳动教养的。他看不起王国琴。

后来，王国琴回北京探亲，跟一个比她大十来岁的男人结了婚，那人带着一个十来岁的女孩儿。第二年，她又回北京探亲，回北大荒时带回一个女孩子。她说：“那个男人是个酒鬼，一喝醉了，又打又骂，我把这个孩子带来，让她跟我一起过，省得受罪。”女孩子叫小燕儿，长得挺漂亮。过了一段时间，底下传出话来，小燕儿在北京没人管，学了一身坏毛病。看得出，王国琴是想当一个好母亲的，但是，她跟小燕没有处好，几个月以后，小燕回北京找那个酒鬼父亲去了。据说，她真的走了下道儿。

王国琴个性太强，跟同宿舍的人不能相处，便一个人搬到路西一栋草房去住。一天，同住那栋草房的另一户人下班回来，一进外屋就闻到一股肉皮烧焦的味儿。找来找去，拉开王国琴那屋的门，发现她半躺在地上，一只胳膊搭在炉台上，味道就是从那条胳膊上发出的。王国琴中了煤气，昏死过去，胳膊被烧焦了。好长时间，她一直用一条头巾系在脖子上，吊着那条胳膊。连里给她换了工作，到猪号去放猪。每天，她吊着一条胳膊，用另一只手拿着一根细棍儿，赶着一群猪，嘴里不停地喊着“嘞嘞嘞……”向田野走去。

有一只刚出生的小猪崽身体虚弱，眼看着在猪群里活不下去，王国琴把它抱回了自己的宿舍。那小猪成了她的“亲人”，跟她住在一处，睡在一处。慢慢地，猪越长越大，最后长到二百多斤。王国琴每天下班，回到屋里，开门就得上炕。那小屋的地上趴着一头大肥猪，弄得她插不下脚。她真的过上了猪狗不如的生活。后来，在众人的劝说下，她流着泪把猪上交了，一分钱也没有要。

知青大返城之后，王国琴也落实了政策，平反回到北京原来的工厂。我和另一个朋友曾到那家工厂找过她。劳资科的人告诉我们，她已经退休了。那个女干部说：“好家伙，这个王国琴！厂里调整工资，按说无论怎么也轮不到她，可她今天找这个，明天找那个，到底给她调了一级！”从工厂出来，按照劳资科给的地址，找到她的家，一进小院儿,甭打听,我们就肯定这是她家:到处堆着纸箱子之类的破烂儿,她把北京的家弄得跟在北大荒时一样!

沉沦

人这一生真不好说,走错一步,处境可能就是天壤之别。李营就是例子。第一,她不该和丈夫一起贪污;第二,她不该一个人把事情担下来。她原来在化工部上班,和丈夫一样,干财务工作。两个人一起贪污,案发后,夫妻商量,由她一个人出面把所有的事都承担下来,丈夫负责抚养两个孩子。她被判了刑,到兴凯湖农场劳动改造。不久,那个男的就跟她离了婚,和一个归国华侨结婚了,继续他幸福的生活。李营从北京的中央部级机关来到北疆的泽国,从一个国家干部成了一名劳改分子,生活给了她足够的惩罚。刑满释放,就地安置,她成了一个劳改农场的职工。清边时,她来到这里。

刚来时,她和另一个外号叫"老白毛子"的女人给人们一种异样的感觉。她们的穿着打扮和行为举止,表明了另外一种教养,时刻告诉人们:我和你们不一样!甚至和那些知青比起来,她们两个人都更像城市人。但渐渐地,她们两个人的微妙区别也显现了出来。"老白毛子"的洋气当中,时时露出一股傲慢和野气,有时甚至是桀骜不驯,或者是流氓气。李营则不同。她的洋气当中更多的是文静和疏离,她看不起种地的人,虽然她每天也和大家一起干农活儿。后来,大家知道"老白毛子"曾经是大连的一名话剧导演,因为组织同性恋而被判刑。在最初的歧视和偏见消失以后,李营逐渐和大家融合起来,每天和那些女工排的家属一起,日出而作,日落而息。只有两点不同:

一、她说话低声而文雅，不带一个脏字；二、下班以后回单身宿舍，她没有家。

“老白毛子”走了，回了大连。以后一直没有这个人的音讯。

李营的小儿子却来了北大荒。北京的那个男人成了“走资派”，尚未成年的孩子只能来投奔母亲。男孩子比知青们小三四岁，长得很精神。虽然到了母亲身边，却不能和母亲一起住在单身宿舍，知青们收留了他，让他住到宿舍里来。于是，他成了一名编外知青，每天和那些哥哥们一起吃，一起住，一起干活儿。因为儿子的到来，李营和知青，特别是北京知青接近起来。后来，“走资派”解放了，男孩子回了北京。

据说，晚上李营常常拿出以前的照片，在灯光下对人们讲起她从前的生活和遭遇。照片上的她穿着连衣裙，意气风发。

可是，随着岁月的流逝，她越来越不注意外表修饰，越来越像个农场的女人，甚至比那些家属更有过之。我离开北大荒时是冬天，她留给我的最后印象是，穿着一身臃肿的棉袄棉裤，头上戴着狗皮帽子，外面还包着一块褐色的头巾，在雪地上一扭一扭地走着。

后来，听说她也回了北京。为了回北京，在城市里落上户口，她找了一个还俗的老和尚当丈夫；可是她跟老和尚的养女关系没有处好，不想在家里住，让老和尚另找了一间地下室住下了。搬出一个星期后，老和尚死了，她只好一直到现在还住在地下室里。

她以前的那个男人据说一直混得不错，到退休前还做了一个不小的官。

李营现在七十多岁了……

刘氏兄弟

和张正南从勤德利农场一起清边下来的还有刘姓一家。老头儿生病,从来不露面。兄弟两个一来就分配到农工班,和大家一起干活儿。据说,老头成分不好,又有历史问题,全家才成了清边对象的。

老二身强力壮,多重的活儿于他都不在话下,一百八十斤的麻袋扛起来跟玩儿似的。后来,连里领导觉得这人不错,让他上了机务,成了拖拉机手。开始,他住单身宿舍,两年以后跟一个山东籍的姑娘结了婚。多年以后,家族的遗传肾病要了他的命。

老大是个"人物"。刚来时,他一言不发,只是干活儿。显然他的身体没有兄弟那么棒,但他尽力而为,不在别人以下,也不在别人以上。慢慢地,他的话多了起来,而且特别"革命"。他写一手好字,肚子里有不少文学知识,他的班长老柳让他写一篇发言稿,拿到会上一念,不同凡响,从此当了副班长。老柳爱搞形式主义,老大能说会道,二人一拍即合,把他们的八班弄得"有声有色",上工下工都排着队,唱着歌,挺像那么回"事"。九班是另外一种风格,十几个人心齐,干活儿拼命,却一贯讨厌走形式。看着八班的样子,他们觉得有气,便全班排着一排横队下工,严肃认真里透着捣乱,惹得指导员在会上大发其火。于是,九班和八班成了暗中较劲的对象,都想成为"四好班"。老大有文化,嘴里总有时髦的词儿,有时还写诗,下班不回家,一头扎到单身宿舍,找人谈心,做思想工作。明摆着,领导不能重用他,可他还努力地表现自己,"左"得出奇。九班的人倚仗着能干活儿,说八班放空炮,能说不能干,其实是指他们的两个班长。

于是，指导员为了压制九班的气焰，组织了一次大辩论，题目是“学习毛泽东思想落实到什么地方”。分场的宣传干事也来参加了。九班的班长在大会上说：“学习毛泽东思想在落实到工作上，要拼命干活儿。”老大代表八班说：“学习毛泽东思想要落实到突出政治上。”辩论会开了两个小时，唇枪舌剑，引经据典，你来我往，好不热闹！这种辩论当然是没有结果的。有人在底下说：“纯粹是他妈扯淡！”

我返城以后，听说老大当了小学教师，后来调到七分场去了。多年之后，听一个人说，老大在七分场曾经和他在一个学校教书，现在死了，也是死于肾病。他曾经来过北京，就住在那个人家里。那时，他的病已经很重了，睡了一夜觉，第二天一早，他对那个人说：“真不好意思，昨天夜里我把你家的床尿了。”

谁不想通过努力改变自己的命运呢？现在想，老大当年的“左”有一些道理，他不过是想改变自己当时的处境罢了。

小武子

武继林刚一到五队，跟我住一间宿舍。他长得白白胖胖，说话文文静静，不像个判过四年劳教的“分子”。他是北京怀柔人，口音里带着京北的味儿。第一天到宿舍，他打开行李，在炕上铺开一张巨大的熊皮，说这是花三十块钱买的。我躺在上面试了试，闻着有一股腥味儿，以后再也没有在他的熊皮上躺过。

他是所有清边人员中最早和大家融在一起的人。看着他走路拖拖拉拉，甚至有点儿东倒西歪，可干起活儿来却是一把好手，不但能干，麻利，手底下还干净。扛着一百八十斤的麻袋上跳板，好似闲庭信步。他有个绝招,扎麻袋口不用系扣儿,也不知道他是怎么弄的,折好麻袋口,用麻绳在上面三绕两绕,把麻袋一推,那口就扎死了!北大荒冬天冷,伸不出手,扎麻袋口虽然轻省,却没有人愿意干,手冻得受不了。武继林把这招教给我,当时很快学会了,可下一次就又忘了该怎么扎,每次都要再向他请教。他心灵手巧,喜欢帮助人。那年秋收,保管员只给每个人发了一个没有把的镰刀头,让自己想办法安个把。我历来手拙,从没有做成过什么像样的东西,便随便找了根木头当镰刀把。正在往刀头上装,让武继林看到了,他说:“哎,这哪儿成啊,一天下来你的手还不得磨几个大血泡呀!拿来,交给我了。”他当天到尖山子,砍了一根黄菠萝树杈,细头去皮,握手处留下黄菠萝特殊的软皮,经过削砍,火烤,定型,做成了一个让许多人羡慕的镰刀把。他帮我把镰刀装好,说:“干活儿得有称手的家伙,省力,还不伤人。”

熟了,我问他为什么判劳教。他坐在炕上,抽着烟说:“为什么?命!那年我高中毕业,考不上大学,暑假等着分配工作。有一天,我父亲请来一个瞎子给我算命。瞎子说,要看住了这孩子,弄不好有牢狱之灾。我一听就急了,把瞎子轰出门去。心想,我这么在家待着,有什么牢狱之灾呀!一天到晚在家里头待着没事,我们几个差不多年纪的伙伴就商量到怀柔水库里打点儿鱼。事先说好了,万一让人发现,谁也不许承认。夜里,我们偷着打了四百斤鱼,分了分,各家都吃了。鱼吃了,鱼鳞没吃呀,让人发现了。过了几天,警察找我问鱼的事,我不承认,死也不认账,直到判的那天我也没松口。过后才知道,那几个人早就坦白了……这倒好,正好一百斤鱼一年,判我四年。唉,这辈子算是完了!”

我说:“四百斤鱼也不至于判四年呀!”

他说:“理由不是鱼,是说我偷着打鱼,影响首长身体健康。人家说那水库里的鱼是给首长吃的!”

他为鱼判刑了四年,可他一直对打鱼有特殊的爱好。他觉得这里比不上兴凯湖,说那里鱼多,在稻田里干活儿,随便就能抓着鱼,好几斤重,能大吃一顿。他从兴凯湖带了一张渔网,一休息就到索伦河或者水泡子去打鱼。虽然打不了几条,鱼也小,但他总是高高兴兴的。我们宿舍门口总是晒着渔网,夕阳下,他坐在网前,拿着梭子认真地补网,成了我经常见的风景。

后来,他结婚了。再后来,我听说他回了北京怀柔,在那里以卖肉为生。去年我到怀柔去看他,觉得他老了。中午在他家吃饭,没有鱼。

荒　祭

那是前年夏天，我们一行十六个人回到北大荒的农场。那天，从五队回到分场，心里郁郁的，想不明白为什么有人不愿意让我们在五队多待些时间，还不到两个小时，便催着大家赶紧到分场吃饭。现在不是饥饿的年代，吃饭难道就那么重要吗？当年，我们这些人在五队起码生活过七八年，青春岁月都在这里度过，酸甜苦辣，五味俱全。返城到如今有二十多年了，大家相约再来，分明是爱着这片土地，怀念着这里纯朴的人们。徐永泰是上海人，好像也不高兴，一问，果然跟我一样的想法。宴席上虽然菜肴丰盛，我却草草吃完，走到饭店外面。徐永泰也出来了。我说："不知道盛黎明埋在哪里？"他摇摇头。这时，原来五队的妇女副连长赵焕英过来，我们问她。她说："你们可算问着了，估计也就是我能找到盛黎明的坟。"于是，我们几个就跟着她上了南山，去祭奠死去的上海知青盛黎明。

南山一片葱郁浓绿，当年记忆中胳膊粗细的小树已经长成大树了。二十多年，自然界的变化也是明显的。路很近，坐汽车也就十分钟就上了山。下了车，我们跟着赵焕英拐入小路，拨开半人高的杂草走进树林，寻找着埋葬盛黎明的地方。林中凌乱着一些坟包，几十年来，这里成了许多北大荒人的最后归宿。赵焕英是快七十岁的人了，嘴里不停地唠叨着，说起当年盛黎明后事处理的一些事情。突然，她从草丛中拽起一根铁丝，说："找到了，就是这儿！错不了，这是当年花圈的铁丝。"我的心不禁一酸，这哪里是坟，分明就是一片平地，哪怕稍稍一点隆起都没有。我相信赵焕英，她是一个善良的女人，这里一定是盛黎明的坟。几个人都不说话，动手拔地上的杂草。

盛黎明死时我已经回了北京。他是1970年从上海到北大荒的，是一个极帅的小伙子。一个时代有一个时代的标准，他不是那个时代的"好青年"。盛黎明聪明，鬼点子多，调皮捣蛋，却从不过分；爱憎分明，却没有见他伤害过什么人。他是上海人，精明，却看不得有些人总是占别人便宜。有一阵儿我们住在一个宿舍，某人总是吃别人的东西，却从不把自己的东西分给别人吃，甚至有好吃的东西躲进蚊帐里大嚼。盛黎明看不惯，想整治他一下。一天在宿舍里，从窗户中见某人远远向宿舍走来，他飞快地从一个瓶子里倒出一些白色的粉状物在碗里，然后又往碗里倒了一些水，拿着小勺在里面搅动。大家不知道他在干什么，只是看着他认真地做动作。某人推门进来，盛黎明动作更加夸张，把嘴凑在碗边吹着气。某人上前看着碗里的东西，问："啥么子？"盛黎明向后躲着，说："奶粉。"某人一把抢过碗，端到嘴边大口地喝了起来。两口下去，他突然把嘴里的"奶粉"喷了出来，嘴边满是泡沫。盛黎明笑得弯下腰来，全宿舍十来个人也都狂笑不止。那碗里原来是洗衣粉！六年时间，因为工种不同，我和盛黎明接触并不多，只是觉得这是一个充满了生命力的人。后来，我返城回北京了。不久，返城大潮来临，知青们纷纷返回城市。听人说，盛黎明非常想回上海，正在寻找机会。再后来……就听说他中煤气死了。

拔过草，我们向那块埋着盛黎明的平地鞠躬默哀。虽然死人是经常发生的事，虽然每个人都要死，但是，我们活着的人不应该忘记那些死去的人。盛黎明死了，不能责怪任何人，他年纪轻轻死在北大荒，那是时代的事情。看到他的“坟”，想到当年的往事，我心里觉得无比凄凉……

前些天，徐永泰从上海打来电话。我对他说，我们应该给盛黎明立一个碑。徐永泰说他也想着这件事，一定要把这碑立起来。

我想碑文应该这样写：

我们的弟兄

盛黎明之墓

八五二农场五分场五队全体知青

有这样一位老红军

由于得用上一部专著才能说清楚的某些历史原因，北大荒藏龙卧虎。比如，我的老班长蔡志，1941 年就参加了县大队，抗过日，淮海战役立过二等功，抗美援朝也立过好几次战功，可他这辈子当过的最大的“官”就是班长。我待过的生产连队有个老拖拉机手宋怀玉，也是抗日时就参加了革命，整天嘻嘻哈哈，没有“正经”的时候，可他是开国大典阅兵式上的坦克驾驶员。四队的队长(后来叫连长)周辉忠，普普通通，见人特别和气。到后来我们才知道，就是他在淮海战役时炸毁了国民党兵团司令黄伯韬的指挥部……

我们那个农场先后有八个老红军工作过，其中李桂莲、匡汉球和黄振荣三人给大家的印象最深。李桂莲是一位将军，农场的第一任场长兼书记。为躲避地主以男丁抵债，自小男扮女装，取名“桂莲”；1930 年参加红军后，想改个名字，但任弼时同志说，不要改了吧，留个纪念也好，便一直叫李桂莲。匡汉球是农场的副场长，参加过五次反围剿中的四次，长征时是彭德怀三军团的一位连长。农场的人传说他是强渡大渡河的勇士之一，也有人说他是预备队的队员。我猜测大概是后者。这二位都比较早地离开了北大荒,调到其他地方工作了。黄振荣则是把他人生的最后十二年,也是最辉煌的十二年都交给北大荒了。

我刚一到北大荒时,隔几天就见有一辆胜利牌小轿车从公路上飞驰而过,人们说,那是黄场长。大家对这位老红军的传说很多,都以有这样一位场长为荣。有人说,刚开发农场时,转业的军官很多,谁也不服谁。一天,一辆满载着军官的汽车“误”在水坑里,有一位中年人动员大家下来推车,可是没有人动弹。这位中年人转身离去,过了一会儿,他穿着一身军装回来了,佩戴着上校的肩章,往车旁一站,大声骂道:“妈的,都给我滚下来,推车!”车上的人都老老实实下来,纷纷站到了水坑里,卖力地推起车来。那时我想,这位黄场长一定是膀宽腰圆,横眉立目。

有一天,下工以后,我一个人在宿舍里,门一响,一个五十多岁有些驼背的人走了进来。他穿着一身灰制服,当然不像个种地的,可我也看不出他是干什么的,农场的干部一般都是穿灰制服的。

他笑着向我打招呼:“小同志,你好啊。”

我那时才十六岁,什么也不懂,只是站起来看着他。

“看样子你是个知识青年呀,从北京来?”他笑眯眯地说。

我点点头,仍然不知说什么好。

这个人就这样和我对站着。他问我累不累,我说累。他问吃得怎么样,我说天天吃熬西葫芦,受不了。他又问我下工以后干些什么,我说也就是聊聊天,打打扑克,然后就睡觉。他说:“这样可不行,应该多学习学习。你们工作很累,下工以后要搞一点儿有益的娱乐,唱唱歌呀，看看书呀，有时间的话也看看毛主席著作。”正说着，队长和指导员走了进来，说：“黄场长，到办公室吃饭吧。”这时我才知道，这个人就是黄场长。

黄场长说：“我不到办公室去吃饭，我要和他们一起到伙房去吃熬西葫芦。”

那天，黄场长和我们几个北京青年聊了很多，都是些家常话，没有说一句大道理。我让他讲一个长征的故事，他讲了一件长征时的事。讲完，我说不精彩。他哈哈大笑，说：“我不会讲故事，你要想知道这些事，可以读读《红旗飘飘》嘛！”

我是后来才知道有关他的一些事的。

黄振荣十四岁参加西北军，在冯玉祥的卫队当警卫。1931 年，在董振堂、赵博生和季振同领导下，国民革命军第 26 路军发动宁都起义，他参加红军，同年入党，在湘赣军区当电台副台长。长征时，他已是红六军团的一位团参谋了。七七事变以后，为了敦促阎锡山抗日，党中央派黄振荣等五人组成的“五人小组”到山西抗日决死纵队工作，开始任教官，后来在薄一波同志的周旋下，担任晋绥军的营长。1940 年，在一次与日寇的激战中，他身负重伤，被敌寇围在一个山洞里。为保护同在山洞里的老百姓，他挺身出洞被俘，被关进监狱，也脱离了党组织。一年后，他逃离虎口，重返部队，经严格审查后，作出结论，恢复工作。1945 年再次入党。以后，他在解放战争和抗美援朝中都立有大功，1956 年，作为铁道兵的代师长，他率部进军北大荒。从带着三个人踏荒开始，建起了全国的第二大农场。

“文革”开始以后，“农场的最大走资派”这顶帽子历史地落在黄振荣的头上。他反复挨批斗,成了两派斗争的焦点。我是属于“保”他的那一派的,究其原因,恐怕和他是个老红军,并且和我一起吃过饭有关。后来,天津大学的造反派搞揪“叛徒”,弄了一个“六十一个叛徒集团”,黄振荣也榜上有名。1968 年,他被迫害致死。在那个年代,像他这样的人死了,是“死有余辜”,要作为“异类”处理的。他不能进入公墓,被孤零零地埋在了一个叫“三不管”的地方。

公道自在人心。有些人本来是想让黄振荣成为孤魂野鬼的,可是,他们没有想到,后来有的人在临终前,竟提出了要埋在黄场长身边的要求。于是,随着时间的推移,黄振荣的荒坟周围渐渐增加了许多新坟,最终成了农场的革命陵园。我从一些回忆丁玲的文章里看到,这件事曾深深地感动了这位在北大荒“劳改”过的女作家。

1983 年,黄振荣的子女到北京见王震同志。王震追忆往事,说:“黄振荣从小参加红军,在我和任弼时同志身边工作过。以后在六军团负责电台,余秋里同志对他很了解。如果他是‘叛徒’,我还叫他当团长、师长? 真是乱弹琴!”他吩咐秘书,“把黄振荣的档案给我调过来,我要找邓小平主席,杨尚昆副主席,一定要给这位老红军落实政策!”1985 年,中央军委重新审查黄振荣被俘历史问题,作出了予以平反的正确结论。

前几年,我又一次回到北大荒的农场。在一个傍晚,我一个人来到“三不管”,站在老场长的墓前,看着王震题写的“黄振荣同志之墓”的墓碑,伫立了很久很久,也想了很多很多。正是春天,刚长出的小草匍匐在地面,高大的白桦树顶着嫩绿的树冠,在春风中哼唱着自己的歌,一轮夕阳正落向黛色的远山背后。我忽然想起了诗人艾青。

黄振荣在“文革”中有一条罪状，就是保护大右派艾青。诗人在成为右派以后，被发配到北大荒改造，结果却当上了当时农场的示范林场副场长，并住在只有师级干部才有的“木克楞”房子里。我想诗人一定写过关于我们这个农场的诗，如果写过，也许这些诗里会有黄振荣的影子吧？

西哈努克救了我一命

首先在此声明，我和西哈努克并不认识。他曾经先是一国的国王，后来放弃王位，当国家元首，但还是亲王，再后来又当了国王。一句话，他是血统高贵得不能再高贵的贵族。而我只是一介平民，特别是当我和他发生联系的时候，我只是一个在北大荒“战天斗地”的知青，或者说是一个青年农民。

要说我和西哈努克亲王的联系，得先说煤气，也就是一氧化碳。

以前，北方人对煤气都比较敏感，因为冬天要烧煤取暖，当煤燃烧不充分时会产生一氧化碳，而人要是大量吸入这种气体就会中毒。轻者，头疼脑涨，眩晕呕吐；重者，那就是一命呜呼。早年间，北京的楼房还少，住平房的——除那些深宅大院有国家专门派人给烧锅炉供应暖气外——冬天都要烧煤生炉子取暖。于是，每年冬季便有不少人煤气中毒，有能逃生的，也有丧命的。为了预防煤气中毒，人们加倍小心，晚上封上炉子以后，临睡前把门打开一道缝，以备空气流通（好在那时贼不多，可以夜不闭户）。但是，这办法不是每天都可以实行的，也不是每家都可以这样做的。院内住户可以，临街的人家就不行(多少有些安全上的考虑);一般天气时可以,起大风时就不行。另外,人们都有关起门来过日子的习惯,说不定哪天就忘了留一道门缝。后来,因此就有了“风斗”。风斗是用木棍儿或竹篾扎个架子,糊上纸做的,像个簸箕似的。把它安在卸下玻璃的窗户上方,以保证屋里空气流通。风斗商店有售,但不少人家为了省钱,就自己动手做,扎个架子,糊上报纸,一样管用。

北大荒没有风斗。

北大荒的冬天难过,太冷!有多冷?不太好形容。这么说吧,吸一口气,你能觉得有一把尖锐的小刀直扎肺管子,会觉得肚子里有冰碴子沉了下去。这还是风平浪静的时候。要是下完雪刮起“烟儿炮”,狂风卷起积雪,搅得周天寒彻,人们只好待在屋里。屋里也不好受。有时候天太冷,炉子里也有火,可屋里却上冻。因此,北大荒的房子不安风斗——为了不透风,窗户缝都用纸贴得严严实实,甚至在窗外挡上用草扎的或用牛皮纸糊的帘子——怎么能安风斗呢?为了保暖,每年都有人煤气中毒,那里叫“中煤毒”。我有好几个老熟人就死在这上面。一个是上海知青盛黎明,最活跃的一个人,也最想回上海,却在大返城风起云涌的时候中煤毒死了。再一个是老连长的大女儿李瑾,一个说话就脸红,不笑不开口的好姑娘,在给第二天就要从远方回来的丈夫包好饺子以后,做着团圆的梦,却中煤毒离开了人世;还有路顺元,从山东支边来这里,能干活儿,不会持家,孩子多,从来没有吃过一根直溜黄瓜,在一天夜里和即将长大的儿子一起死在热炕上……家里养的猫狗也中煤毒。阿利有一只猫跟他一起中了煤毒,主人缓了过来,猫却留下后遗症,全身哆哆嗦嗦,走路东倒西歪。老郑家的狗中煤毒以后,落下一个不停摇头的毛病,人送外号:宾努。

这有点儿不恭敬，西哈努克身边有个亲王总是不断摇头，就叫宾努。

该说西哈努克了。

那是1970年的3月下旬。3月18号那天，柬埔寨亲美的朗诺和施里玛达(好像也是一个亲王)发动政变，把正在国外访问的国家元首西哈努克给废黜了。当时这在国际上是一件大事，我国政府反应强烈。那天晚上，或许听了宿舍里小喇叭强烈谴责这一政变的广播，或许没有听，总之，我睡得很不舒服，在梦中总是想不通他们为什么搞政变，为什么把长得挺精神的西哈努克亲王搞下台呢？我在北大荒的梦境里替西哈努克着急，替他不平，可又想不出什么好办法，把我焦虑得……醒了。一霎时，我觉得头疼欲裂，胸中有一股一股的东西向上涌。支起身来，头更疼了，我知道大事不妙，中煤毒了！多亏当时还算清醒，我不停地叫着："哥儿几个，哥儿几个，起来，起来呀，中煤毒啦……"东西两条大炕上的另外九个弟兄都醒了，一个个捂着脑袋呻吟不止。我说，大家快穿好衣裳，出去，到外边去！于是，大家开始穿衣裳，动作非常缓慢。史学义动作快，第一个穿好衣裳，艰难地下了地，扶着炕沿走到门口，一把推开门，然后扑通一下倒了下去。大家一声惊呼，要下地扶起他，却一个个东倒西歪，人事不省了。

等我醒来时，已经躺在别的宿舍，脑仁儿疼得我直想大声嚎叫。

还好，我们十个人都活了过来，只是误了两天工。

以后——一直到现在，我常想，那天夜里要不是梦到西哈努克，要不是他被政变整得不能回国，也许我的命——还有那九个人的命就交待了。

感谢西哈努克！

终于，突兀耸立于众山之颠的梅里雪山的主峰卡瓦格博君临于世界，她似乎通体透明，洁白如玉，辉煌而高傲，壮丽而圣洁。我被眼前的奇迹慑服了，内心像死去了，一片空白。

……　…　………　…………………　………　……　……

用眼睛透视

魂梦牵绕梅里雪山

一

我说不清为什么这样魂梦牵绕梅里雪山。

1991年，由于中日联合登山队的十七名队员在登山时遇难，受中国登山协会派遣，作为特派记者，我第一次来到梅里雪山。但出发前，甚至到了昆明，我都不知道梅里雪山究竟在何处。当来到金沙江边，看到玉龙雪山和哈巴雪山时，我为它们的壮丽所激动，心里竟然冒出曹植的句子：彼何人斯，若其之艳也！如果不是同行者多是遇难者家属的话，我一定会把喜悦暴露在脸上。我及时控制住自己，把表情调整到与集体氛围相适宜。

过了金沙江，进入深山峡谷。我至今弄不明白应该如何从地理位置上正确表述那个地方。它是横断山脉，还是横断山系的云岭山脉？总之，我以为是进入横断山脉了。沿着清冽奔腾的硕多岗河，公路一直蜿蜒向上，渐渐地，云彩时常缠绕在身边，汽车好像是颠簸在波峰浪谷之中的小船。正是 4 月底,我从没有见过的高山杜鹃,随意地开放在路旁,红的,黄的,粉的,一朵朵都有拳头大小。

天黑以后,我们到了中甸。上午在金沙江对岸的丽江,人们已经在收割小麦了,可这里却春寒料峭,冬天还没有完全退却。在我的印象中,全然没有丝毫关于中甸的概念。人家说这是一个县城,而且是迪庆藏族自治州的首县,可在我的眼中,几盏昏黄的路灯不但没有照亮什么,反而使周围的一切变得更加模糊。我们住的州招待所还像内地二十年以前的招待所一样,除床和桌椅之外,一无所有。好在那些日本人是来奔丧的,而且我不懂日语,没有听到他们的埋怨。

第二天,汽车继续前行。过奔子栏,翻越白茫雪山丫口,拐了一个弯,有人指着前方说:“看,那就是梅里雪山!”还没容我看清雪山的样子,汽车已经一头扎进了厚厚的云雾中。真是奇怪,刚才还能在云舒云卷中看到蓝天,转瞬间,车窗外已是细雨霏霏了。到了德钦县城,我们陷入一片迷蒙的云雾里,大团大团的浓雾灌进峡谷中的小城,目之所及,一切都影影绰绰。

连续三天都在下雨,遇难者家属心急如焚。他们是来奔丧的,最想见到的当然是他们亲人葬身之地——梅里雪山。可是,梅里雪山在哪个方向都说不清啊!我闲来无事,闯到一个中学教师家去“做客”。那位老师告诉我,听说你们要来,当地的藏民都到寺庙中去烧香,祈求天降大雨,不让你们看到雪山。我问为什么?他说,梅里雪山也叫太子雪山,一共有十三座山峰,主峰卡瓦格博,藏语是“河谷中险峻雄伟的白雪山峰”,海拔 6740 米,是藏区的八大神山之首,攀登它就是冒犯天神,亵渎神灵。我当时很不以为然。遇难者家属越来越焦急,但大家都克制着自己,到处窃窃私语,到处弥漫着焦虑和绝望，却没有人把这种心情表达出来。赵小欣来找我，她的丈夫孙维奇是遇难者之一。几个月之前一天早上，孙维奇要出发攀登梅里雪山。对于一个登山运动员的妻子来说，这是最平常的一件事，从恋爱到结婚，再到生了一对双胞胎儿子，孙维奇多少次出发登山，赵小欣从没有为他送行。这次也一样，她下楼准备上班去。可是，就在她打开自行车的车锁时，她的想法突然变了。赵小欣把自行车重新锁上，回到家中，决定到首都机场为丈夫送行。在首都机场，他们照了一张相，谁能想到这竟是他们最后的合影！赵小欣对我说："刘大哥，你给算一卦吧，看这天气会怎么样。"我哪里会算卦呀，可我还是按"六壬课"的方法算了一"卦"，得卦曰"留连"。事情有点儿麻烦。

追悼会不能开，日程一再往后推。

5 月 1 日，一切都不能再往后推了，4 日，除我之外，这一行人将从昆明返回北京，日本人从北京返回日本的机票已经定好，追悼会必须在这一天举行。

早上，出门一看，峡谷中云游雾荡，天上仍然飘着小雨。几十人默默无言地登上汽车，准备到设在飞来寺的纪念碑前去举行悼念仪式。十公里的路，汽车不时停下，坐在第一辆车上的德钦县的县长，一再下车去搬动因下雨而从山上滚落的石头。

来到飞来寺的时候，小雨变成了小雪。没有风，雪花静静地飘落，融入一片白茫茫的浓雾里。飞来寺是一座很小的寺庙，旁边有一片平地，据说，那里是瞻仰梅里雪山的最佳地点。然而，此时的世界却变得如此狭小，大雾垂天，一眼望去，极目之处，不过十来米远。遇难者家属们站在云雾中，无助地望着梅里雪山的方向。茫茫云雾隔开了生者与死者。一个身着紫红僧袍的老喇嘛盘腿趺坐在雪地上，。

面前推开一本经书，双手合十，嘴唇微微开合着诵经。我看着那些悲戚无助的遇难者家属，心中也如同壅塞浓雾，沉重而黏厚。老喇嘛一直在念经，我不知道他在念哪一部经书，但我知道，他是这个世界和另一个世界的唯一沟通者。

像铅一样沉重的浓雾……

还有几分钟悼念仪式就要开始了，突然，步话机传来山中搜索队队长老曾的声音："我们按照预定的时间，比你们早半个小时开始悼念活动。现在悼念活动刚刚结束，等一等——啊，这里的云雾突然散了，太阳出来了……"我抬头向远方望去，奇迹就在这一瞬间出现了：浓浓的云雾迅速剥离，能见度迅速好转，接着，像舞台上拉幕一样，远方的云雾从右向左移动，阳光照耀着一座座突然出现的银色山峰。终于，突兀耸立于众山之巅的梅里雪山的主峰卡瓦格博君临于世界，她似乎通体透明，洁白如玉，辉煌而高傲，壮丽而圣洁。我被眼前的奇迹慑服了，内心像死去了，一片空白。

我的身旁是阵阵悲欣交集的啜泣声……

这时，正是悼念活动开始的时刻。

仪式在一项一项地正常进行。我发现像我一样，大多数人都面对着梅里雪山站着。他们脸上的悲戚渐渐淡了，没了，继之而出现的是安详和沉静。我注意到，在梅里雪山的主峰卡瓦格博的山尖处，一直有一层半透明的云雾没有散去，像是一块表示哀悼的白纱。我想，这云雾白纱所处的高度应是 6470 米至 6740 米——死难者的葬身处至他们生前要攀登的目的地。我们面对的梅里雪山是死神吗？如果是，她竟如此美丽，如此善良，如此善解人意！

最后一项仪式是那个老喇嘛做法事。当他站在新建的遇难者纪念碑上，向四周扬撒青稞的时候，一团浓浓的云雾忽然从我们脚下的峡谷中升起，片刻之间就又把天地间壅塞了。我茫然地站在云雾中，再看不见神圣的梅里雪山，在心中也模糊了生和死的界限……

第二天，我们离开了德钦县。车行不到两个小时，路过噶丹·东竹林寺，我没有随着大家去参谒佛殿，而是找了几个喇嘛聊天。我问这里有活佛吗？我能不能见见？一个老喇嘛转身离去，过一会儿，他走了回来，用生硬的汉语说："活佛请你去。"我跟着他来到一个小院，顺着陡峭的楼梯登上一座小楼，见到了七世噶达活佛。活佛告诉我说，他的全名叫噶达·赤烈曲旺。

我告诉活佛我们此行的目的，他问："看到梅里雪山了吗？"我向活佛讲了当时的情景，他说："你们真有福气！几年前，我陪着班禅大师去参拜梅里雪山，也像你们一样，面前是一片云雾。当班禅大师向天地间弹洒圣水的时候，云雾一下就拉开了，梅里雪山出现在面前……"临告别前，我请求活佛为我摸顶祝福。他郑重其事地站起来，用藏语吩咐一直侍立在一边的那位老喇嘛几句什么话。老喇嘛转身从隔壁取来一条精美的哈达，双手递给活佛。活佛把哈达挂在我的脖子上，又在我的颈上系了一根红绳，然后双手摸着我的头顶，对着我的耳朵小声说："回去以后，佛爷会保佑你的。"

我本来计划由昆明去四川，半个月之后再回北京。可是，到了昆明之后，不知为什么，我突然决定直接回北京，不去四川了。

回到北京后不久的一天夜里十二点多，我的女儿突然发病，窒息休克。由于我发现得及时，立即把她送到医院，抢救回她的一条生命。

医生说："如果再晚一点儿……"我想，如果我没有回北京，现在应该还在四川，那么……我不敢再想下去，我感到一种不可言说的恐惧和神秘。

从那以后，我对大自然有了一种全新的认知。多少年以来，我们一直生活在“征服大自然”的口号中。我也在这个口号下干了许多至今让人觉得可笑可悲的蠢事。但是，当经历了那二十分钟的骤然变化之后，当看到了梅里雪山时，我想说的是：大自然是人类能够征服的吗？人类不也是大自然的一部分吗？如果非要把人类从大自然中剥离出来，那么人类也只能去亲近大自然，与大自然保持和谐。诚然，人类曾经登上许多山峰，但那是征服吗？那些山峰仍然屹立在那里，可是人却只在山峰上停留了一会儿，然后赶紧就撤了下来。愚蠢的人类曾多少次地宣布征服了大自然，围湖造田，围海造田，垦殖荒地……可是过了没有多少年，我们发现，人类从这些“英雄行动”中得到的比失去的要少得多，甚至由于破坏了生态，我们永远失去了大自然的庇护和福泽！

记得离开噶丹·东竹林寺，汽车快到中甸的时候，我们的面前出现了一道彩虹，它以一个完整的半圆架在地平线上——汽车一直驶进彩虹里面。

二

以后，我又几次到中甸，想再去瞻仰梅里雪山，但都因为机缘不巧，总碰到阴天，便没有再到德钦。但是，云南迪庆藏区却成了我总想一再拜访的地方。

2002 年 2 月，我又一次来到中甸。两个月以前，中甸已经改名为香格里拉。因作为长篇文化散文《灵息吹拂——香格里拉从虚拟到现实》(汤世杰著)一书的责任编辑,我对于这件事是有心理准备的。几年以来,迪庆藏区一批有眼光的人,一直在对这件事进行大手笔的运筹;他们发现并认识到英国作家詹姆斯·希尔顿在小说《失去的地平线》中虚构的人间天堂——香格里拉,是一个潜力巨大的品牌,在这四个字中蕴藏着可以发展地区经济的强大生产力。那时,迪庆藏族自治州的书记格桑顿珠有一句名言:知名度也是生产力。现在他们的理想实现了,香格里拉作为一个县的名称定位在中国的版图上。我在这个时候来到迪庆,当然想再一次见到梅里雪山。

于是,我再次驱车前往德钦。

漫山遍野纵横交错的风马旗,在猎猎山风中飞舞,组成无数彩色的巨龙上下翻腾。汽车停下来,陪同我们的藏族姑娘卓嘎说,飞来寺到了。这里就是飞来寺吗?虽然只过了短短的十一年,可我见不到当年的一丝一毫景象——人的记忆真是不可靠啊。

煨桑焚香之后,我站在印着经文的风马旗的海洋中,向梅里雪山的方向眺望,厚厚的积云遮住了雪山的峰顶,明永冰川像一条银练从云中垂下,势不可当地冲向深深的峡谷。大约三四年以前,中国电视剧制作中心有意要拍摄一部关于登山的电视剧,一天晚上在前门饭店请中国登山协会的领导和几位作家吃饭。席间,大家正在谈论片子的事,登山协会主席老曾的手机响了。他听了一会儿,说:“你们在第一线,最了解现场的情况,决定由你们作出,我表示同意。”接完电话,他说,中日两国又一次攀登梅里雪山,本来计划突击登顶,突然天气变化,前方来电话请示下撤。那一瞬间,我不但没有为下撤的决定感到惋惜,反而有些庆幸。十一年之后,当我再次站在飞来寺,虽然没有看到壮丽的梅里雪山，但我却得到一个令人欣喜的消息，云南省人民政府已经决定：禁止任何人攀登梅里雪山。

人在大自然面前永远是渺小的。地球上应该有人类永远也达不到的地方。我向隐身于云层后面的梅里雪山双手合十，顶礼膜拜。

卓嘎转经完毕，我问她登山遇难者纪念碑在哪里。她笑着用手一指，说："就在你旁边呀！"跟着她，穿过这些年长起来的灌木丛，我看到当年竖立在山坡上的黑色大理石纪念碑。三鞠躬以后，我登上碑基，细细地看着碑文，心中不禁又是一阵悲欣交集。我想起当年为赵小欣悼念她丈夫孙维奇拟的一副挽联：日照冰峰，梅里乃维奇用武之地；雾缠雪山，德钦是小欣思恋之乡。我拿出手机，给赵小欣打了一个电话，告诉她我此时正站在纪念碑前……

三

2003 年 10 月 11 日，我再次去迪庆。昆明的飞机本应在早上七点十一分起飞，可是由于迪庆机场大雾弥漫，飞机不能降落，一直到十点半才飞离昆明。四十五分钟后，我们来到迪庆高原。

中午吃饭时，州长齐扎拉过来看我。这是一个四十多岁的康巴汉子，早几年在他当中甸县委书记时我们就认识了。齐扎拉的藏名叫勒咱扎拉。元朝的时候，他的祖先被西藏地方政府派到康区当土司，清雍正初年又来到建塘(中甸)。他的父亲早年参加革命，是中甸的老县委书记，"文革"时被迫害致死。齐扎拉在那个非常年代受了很多苦，经历了许多磨难，也造就了他浪漫而坚毅的性格。我同他作过几次长谈，知道他对"香格里拉"有许多超前的想法。但他并不是一个单纯的理想主义者，而是一个决心把自己的理想付诸行动的人。前一天在昆明，作家汤世杰告诉我，国庆期间有一个攀登哈巴雪山的活动，齐扎拉是除带队教练之外第一个登上海拔5300多米顶峰的人。作为州长，他想的最多的就是如何把迪庆藏族自治州建设成中国最好的藏区。一年多以前，我同他谈到县城的建筑，认为那种追求“城市化”和“现代化”千篇一律地贴着马赛克的建筑，不利于藏区的旅游事业发展。他当时说：“到今年年底，主要街道上建筑将都改造成藏族风格。”今天从机场来的路上，一进县城，原来与内地城市一般无二的建筑完全变了，所有临街的房屋都呈现着一派藏区风情，让人耳目一新。那时他还告诉我，到德钦的路现在太难走，我们现在已经决定把这条路改造成柏油路，你下次来一定要走一走这条路。

席间，齐扎拉问我：“你的日程想怎么安排？”

我反问：“你下午怎么行动？”

他说：“我要去德钦参加明天为梅里十三塔的开光仪式。”

我没有问什么是“梅里十三塔”，就说：“那好，我跟你一起行动吧。”

没想到，以后的二十四个小时竟成了我的盛大节日！

从香格里拉到德钦一百八十多公里，山高水险，道路十分不好，以前，即使是好车也要走七个小时。现在，齐扎拉一年多以前说的话兑现了，坑洼不平的沙石或者泥土路面变成了平坦的柏油路面，虽然还是蜿蜒在高山峡谷之中，汽车跑在上面却让人感到非常舒适。以前七个小时的路途，现在四个半小时就到了。

当翻越白茫雪山丫口不久，车的正前方，在灿烂的阳光照耀下，梅里雪山就出现我们的视野之中。放眼眺望，青褐色的群山像大海的波涛奔腾而去，一排纯白色的雪山突兀耸立于天边，像是群山波涛撞击出的浪花，镶嵌在蔚蓝色的天幕上。汽车在白茫雪山的公路上盘旋，梅里雪山始终在前方旋转，我的心狂跳不已——十二年以后，梅里雪山终于真实地出现在我的眼前！

汽车在迎宾台停了下来。这里是除飞来寺之外观看梅里雪山的最佳地点，梅里雪山和德钦的藏族同胞就在这里迎接远方的客人。一下车，十几个盛装的藏族青年男女便捧着洁白的哈达迎了上来，在歌声中给我们敬上哈达和青稞酒。他们这是欢迎参加梅里十三塔开光法事的客人。这时我才注意到，就在我们的身边，伫立着十三座巍峨的藏传佛教白塔。白色的塔身，金色的塔顶，它们的背后就是连绵雄伟的梅里雪山十三峰。一切都丢在了脑后，眼前和心中只有梅里雪山。我们忘情地看着她，以她为背景贪婪地拍着照片。

参加开光仪式的客人很多，有中国人，也有外国人，大家的注意力都集中在梅里雪山。有人告诉我，一个多月以来，雪山一直被云雾笼罩，今天才向人们展现了全貌。他说，明天给梅里雪山十三塔开光，这个日子是请活佛算的。我将信将疑。

晚上，德钦县委县政府设宴招待来宾。当介绍来宾时我发现，这其中有不少是国内外的企业家和金融家。坐在主桌的齐扎拉格外兴奋，与同桌的荷兰银行亚太地区总裁弗兰克先生和其他企业家亲切交谈。我想，作为迪庆藏族自治州的领导，他这次来这里，与其说是参加十三塔的开光仪式，不如说是来交朋友，招商引资。席间，弗兰克先生应邀讲话。他说，我来自一个无山的国家，今天在这里看到了这么美丽的山，让我兴奋不已。我有四个孩子，以前他们总是问我：天堂在什么地方？我告诉他们说，天堂在山上。今天，我的孩子们看到了梅里雪山，我相信，他们一定认为自己看到了天堂……

一位漂亮的年轻女性来敬酒，她举着酒杯说："凡是来到香格里拉的人都是我的朋友，来，我敬大家一杯！"

她是谁呢？穿着紫褐色的拖地藏袍，戴着黑色的礼帽，完全是一副主人的姿态。在第二天的开光仪式上，众多的喇嘛围绕着十三座塔转经，她双手合十，走在居礼活佛和扎巴活佛的中间。县里的一个领导告诉我，她叫王子璇，是汉族人，藏名叫白玛央姆，是香格里拉的形象大使。后来齐扎拉对我说起王子璇——她自 1999 年以来多次到迪庆，但人们只是把她作为一个喜欢或者迷恋这里自然风光的游客。去年齐扎拉才知道，王子璇几年来一直在默默地为迪庆做着事情。她自己出钱建了两所希望小学，并设立了一个救助贫困学生的基金。这次开光的梅里十三塔也是她出资修建的。为此，当地政府请她做了香格里拉形象大使。

那天参加开光仪式之后，我们驱车回返。路过东竹林寺的时候，我请司机停下车，去参谒七世噶达活佛的灵塔。当年我见过的噶达活佛在前几年圆寂，我一直在心里想念着这位慈悲的智者。我问一位在路边的年轻喇嘛噶达活佛的灵塔在什么地方，他指着前方说："那不是，在拖拉机上。"我有些懵了，但抬眼看去，我一下明白过来——一个穿着僧袍，佩戴着黄色的饰物，只有五六岁的小孩儿正从一辆手扶拖拉机上下来，他一定是转世的八世噶达活佛！小活佛见到来了生人，一副好奇高兴的样子，他拉着我的手，又蹦又跳。我向他的年轻管家说明来意，管家用藏话对小活佛说了几句话，小活佛点点头，一手拉着管家，一手拉着我，向坡下的大殿走去。

一个月以后，在北京我见到王子璇。我问她修梅里十三塔花了多少钱？她淡淡地说，总有一百多万吧。她告诉我，从修塔到请四川甘孜的居礼活佛和其他活佛、喇嘛、尼姑给佛塔开光，都是她和她的朋友们做的。我问她是不是对藏传佛教感兴趣？她说："也只能说有一点点兴趣，但我一点也不懂佛教。我修建梅里十三塔，是因为我爱香格里拉的大自然和这里的老百姓；梅里雪山是藏民心中的神山，做这点事，既是表达我对梅里雪山的崇敬，也是我对香格里拉老百姓的一点心意。"我说出了一个月以来的一个疑问：开光那天的天气那么好，有人告诉我说那是活佛算的，是吗？王子璇一下笑了："根本没有那回事！日子是我根据客人的日程定的。不过我想，梅里雪山是世界上最具灵性的山，我为她的十三座山峰建了十三座塔，她总会给我面子的。"

是啊，梅里雪山是最具灵性的山。我虽然只见到她两次，但她一直使我梦魂牵绕。我总是在心里问：不知道什么时候再能见到梅里雪山？

四

2004 年深秋，我和三个在北大荒上山下乡时的朋友结伴去云南，到香格里拉，去拜谒梅里雪山。

这次去梅里雪山应该从三十多年以前的一件事说起。那时，我们都在北大荒。一天夜里，睡得正香，有人把我拨拉醒，小声说："醒醒，醒醒。"我努力睁开眼，只见周达趴在炕头，昏暗的油灯照着他模糊的脸和脸上虔诚的表情。他说："嘿，咱们去海南岛呀！"

去海南岛——此时，北大荒的夜晚，窗外的夜空一定是星河灿烂，美丽的北国边陲之夜，的确能触发人的梦想。可是，去海南岛？一个月二十八块钱工资，一年才十二天探亲假，而且从来也没有如期兑现过，这已经不是梦想了，这纯粹是扯淡！

于是，周达有相当长一段时间的外号叫“海南岛”。

理想主义是我们那一代人“不可救药的痼疾”，不管什么时候，我们永远带着那个时代的胎记。三十多年以后，为了圆青春时的梦想，我和周达约了大宝、老久，把云南当作海南岛，四个六十岁左右的老知青向梅里雪山进发。

过了金沙江，仍然是沿着硕多岗河谷上升的山路，汽车在云雾中时隐时现地爬行。一到小中甸，一派青藏高原的风光展现在眼前，透明的天空上流浪着低低的白云，狼毒草已经红透了，像火一样烧向遥远的群山。他们三个都是第一次到这里，扒着车窗贪婪地看着，而我在和开车的熊灿坤聊天。老熊是格桑花卉公司的老板，几年前，他最早把郁金香从荷兰引进到迪庆，并形成了庞大的繁育基地。在此之前，我和他见过两次面，昨天他听说我要来，今天一早就开几个小时车到丽江接我了。从他的身上，我感受到藏族兄弟真诚淳厚的感情。我说，我的这三位朋友第一次来迪庆，不知道能不能见到梅里雪山？他说，梅里雪山是有灵性的，你们不远万里而来，应该是能见到的。我向窗外看去，蓝蓝的天空上，只在天边才有几朵雪白的云彩。但愿我们能见到壮美的雪山。

然而，三天后，当我们所乘的汽车翻越白茫雪山丫口的时候，在通往德钦的方向却是一片茫茫的云雾！

从发起这次远行的初秋开始，能否看到梅里雪山已经成了我的心病。这些天以来，我无数次向他们三个人描述，把他们的心情也吊了起来。虽然在石林,在丽江,已经看到了许多以前没有见过的奇异景色,但是,他们现在让我给忽悠得好像只有看到梅里雪山才是此行的唯一目的。在梅里十三塔前,大宝面对着眼前的云雾更是唉声叹气,只有周达说,老天要是不作美,那是没有办法的事。说罢,他就绕着塔转经去了。

到了德钦,天色尚早,我们信步来到中心镇中学。第一次来时,我曾经到这所学校来过,这回算是旧地重游。学校的校长和书记非常热情,领着我们在学校里参观。孩子们还是像以前一样,对我们这些陌生人充满了好奇与和善。天一直阴沉沉的,云彩就压在头顶上方的不高处。告辞时,我心里还怀着一线希望,问校长,明天的天气如何？他说,刚才天气预报说,要下小雪了。

我的心里充满了沮丧。临睡前约定,第二天早上看看天气再说。

第二天早上,还在睡梦中,一阵急促的敲门声把我叫醒。下地打开门,老久探进头来问:“怎么样,还去吗?”我反问:“天儿怎么样?”他说:“阴得厉害,一片漆黑,什么也看不见。”我下意识地扑到窗前,拉开窗帘,打开玻璃窗,探出身子,小城的街上空无一人;我抬头向上望去,一颗颗硕大的星星镶在深蓝色的天空上！一边骂着老久“你是什么眼神”,一边赶紧叫醒还在熟睡的司机,几分钟后,我们就向飞来寺出发了。

汽车亮着灯盘旋在山路上,这时才发现,天并没有完全放晴。随着汽车转弯,方向变化,一会儿眼前晴空一片,一会儿眼前又阴云密布。由于全是弯路,我弄不清梅里雪山在哪个方向,唯有在心中祈祷:让我们看到雪山吧！再看他们三位,全都紧张地注视着汽车的前方,老久嘴里竟不停地念着前一天刚刚学会的藏传佛教六字真言。

终于，眼前一片豁朗，飞来寺的空地上黑压压地站满了人，原来早就有人到这里守候了。隔着宽宽的峡谷，在梅里雪山的方向，天际处云起云涌，明永冰川从云层中垂挂下来，蜿蜒着向峡谷的深处落去。偶尔，一片云彩移开，圣洁的雪山露出一角，然后又被另一片云彩遮住。天刚蒙蒙亮，还看不清人的脸庞。早来的人们只是静静地等候，除去风马旗在晓风中猎猎作响，飞来寺前一片静寂。我开始煨桑，松柏枝叶烧出的轻烟飘向空中，我祈祷这香气能送达高在天庭的山神面前……

远方天空的云彩竟是如此变幻莫测，这一团由左向右飘浮，那一块由右向左移动。它们在雪山前面交错，全然不理会我们这些渺小的人的意志。站在悬崖边，人们只有静静地伫立和等待。

突然，远方天空的云彩好像被什么力量扰乱，它们舒卷着，同时不断变化着颜色向四周散开；玫瑰色的云彩散开的地方，一轮圆圆的月亮镶嵌在宝石蓝色的晨空上。紧接着，云彩快速退去，银白色的雪山开始一座一座地显现。我屏住呼吸，生怕呼出的微气会影响云彩的散去。一二百人的场面鸦雀无声。蓦然间，金字塔形的卡瓦格博的洁白峰顶一下变成了金色的，好像通体透明一般——太阳从我们的背后升起来了——阳光照耀着雪山的峰顶，月亮悬挂在雪山的身旁，这就是多少人都渴望一见，而又难得一见的梅里雪山日月同辉！

所有人异口同声地发出了巨大的惊叹和欢呼。

我在这一瞬间所感到的，不仅仅是大自然的神奇与壮丽，更感到了大自然与人心灵的一种微妙的相通。在场的人们，大多数是不远千万里来朝觐梅里雪山的，而神山就在旭日照亮它峰顶的最初一刹那露出了她慈悲的面容。此时此刻，看到了梅里雪山，看到了日月同辉,我们不虚此行,不辜负我们对理想主义的守护,不辜负我们对青春梦想的承诺。

周达虔诚地说:“见到了梅里雪山,人生是要发生一些变化的。”

当驱车到十三塔的时候,我们再一次下车,向梅里雪山双手合十拜别。此时,梅里雪山袒露在万里晴空之下,无比庄严而神圣。

再见,梅里雪山。扎西德勒!

一曲挽歌唱城南

——读《蓝调城南——老北京的记忆》

肖复兴送我他的新著《蓝调城南——老北京的记忆》(北京十月文艺出版社 2006 年 9 月出版),说:“你看看,这是写咱们南城的。”我长在南城,当然对写南城的书感兴趣;几个晚上读下来,有些话想说。

老北京渐行渐远,新北京让老北京人越来越不认识。于是,老北京城就成了文物,成了我们这些人凭吊的对象。上世纪八十年代以降,大凡是写城南的作品,无论是林海音的《城南旧事》(小说出版于 1960 年,电影拍摄于 1982 年),还是李龙云的《万家灯火》,几乎都是纪念性的挽歌,流露着一种温情,一种无可奈何的留恋。《蓝调城南》更是这样。然而,它不同于那些虚构作品的是,这种温情和无可奈何更加具体,一篇篇文章,一桩桩故事,一个个老字号,一条条胡同,娓娓道来,更加贴近北京老少爷们儿的生活。

我读的第一篇是《新中国电影院》。四十多年前,我还在上小学,常常和同学一起穿胡同步行好几里,从永定门到这儿来看电影。原因是这家电影院的“学生场”比较多,一角钱就能看一场电影。印象最深的是看英国电影《红菱艳》，中文字幕，几乎一直在跳芭蕾舞，我烦得要命，几出几进。电影没看明白，却对新中国电影院有了进一步了解。开明戏院也勾起我的回忆。肖复兴介绍说，我国第一次男女同台的演出，就是杨小楼和新艳秋在开明演的《霸王别姬》，梅兰芳在这里为访华的印度诗人泰戈尔演出了《洛神》。开明戏院解放以后改叫民主剧场，1961 年我也曾经在那里登台。小学五年级，学校在民主剧场开联欢会，我和另一个同学在民主剧场的大舞台上表演了我们自己写的相声《迟到》。那时我口吃非常严重，可那天上了台以后竟然奇迹般地好了，一点儿磕巴儿也没打！从《八大胡同新考》一文中可以看出，作者实地考察是下了大功夫的。二十年前，为了写一个以从良妓女为题材的中篇小说，我也连续不少天在八大胡同一带转悠。但我那只不过是转悠而已，从中寻找一种隐约的感觉。肖复兴却不然，街巷胡同，院落楼台，看得仔细，问得清楚，说得明白，让人有一种回到清末民初的感觉。《通三益》一文让我想起我曾经进过这家老店，并不是为了买秋梨膏，而是为了看橱窗里摆着的像车轮大小的月饼……

这些年，北京发生了天翻地覆的变化。应该说，北京变得现代了，富丽了。但是，我总觉得在这种变化当中缺少了点儿什么。细想，是缺少了一种作为有三千多年历史和几百年首都的北京应有的韵致。现在北京的孩子们还知道银河是什么样子吗？七月初七，他们还能在夜空中找到牛郎和织女吗？唱着“天上的星星参北斗”，可他们看得见北斗七星是如何倒转斗柄吗？环境污染，现在的孩子们见过黄蜻蜓红蜻蜓，可是他们见过绿蜻蜓蓝蜻蜓吗？知道在蜻蜓里还分“老钢儿”“老仔儿”“老黄儿”“逼灰”和“膏药”吗？他们见过雨燕在房檐下衔泥筑巢吗？他们见过在北京天空上翱翔的鹰吗？他们在秋天见过“一群大雁向南飞，一会儿排成个一字，一会儿排成个人字”吗？他们……我不知道北京该是什么样子，但是，我知道北京不该是什么样子。她不该是土财主，不该是暴发户，不该是继承万贯遗产的阔少，不该是提笼架鸟的闲人……北京应该是北京，就像巴黎应该是巴黎，罗马应该是罗马。她既是现代的，也是古老的。因为她有过悠久的历史，也应该有美好的明天。

然而，对此我并不乐观。拆，拆，拆，甚至于有些“保护”本身就是破坏——例如永定门的修复。五十年前，它不是现在这个样子，一百年前，也不是现在这个样子，四百多年前的明朝嘉靖年间刚刚修好北京南城的时候，永定门大街也绝对不是现在这个样子！那么，要知道北京城南曾经是什么样子，请看《蓝调城南》，它能告诉你其中的一部分。

想起袁崇焕

星期日，忽然想起袁崇焕，便步行去龙潭湖。说是“忽然”，却并非是“无端”——十几年前家住广渠门，向北直线距离大约不过半里就是袁大将军墓。那时正读金庸的《碧血剑》，书中表面主角是袁崇焕的儿子袁承志（史称，袁氏无子），而我一直觉得真正的主角却是隐在背后的袁崇焕。因此，曾到袁大将军的墓去拜谒。现在我搬家了，离袁墓远了，却距袁督师庙的所在地龙潭湖近了。于是便去走访。

大约十几分钟就到了龙潭湖。花两块钱买票进门，沿着结冰的湖迤逦而行，去寻在公园西北角的袁督师庙。

袁督师庙也叫袁祠，是后人为纪念这位大英雄而建的祠堂。在我简约地知道了一些有关袁崇焕的事迹之后，一直觉得北京人是对不起他的。虽事出有因，但那做法却让我阵阵感到心寒。

袁崇焕以一介书生投笔从戎，宁远血战，大败后金虎狼之师，使努尔哈赤重伤不治身亡。随后，皇太极又率军攻锦州宁远，他说：“当初我父攻宁远不下，而如今我攻锦州不下，像这样的野战，如不取胜，如何能张扬我国威！”袁崇焕运筹帷幄，调兵遣将，与之大战，再次败敌于宁远城下。皇太极终于像他父亲一样,又败在袁崇焕的手下,无功而归。如此累世之功,明天启帝不但不赏,却听信奸佞巨宦魏忠贤的话,认为他“不救锦州为暮气”。袁崇焕一怒之下,上疏乞休归乡,辞职不干了。后来,天启死了,崇祯继位,杀了魏忠贤。崇祯帝日夜思得良将解辽境之忧,“延臣争请召崇焕”。崇祯元年(1628)四月,任命袁崇焕为兵部尚书兼右副都御史,督师蓟、辽,兼督登、莱、天津军务。崇祯二年(1629)冬,皇太极亲率大军,避开袁崇焕防区,不进山海关,取道蒙古以蒙古兵为先导,攻陷遵化,直抵北京城下。袁崇焕星夜从山海关驰救北京,再次大败敌军于广渠门城下。不想,城中的魏忠贤余党和一些权贵却纷纷向朝廷告状,说袁崇焕名为入援,却听任敌骑劫掠焚烧民舍,不敢一矢相加,城外戚畹中贵园亭庄舍被敌骑蹂躏殆尽。皇太极趁机使反间计,谓袁崇焕与满人有密约,要谋反。崇祯帝中计,囚禁袁崇焕。半年后,崇祯三年(1630),袁崇焕以“通虏谋叛”“擅主和议”“专戮大帅”的罪名被“磔”死。袁崇焕伏刑之惨情,令人毛骨悚然,当时北京百姓都相信袁通敌,恨之入骨,“刽子手割一块肉,百姓付钱,取之生食。顷间肉已沽清。再开膛出五脏,截寸而沽。百姓买得,和烧酒生吞,血流齿颊”。

袁崇焕被那时的北京人给“吃”了,虽然说首先要负责任的是崇祯皇帝和那些混蛋奸佞,但是,人们就不能心存一丝善念,不吃人肉吗?我想一个世道,如果到了人心变得冷漠冷酷,那它就该完了。果然,十几年后,明朝亡了。袁崇焕有一首绝命诗:“一生事业总成空,举世功名在梦中;死后不愁无勇将,忠魂依旧守辽东。”忠魂不散,徘徊苍穹,北京人愧对袁崇焕。

袁崇焕究竟死于何因,历史上就有不同的说法。崇祯中皇太极反间计只是表象，深层原因还在于他对袁崇焕的不信任。这种不信任从崇祯任用袁崇焕那一天就开始了。袁崇焕对此也心知肚明，去辽东赴任之前，他对皇上说："以臣之力，制全辽而有余，调众口而不足。一出国便成万里，忌功妒能，夫岂无人。即凛凛于皇上法度，不以权掣臣之手，亦能以意见乱臣之方略。"你想，以崇祯那样刚愎自用多疑猜忌的性格，听了这话能高兴吗？但边境事大，正是用人之时，他不便发作，强忍了一肚子的火，还赐予袁崇焕尚方宝剑，准其先斩后奏。袁崇焕甫到辽东，一方面向朝廷催发军饷，一方面先用尚方宝剑杀了镇守皮岛而不听调度的毛文龙。崇祯得知此事，心里更加不高兴，虽然允许你先斩后奏，但不经圣裁就擅杀边将，你袁崇焕心里还有我这个皇帝吗？但碍于辽东军事，崇祯还是强压怒火，"优旨褒答"。当广渠门大捷之后，北京岌岌可危的局势有了缓解，皇太极使反间计，崇祯便传令袁崇焕进见，趁其不备将其逮捕入狱。在这之前，袁崇焕打了胜仗，曾要求让日夜驰援又经血战的部队进城休整，已经被崇祯坚决地拒绝。所以我以为，与其说是崇祯中了皇太极的反间计，不如说是他利用反间计，除去了一直让他不放心的袁崇焕。英雄到了临死前终于明白了："勇猛图敌，敌必仇；奋迅立功，众必忌。任劳则必招怨，蒙罪始可有功。怨不深，则劳不著；罪不大，则功不成。谤书盈箧，毁言日至，从古已然。"功高震主而惹杀身之祸的，袁崇焕不是第一人，也不是最后一人。他的前面有岳飞，他的后面——我们这些活着的人所知道的就绝不止一桩两桩！

来到公园西北角，便见一建在高台上的建筑，心想这该是袁祠了。先绕行一周，见该祠为硬山式房屋三间，坐西向东，灰砖灰瓦，虽简陋，却是重新修过的。拾级而上，庙门额石刻"袁督师庙"，大门石刻楹联云:“其身世系中夏存亡,千秋享庙,死重泰山,当时乃蒙大难;闻鼙鼓思东辽将帅,一夫当先,隐若敌国,何处更得先生。”都是康有为的手书。进得正房,正中墙壁为石刻阴纹袁崇焕全身立像,两侧墙壁是康有为、王树、宋伯鲁等人的《袁督师庙记》等石刻以及袁崇焕的诗文。房屋逼仄,光线昏暗,立像及文字均看不太清楚。祠堂北间和南间分别为“意钓亭”和“悼亡亭”,墙上嵌康有为、梁启超等人题写的石刻及出资修建袁祠的张伯桢石刻像。虽是冬日,祠堂旁的甬道上人来人往,但到这里来拜谒的却十分寥寥。正惆怅间,一位老人领着一个不到十岁的小孩儿走上台级,那老人说:“这位袁崇焕是个大英雄……”

袁崇焕死后一百四十二年,乾隆帝下诏为他平反。又过了一百四十五年,仁人志士在这里为他建了袁督师庙。再过九十年,我在这里看到一位老者领着孙辈说起了大英雄。更何况,在这三百七十多年里,有一家姓佘的十七代义士一直在为他守灵!人们不会忘记英雄。

关于西瓜

“大块儿的咧”

侯宝林的相声《改行》，著名花脸金少山改行卖了西瓜，他不会吆喝，改了唱京戏：“我的西瓜赛砂糖，真正是早秧脆沙瓤，一子儿一块不要谎，你要是不信请尝尝！”没人买，他再一叫板，远远观看的人全散了。据说，这些不完全是瞎编，有真实的生活依据。有一年“国丧”，名丑肖长华和一位剧院经理改行卖了烤白薯，一个在街这边，一个在街那边。肖长华这边的买主儿多，便指着街对面对大家说：“你们上那边去买，他比我烤得好。”于是，人们到了街对面。那位剧院经理一边卖一边说：“别光在我这边买呀，那边是名角，一边吃烤白薯，一边看名角，这多值呀！”

老北京人真厚道。

北京大兴的西瓜有历史。辽代已有种植，元代成为皇家果品，明代永乐年间在太庙祭祖时，供品中就有十五个大兴西瓜！究其原因，大兴多沙土地，种出的西瓜好吃。清乾隆时《都门竹枝词》中有诗云："卖酪人来冷透牙，沿街大块叫西瓜。晚来一盏冰梅水，胜似卢同七碗茶。"都门就是北京，我想那西瓜应该产自大兴一带。卖西瓜不说"卖"，而说"叫"，其实就是高声叫卖——吆喝。可见老北京叫卖西瓜的历史久矣。

余生也晚，别说清朝，连民国时期都没赶上，只能说说上世纪五六十年代北京卖西瓜的情景。那时北京的西瓜在农历六月初上市，不像现在因为交通发达或者有温室大棚，市面上一年四季都可以见到西瓜。卖西瓜都在当街，分两种：支摊儿的和推车的，都是以零块卖为主，当然也卖整个的。烈日当空，在墙根下、树荫下用木板支起摊位，或者把独轮车架好，地上的筐里放着十几个整个的西瓜，拿出一个，用二尺长的窄刀切成一般大小的块儿，青翠的西瓜皮上托着高高的红瓤，摆在早已冲刷干净的木板上。卖瓜人上身穿白布汗褟儿，腰间系着围裙，一手执葵叶大蒲扇，不停地在西瓜上轰着苍蝇飞虫，一手放在嘴边，捂着半个嘴，大声地吆喝："大块儿的咧，闹块儿尝——"卖西瓜而不提西瓜，却能让所有人知道他在买什么。另外，在这里"闹"字特别精彩，不说买，不说拿，却说"闹"！显示了北京话特有的魅力。

那时也有冰镇的西瓜。那个年代没有冰箱，不能把西瓜放进冷藏柜里，得放在真的冰上。成块的冰放在大木盆中，上面摆着切好的西瓜块儿镇着。镇也叫"湃"，北京人说用冰湃着。冰分两种。早年是用天然冰，半透明，色青而发暗，是冬天取自上冻的河湖之中，贮藏于冰窖，到夏天出售以供使用。出永定门往南有个地方叫马家堡，傍着凉水河，那里就有不少座冰窖。严冬时从凉水河中取出大块的冰，拖进几尺深的冰窖里贮藏起来。到夏天,有人来买冰,工人就用钩杆子把冰拖出冰窖,搭上车去,盖上棉被拉进城里。卖西瓜的商贩就是从这些专门卖冰的人手里买冰来镇西瓜的。这种天然冰看着就让人不太放心,里面常常可见树枝草叶甚至土渣。后来,科技进步,人也变得文明起来,卫生冰出现了,天然冰逐渐淘汰。卫生冰就是用冷冻机械把自来水冻成的冰,青中泛雪白,让人看着放心。冰镇的西瓜价钱高一点儿。

卖西瓜的吆喝声,不止"大块儿的咧"一种,我还听过其他的。比如:"斗大的西瓜,船大的块儿的咧——疙瘩蜜的西瓜,五分钱一块儿咧!""谁见过这么大的块儿瓤又高,五分一块闹块尝!""青皮红瓤沙口的蜜,好大个的西瓜咧!"不管怎么吆喝,都是高门大嗓,铿锵有力,豪情万丈,一张嘴,老远就能听到。不像卖花的,婉转悠扬,"把儿兰花儿哎——茉莉花儿——"真是一唱三叹,回音绕梁。这其中的区别大概不仅仅由于所卖货物的不同,而更在于场合有别。卖西瓜都是在大街上,人来车往,热闹喧哗,非高门大嗓不可。卖花却要串胡同,小巷深深,人少静寂,买花的人又都是大姑娘小媳妇,吆喝起来美妙悠扬才能把她们从院落中吸引出来。如果用比喻来说明这二者之间的差别,那就好像都是刘欢唱的歌,一首是《好汉歌》,一首是《弯弯的月亮》。

还有另外一种卖西瓜的,是大兴一带自种自销的瓜农,他们有自己固定的买主。通过多年甚至两三代人的交往,买卖双方相互取得了信任,待西瓜熟了之后,用车把瓜送到买主家中。这一般是深宅大院的有钱人,他们把西瓜"湃"在冰桶里,一大家子人慢慢地吃。

我小时候住在永定门门脸儿,每到夏天来临,护城河桥旁和城门里的大街上就摆起了西瓜摊。印象最深的是街西“大庙”山门外的那一家。大庙原不知名。2004 年永定门重修之后，街道全部拆除，唯独大庙被保留下来，并发现一块咸丰十年(1860)的石碑，是那时重修此庙的纪念。这才知道它叫观音寺。观音寺初建于何时，碑文上并没有说明。我想，既然咸丰年间因年久失修而重修，这说明它的历史可以追溯到更远，也许能到清中期或者早期，甚至到明朝。不过，没有文献记载，不好妄断。

观音寺的山门外，淡蓝色布棚下，靠墙堆着西瓜，冲刷得露出白茬儿的木板上，切好的西瓜摆着好几排，青皮红瓤，煞是好看，上面罩着绷着冷布的罩子。卖西瓜的人捂着半个嘴不停地吆喝：“大块儿的咧，闹块儿尝——”

买西瓜的人就围了上去……

豪情万丈吃西瓜

正在写此文的时候，一个朋友从济南打来电话。听说我在写卖西瓜，她兴致勃发，说：“你还得写一写吃西瓜！我觉得西瓜适合独自一个人吃，那样可以不顾忌吃相，吃得痛快。吃西瓜是一种文化。”

此话信然。

吃西瓜不能太雅致，不能文质彬彬。现在进饭店吃饭，最后要上一个果盘，一般都会有几片西瓜，切得薄薄的，用牙签插着吃。我从不吃这种西瓜，觉得不够味儿，不过瘾——那是叫吃西瓜吗？小时家里买回西瓜，父亲将瓜切成块儿，一声令下，我们这些儿女就一拥而上，人手一块，围着洗脸盆埋头苦干起来。不管吃什么，父亲要求我们不能说话——这时候谁还有心说话呀！转眼间，脸盆里散落着西瓜籽，我满脸都是西瓜瓤。那时，北京的西瓜品种有红沙瓤、黄沙瓤，六道筋……最有名的是黑蹦筋。家里人口多，一夏天吃不了几次西瓜，我们哪里还管什么品种呢？只觉得一个字：甜！我读书的永定门小学就在“大庙”的对面，倒是常常看别人在西瓜摊儿吃瓜。伴着高高的吆喝声，买瓜人或蹲或站，面对着大铁盆，把脸凑到大块儿的西瓜上，旁若无人地狼吞虎咽。骄阳似火，看着他们吃瓜，真是痛快到了极点，虽然没有吃到西瓜，但你也会一下觉得暑气顿消。正所谓“过屠门而大嚼，虽不得肉，亦且快矣！”

后来上山下乡到了北大荒，便有了不少吃西瓜的趣事。北大荒的西瓜没有北京的个儿大，大约和生长时间短有关。起初，我们那个连队不种瓜，吃西瓜要到二十多里以外的地方去买。所以吃瓜并不容易。后来学着别的地方种起瓜来，大得我们这些知青们的心。种西瓜的事归菜组，瓜地紧挨着菜地，黢青碧绿的蔬菜瓜秧盖住了黑油油的土地。西瓜还没熟，大家就惦记着，三天两头到瓜地去打探消息，还假装内行地用手拍拍这个瓜，拍拍那个瓜。当终于有一天去拍西瓜时，菜组班长老蔡说“熟了”，再仔细听，果然西瓜发出的声音是“咚咚”的，而不是前些天的“梆梆”的了。到了傍晚下班，食堂门口就起了一个西瓜堆，司务长站在磅秤旁，高声地吆喝：“买瓜啦，买瓜啦！”于是知青们放下饭盆儿，排起队来，每人买好几个西瓜，兴高采烈地抱回宿舍去。吃过饭，天黑下来，无论男女宿舍都灯火通明，人声鼎沸，大家共同掀起了吃西瓜的高潮。切开的西瓜摆得到处都是，那场面真是豪迈无比——瓜籽吐得满地，瓜皮填满了炉坑，每人捧着一块西瓜，狼吞虎咽，大有垂虹吸海之势！

那时打扑克牌时兴“拱猪”。不知是哪位的主意，把西瓜一切两半，胜者吃瓜，够分当“猪”者顶西瓜皮。有一天我手气不好，西瓜皮顶了一个晚上，弄得满头满脸都是黏黏甜甜的西瓜汁。

珍宝岛中苏打仗之后，我们农场在深山里建钢厂，许多知青调到那里工作。第二年夏天，我们到那里去看望朋友。进了大山，下得车来，身处于莽莽森林当中。朋友们知道我们要来，早已经等候在路边。来到林中的帐篷里，迎面就看到一大堆西瓜。还没坐稳，有人便开始找刀要切西瓜招待我们。半天，竟然没有找到刀。北京知青三儿把大嘴一撇，说：“找刀干什么？费那事哪！”他拿起一个西瓜，一只手端着，另一手攥成拳高高扬起，大喝一声：“嘿，着家伙！”一拳下去，西瓜裂成几瓣。大家纷纷效仿，拿起西瓜举拳便打，打得瓜皮瓜瓤四处横飞。一时间，帐篷里乱成了一锅“西瓜粥”。

在北大荒吃西瓜也并不都是美事。我们营四连种了不少西瓜，瓜熟开园之后，总有人在夜里偷瓜。虽然三令五申，却屡禁不止。四连的连长原是我的老指导员，外号叫“倔头儿”，见西瓜影响了生产，破坏了纪律，一时倔劲大发，下令拖拉机拉着圆盘耙把一大片西瓜地给耙了！亲眼见的人说，那情景真是让人哭笑不得，无数西瓜让圆盘耙给切得七零八落，红的瓜瓤，绿的瓜皮，黑的土地，整个是一个五彩斑斓的世界！

返城回到北京之后，北京的西瓜品种跟以前大不一样，先是郑州三号，后来是早花，再后来是京欣一号，都是大兴产的。一个比一个好吃，特别是京欣一号，皮薄，切西瓜时，刀刚刚挨上皮，还没用力，西瓜就自然裂开了，露出通红的瓜瓤来。吃到嘴里，沙沙的，甜甜的，嚼着这样的西瓜，不但味觉器官得到了满足，听着那细碎的沙沙声，连听觉器官都有一种享受。夏天一到，全北京到处都有卖西瓜的，一车车，一堆堆，只是不见了当年切块儿零卖的。“风俗与化移易”，随着文明程度的提高，站在街上吃西瓜的人也少了。大家都把整个的西瓜买回家去吃。不过，我想，躲在家里吃西瓜一定还是以前那样豪情万丈。

在这里提一个建议，卖西瓜时能否还像以前那样吆喝呢？如果不会，请人教一教，并不难学。“大块儿的咧，闹块儿尝——”叫卖声一起，北京人活得就更有滋有味了。

观音寺故事

我对北京的两个观音庙有印象。一个在前门，也就是正阳门的门洞东侧，四五十年前那里有一座观音庙，现在早已经拆除，一点儿痕迹都没有了。小时，同院的街坊傅家老爷子——我管他叫傅爷爷，是那个观音庙的庙祝，也就是看庙人。虽然家里有孙男娣女，除去傅奶奶去世，他从来也没有回过家。我到庙里去过几次，因为太小，没有什么太多的印象。他的第二个孙子虎子，比我小一岁，对我说，别看庙小，前清的时候那可是皇产，解放后去进香的也净是名人，班禅，涛贝勒……他说，爷爷偏疼他哥哥，把那些年积攒的香火钱和一些东西都留给大孙子了。此话可能不虚，因为他哥哥的后代这些年在潘家园古玩城开了一家古玩店，所卖的东西该有当年老爷子传下来的。第二个观音庙在永定门大街路西。以前，我们只管它叫"大庙"，前两年重修永定门之后，我才知道它的正名叫"观音寺"。

大庙的山门和大殿不在一条直线上，对着大殿，临街是一个商店，以前叫油盐店，后来叫副食店。1958年以前，大殿和配殿的门窗紧闭，我曾经趴窗向里面看过，菩萨像色彩剥离，挂满蜘蛛网。没有和尚，也没有人管理。院里放着好几排大缸，是副食店腌咸菜用的。

后来,大殿和配殿被永定门小学征用,成了我们的教室。我在大殿里上过课,因为没有了菩萨像,觉得和其他教室没什么区别。

1965年,我去了北大荒。两年后回来探亲,有一天母亲对我说:"刘绍堂死了,他的老伴也死了。"我有些愕然,在我的印象里,刘绍堂是不会死的,他的身体那么棒,应该永远活在世上。刘绍堂是我们街道居委会主任。从我记事起,这条胡同有两个权威人物,一个是"段上"的警察老王,他是解放后留用的老警察,我们都叫他王大爷,永远是一副笑眯眯的样子。"段上"是以前对派出所的叫法。另一个就是街道主任刘绍堂。刘绍堂又高又胖,剃着光头,春夏秋冬,总是穿着中式衣裳,脸上没有笑容,很威严地俯视着这条胡同和全体住户们。孩子们都怕他,无论怎样淘气,只要他一出现,大喝一声"你们干什么哪",立刻所有孩子就像耗子见猫一样,悄无声息地顺着墙根溜了。刘绍堂住着一个独门的小院,只有老两口,没儿没女。他的老伴穿得很干净,除去操持家务,不管街面的任何闲事。与丈夫相反,她见人不笑不说话。在我的印象中,刘绍堂总是带着几个"积极分子"挨门挨户地检查卫生,看门前院里是不是扫得干净,看门窗的玻璃是不是擦得亮。夏天,暑热正毒,他顶着太阳摇着铜铃铛,大声喊:"泼街啦!泼街啦!"于是,各院就出来人,端着脸盆往胡同里泼凉水。冬天,下雪了,他总是第一个出来,拿着把大扫帚在胡同里扫雪,清出一条道来,方便过一会儿上班上学的人们……这么一个人怎么会死了呢?

父亲咬着牙根说:"刘绍堂挺高傲,这些年我跟他没说过一句话……可那几个娘儿们也太歹毒了!"

后来,我听好多人对我说起这件事——1966年"红八月",一声令下，红卫兵反了！街道的几个“积极分子”，都是中年妇女，也跟着反了。有一天，她们勾结中学的红卫兵，把刘绍堂从家里揪出，拉到大庙里，开始是批判，然后就是斗争，后来就成了酷刑毒打。刘绍堂被扒光了上衣，跪在地上，亮着黄灿灿铜头的武装带上下翻飞，直打得刘绍堂头破血流，皮开肉绽。打完了，他们还不过瘾，又从旁边的副食店弄来咸盐，一把一把地往他的伤口上搓……第二天人们发现，刘绍堂老两口双双吊死在自己家里！

以后，那几个“积极分子”掌了街道的权。我从北大荒回家探亲时，她们经常半夜敲门来“查户口”，天天见面的街坊，这时就好像不认识一样。

前几天，家里人聚会，弟弟妹妹又说起这件事。我想，一个人被毒打成这样，忍受不了苦难和屈辱，老两口被逼得死去，这是一个什么世道?！刘绍堂没儿没女，至今也没听说对他和老伴的死有什么说法，难道这事就算完了？那几个勾结红卫兵来行凶的“积极分子”后来在街道掌权十几年，现在都已经是七十多岁的人了，难道她们就应该这样毫无愧疚地终老天年？我想问：谁该对这事负责?！

我还想，如果当初我没有去北大荒，那么，在那一天的大庙里，我是旁观者，还是打人者，抑或是挨打者？观音菩萨，最早叫观世音，后来为了避唐太宗李世民的讳，才叫了观音。据《法华经》上说，遇难众生只要诵其名号，观音菩萨即时观其音声，前往拯救，使其解脱。不知道当年是否有人念观音菩萨的名号，他听到了没有？写到这里我倒忘了，大庙——观音寺的菩萨像早已经没有了。这样也好，听不见有人念诵他的名号，大慈大悲救苦救难的观音菩萨也就看不见这惨绝人寰的一幕，心里也许倒清净了！

富士山随想

日本的富士山不怎么样。

十七年前，从东京坐新干线到大阪，途中，我曾经远远地看过一次，富士山像一顶扣在地上的巨大斗笠，当时觉得还行。这回差不多是专程看富士山，带着十七年前的模糊印象，心里装着一丝企盼。

头天晚上，我们从横滨来到距富士山不远的箱根，住在一家温泉酒店。入住前导游说，请大家穿上房间里的和服，然后下楼吃饭。我穿上和服，从三楼往楼下一看，大厅里另外一个团队的人已经全副武装地集体“咪西”上了，二十来个人清一色的蓝白条“和服”——我看就是睡衣，对坐在餐桌前，看上去有点儿怪模怪样的。上下打量一下自己，跟楼下的诸位一样。什么样也别说了，一切全在楼下的饭里了。于是毅然下楼。

导游一路吹嘘的温泉泡汤也没多大意思，无论规模，还是质量，比咱们国内差了不少。我在云南腾冲泡过温泉，那才叫真的开眼呢。数不清的温泉池子顺山势而下，掩映在花木之中，热气蒸腾，氤氲一片。而日本这处温泉却全没有诗情画意，不知道当年川端康成他们是不是也这样“泡汤”的？或许，这里的温泉不是正根儿吧。

第二天一早，驱车上富士山。本来说是晴天，此时却是多云，心想，恐怕看不见山的全貌了。山路曲折，风景不错，主要是森林覆盖率高，满眼皆绿，看着舒服。十七年前来日本，日本的接待方棒球杂志社曾经委托我们在中国寻找做球棒的木材，我拿着一段日本人提供的标本请人看，知道那就是水曲柳。当年我供职的单位派我到家乡的长白山去找，我去了，却没太认真，借机回了一趟老家，此事以不了了之。现在放眼一看，山沟里长着不少高大的水曲柳——日本人保护自己的资源，却不怕把我们中国的山伐秃了！据说，日本用的方便筷子——他们叫箸，就都是从我们中国进口的。

汽车停在五合目，好像所有来富士山的汽车都停在这儿。此地海拔2300米，已经有了些凉意。上了观景台仰望富士山顶，果然有一层云遮在那里。不过，富士山并不高，只有3776米，从此处向上看，未能见之处也只是山尖了。看富士山要看雪才行，而此时山头上的积雪已经不多了，一条条灰白色的雪像是流淌的烛泪。顺山路走出一两公里，也没有什么风景可看，只是山坡的岳桦让我想起长白山。平心而论，富士山比长白山差远了，不要说这里没有仙境一般的天池，没有飞流急下的瀑布，没有陡峭绵长的大峡谷，就连满眼皆是的岳桦也不如长白山的岳桦那样倔强，那样雄姿勃勃，那样浑身透着岁月的沧桑。

不过，我在这里却看到了让我心里感动的事物。五合目那里有一座纪念碑，虽然我不懂日语，却连蒙带猜地把碑上的文字读明白了。那上面大概的意思是：富士山是日本的圣地，而从前满山的垃圾却成为日本人的羞耻。某年（我忘了，好像是昭和多少年）某月某日，有两万多人一起来到富士山，把山上的垃圾全部清理干净。希望到这里来的人以他们为榜样，爱护并保护富士山的环境。

看完碑文，再放眼看去，果然山上不见一点儿垃圾！

我到过中国的许多山，许多风景名胜。若论起景色，无论雄伟，还是秀美，富士山绝对排不上号。可是，我们的那些地方就像以前的富士山一样，到处是垃圾弃物，弄得一片狼藉。当然，我们也提倡保护环境，也提倡保护大自然；可是，情况却随着游人的增多而时好时坏，或者说越来越坏。什么时候我们也能有两万人一起到某个风景区捡一捡垃圾呀?!

号召是没有用的。关键是国民素质的提高。

“老日本”和“小日本”

从到日本的第二天开始，就是他给我们开车，听导游说他是“竹内先生”，我却一直管他叫“老日本”。

从脸上看，他起码有六十五岁以上，但导游说他今年五十八岁，跟我同龄。同车的人共十七个。每天早上，我们提着或者拉着行李一出宾馆，就看到“老日本”站在汽车行李厢旁。他面无表情，从我们手里一一接过行李，放进行李厢，码放整齐。待大家都坐好，他打着发动机，挂上档，稳稳地开起车来。他的开车技术非常好，既稳又快，坐久了，让人十分放心。从这个景点到那个景点，从东京到横滨，到箱根，到名古屋，到京都，到大阪，高速公路，山间小路，他就这么一直开着车，从来没说过一句话，没有一次急刹车。每当途中休息，等客人都下了车，他也走下车来，一个人默默地站到一棵树下，掏出香烟，点着，大口地吸起来。我总想敬他一支中国的烟，却一直没有找到机会，当我在允许抽烟的地方看到他时，他的手里永远有一支烟燃着。到了一天的目的地，他第一个下车，打开行李厢，把行李一件一件递到客人手中。

我们吃饭的时候，从来也没有见到过他。当然，他一定也在“咪西”，我常想知道他在吃些什么。

导游在第一天给我们出了一道题：为什么给旅行社开车的都是一些老年人？

我们不知道。导游说，因为日本人没有什么家庭观念，不尊敬老年人，所以老年人就出来干这种工作。

我看未必。起码“老日本”不是这样。

他把我们送到在日本的最后一站——大阪的时候，天已经黑了。“老日本”像往日一样，面无表情地把一件件行李拿出摆好。当我们进入宾馆大堂，他的汽车缓缓开动，拐了一个弯消失在树丛后面。导游说他马上要赶回东京，另一个中国旅游团在那里等他。

在日本的最后一个晚上，我们到大阪心斋桥。那里是一个热闹非凡的繁华购物区。我在一家商店看好一个旅行箱——我需要它，不大不小，样子好看，价钱不贵(起码不比国内价钱高)，四个滑轮，推拉方便，还能提上飞机，放进行李仓里。我指了指一个灰色的。年轻的售货员，一个小伙子(我在心里管他叫“小日本”)微微弯腰，立刻转向跑进电梯，两分钟后他拿着一个崭新的旅行箱过来。我把钱交给他，想提着旅行箱走。他却拦住我，把箱子的拉锁一个个拉开，又合上，进行认真的检查。没有毛病，我又想走，却又被他拦下来。他指着箱子内衬的一个地方快速地说着什么。我不懂日语，不知道这个“小日本”是怎么个意思。他做着手势示意我等一下，然后跑进电梯。两三分钟以后，“小日本”拿另一个旅行箱过来，再一次挨个试了一遍拉锁，然后指着内衬里的一个什么东西，微笑着点头。我凑近一看，原来那里有一把附带的小铜锁——我明白了，刚才的那个箱子里缺了这把锁！

我对刚才那个箱子非常满意，我并不知道那内衬里应该有一把小铜锁，他收了钱，让我把那个箱子拿走，我会非常高兴。可他却为了缺少的一把小铜锁又跑到四楼，给我拿来了不缺少附带铜锁的箱子。为此，我非常感动。

无论是“老日本”，还是“小日本”，他们表现的都很敬业，都是对工作和客人的尊重。

我们恰恰缺少这个！

红场上孤单落寞的场景

一个朋友在她的博客里展示着自己的俄罗斯之行,勾起我对2006年的一些回忆。我想,她一定会写到红场,因为那是每一个到莫斯科的中国游客都要去的地方。但是我相信,我去年在红场的经历她一定不会遇到。

从圣彼得堡到莫斯科,第一天参观了克里姆林宫,第二天上午去了红场。头一天热得要命,而去红场的时候却一下变了天。参观列宁墓要排队,刚站好队,就下起小雨,冷风一吹,我们从盛夏立刻进入了深秋。虽然穿上了夹克,打起了雨伞,但还是感到寒意袭人,身上一阵阵发抖。为了能亲眼看一看年轻时崇拜的伟人,我抱着双肩坚持了一个多小时,终于走进了肃穆的列宁墓。墓室里极其安静,虽然我小心翼翼地放轻脚步,可我还是能听到自己的脚步声。转了两个弯,终于看到了安卧在水晶棺中的列宁,与我想象的不一样,睡在里面的那个人不像我印象中的那个人,虽然面色红润,却没有一丝生气——我觉得,这不是真正的遗体——大概只有三四秒钟,我在水晶棺前绕了一周,来不及回头,便结束了几十年前的一个梦想。

我对列宁有印象是上小学三年级，那时看电影《以革命的名义》，记住了列宁和捷尔任斯基，也记住了别佳和瓦夏。每年国庆节和劳动节，天安门前的广场上都要竖起马恩列斯的画像，列宁向前翘起的小胡子格外引人瞩目。再后来就是看苏联的电影《列宁在十月》和《列宁在一九一八》，多少年以来，每当碰到不如意的事，总是用那句台词来安慰自己："面包会有的，牛奶会有的……"在北大荒时读了一篇《论左派幼稚病》，对列宁产生了无限的崇拜，认为他比马恩都棒，便花血本买了四卷本的精装《列宁选集》，还真把每一篇都读了。当然，现在又把内容都忘了。不过，他身体前倾，一手扶着讲台，一手向前伸去的形象，就像毛泽东在天安门上挥动军帽的形象一样，深深地印在我心里，虽然它们的意义已经和几十年前有了很大的不同。

从列宁墓出来，因为冷，看了看红场，觉得不像我想象的那么宏伟，便躲进了对面的古姆百货商店。商店很大，也很暖和，商品也不错，我暖着身体，反复看着大厅中展览的达·芬奇设计的机械模型。突然，我觉得外面有些异样的情况，便向列宁墓方向看去——二三十个人打着红旗和巨大的横幅出现在列宁墓前。我连忙跑出商店，这时看清楚了，红旗上印着镰刀和铁锤。我猜得一定不会错，这是重新组建的俄罗斯共产党人！

小雨还在下着，寒风还在吹着。红场突然变得辽阔起来，这些人在这里显得是那样孤单，那样落寞。没有人注意到他们，也许看到了，却习以为常，并没有引起什么，似乎只有我在关注这些人……

他们走进了列宁墓。我向另一边走去，生活依然继续，人们更多的是关注眼前的生活。

我也融入人流当中。

慕尼黑一日

2006 年 3 月 22 日，我在德国慕尼黑。

一早，我们去了奥林匹克运动中心。大雾垂天，四周笼罩在一片朦胧之中。雪还没有化净，湖上有的地方还结着冰，已经开化的水面上游荡着成群的野鸭。不时有跑步的人从身边经过，有节奏的脚步声打破大雾中的沉寂。不远处传来两声高亢的鸣叫，走过去一看，两只硕大的天鹅在冰面上旁若无人地行走，笨拙而安详。参观体育馆时见到一群刚刚下了训练课的孩子，他们兴高采烈，十分轻松，虽然对我这样的外国人感到新奇，却丝毫不见拘谨，立刻欢呼着把我围起，打着“V”字手势和我照了一张相。我像他们那么大时也见过外国人，可永远也不敢靠到近前，总是远远地同时也冷冷地打量着那些“非我族类”的人。

中午参观教堂和市容。傍晚时坐车去吃饭，忽然发现一些警察把道路封锁了，只好绕道而行，于是就在另一条路上看到了游行队伍。我有好多年没有见过示威游行的人们了，想仔细看两眼，汽车却从游行队伍旁边开了过去。正有些遗憾，不料汽车却从一个路口拐了回来，追上了游行队伍，并在他们的前面停了下来。原来，我们吃饭的餐馆在路的这边！

下了汽车，正好游行示威者从面前通过。显然，这是德国的蓝领阶层，他们几乎每个人身上都套着一件鲜亮的“号坎”，打着各色旗子，举着写着字的横幅，表情轻松地从马路一侧走过。如果不是成群结队，不是举着旗子和横幅，他们和别的行人没有什么不同。见有外国人在关注，他们有的人停下来，向我展示横幅标语。更有热情者跑到人行道上把我拉到他们的队伍旁，做着欢快的动作，满面堆笑地与我合影，身后的游行示威者爆发出一片友好的笑声。

翻译告诉我，他们游行示威的目的是要求增加工资。刚才警察封锁的那条路是政府所在地，要事先腾出来给他们集会时使用。

我想，也许那些示威者达不到增加工资的目的，但是，他们心中的“火气”却可以平息不少。无论一个多么“好”的社会，总有人会感到不满和不如意，他们总要想方设法地把心中的愤懑发泄出来。社会应该给人们提供一个宣泄的通道，这样，社会才会安全。

鸟和我们的希望

当我在巴黎圣母院前的广场上看到这一景象时,心里充满了感动:那个穿着深棕色大衣,围着紫色围巾的法国老太太优雅地伸出胳膊,马上有几只麻雀轻轻地飞落到她的手臂上,争先恐后地啄食她手上的食物。老太太此时就像一尊塑像,一动不动,以慈爱的目光注视着面前的麻雀。

1958 年,闹“大跃进”,我上小学三年级。有一天,听说要全民消灭麻雀,我们这些孩子一直兴奋着,做着各种准备。终于到了那一天！全北京的人都行动起来,到处敲锣打鼓,没有锣鼓的就敲打洗脸盆或者其他能发出响声的东西,到处彩旗招展,没有旗帜的,就挥动床单、毛巾、衣裳。每一个房顶都站着人,每一个人都发出呐喊。麻雀——当然不只是麻雀——所有的鸟都在天空中惊恐地飞来飞去,没有落脚的地方。我也参加了这一行动,一会儿爬上这个房顶,一会儿爬上那个房顶,扯开了嗓子呐喊。眼见着一只只鸟从空中坠落,人们发出欢快的笑声。一连三天,北京就这么闹腾着,不知道有多少鸟死于非命——就这么生生地累死了！

那时候讲“除四害，讲卫生”，四害者，苍蝇、蚊子、老鼠、麻雀是也。把麻雀归于四害，至今不知道是哪位专家或者领导的主意。后来虽然给麻雀平反，但这些鸟从此在中国的地界里怕了人，见了人，老远就飞走，逃之夭夭。

在维也纳的美泉宫，几只呱呱叫着的乌鸦从维也纳森林里飞来，旁若无人地落在我的面前，悠闲地用嘴梳理着身上的羽毛。我拿出相机，轻轻地靠近它们，生怕把它们惊飞。可是，我低估了这里的乌鸦，它们并不怕我，任我靠近，任我把相机对准它们。后来，当我在电脑上看这些乌鸦的时候，才发现它们跟中国的同类有区别，更像中国的灰喜鹊。

还是我小时候。我们这些孩子天天到天坛里去，人手一个弹弓，见鸟就打，特别是乌鸦和喜鹊，因为它们身形大，目标大，好打。多亏我的武艺不精，一只鸟也没有打下过。可是我见过打死的鸟就多了去了，其中有不少是乌鸦和喜鹊。大人比孩子更恶毒，他们在树之间挂起用丝线织成的粘网，然后从远处把鸟往布网处轰，一个早晨下来，总有许多鸟成为他们的战利品，或卖或吃。

在威尼斯的广场上，无数鸽子和无数游人欢聚在一起，成为那里的一道和谐风景。我学着别人，也试着伸开了双臂，还真有鸽子飞到我的臂膀上。霎时间，我心里涌上一股暖流，原来，这些鸽子并不觉得我是那个曾经残害过它们的那个民族的人，它们对这里的人充满了信任。

在靠近意大利的一个奥地利边境滨湖小镇，我曾在那里作短暂的停留。早春三月，积雪还没有完全融化。湖边，老人靠在长椅上沉思，小女孩正准备从滑梯上滑下，一只黄色的大狗懒洋洋地在树下闭目养神，碧绿的湖水倒映着蓝天白云，几只白天鹅和一群野鸭在湖边嬉戏觅食。本来嘈杂的旅行团看到眼前的景象一下安静下来，把自己融入了周围的环境，内心充满了宁静和谐。

在东京日比谷公园，我们在小雨中的树下休息，一群鸽子和麻雀飞了过来，在人们的面前转来转去，咕咕叫着讨食。我的同事在地上撒了一些面包渣，鸽子和麻雀一起啄食，还引来了两只鸭子。它们不怕人，把人当成可以信赖的朋友。

又是我小的时候。永定门还没有拆，城门楼上栖息着许多鸽子。每到晚上，常常有比我大的孩子打着手电筒，爬上城门楼，到里面去掏鸽子。据说，那些鸽子叫“楼鸽”。

我想说的是，什么时候鸟和其他动物不再怕我们，不再见到我们就跑了，那时我们这个国家就有希望了！

想念熊三爷

熊三爷不姓熊，他是藏族人，名字叫斯诺多杰。熊灿坤是他的汉名。很多迪庆藏族人都有汉名，是老师给取的，老师姓什么，他们就姓什么。熊三爷是不是也这样，我没问过。至于他为什么是“三爷”，我问过，他却憨憨地一笑，说：“这里山高林密，像威虎山嘛。”反正，我像大家一样，叫他三爷或者熊三爷。

第一次见到熊三爷是在州长齐扎拉的办公室。他来谈事情，说的是藏语，有时夹杂一些汉话，好像是关于花啊什么的。以后在一起吃过饭，也聊过天儿，知道他原来是中甸(后更名为香格里拉)县的农业局局长，1995 年创办了格桑花卉公司，在迪庆高原上种郁金香。别的就不知道了。

2004 年，我和三个上山下乡时的朋友一起去云南。从丽江要去香格里拉时，迪庆的领导来电话说给派了车，但因为四川甘孜州有代表团来参观，州里的车都用上了，只好借用县政协副主席的车来接我们。有车方便，谁的车无所谓。上午正等车时，接到一个电话，对方十分热情，我却没听太明白。后来，总算听清一些意思，知道他是来接我们的，已经到了丽江，问我住在哪里。我总是听不清他是谁，只好告诉他我现在什么宾馆，等他到时再说吧。过了二十分钟，一辆三菱越野车停在宾馆门口，从车上下来的人竟然是熊三爷！我上前紧握着他的手，问："你怎么来啦？"他说："陶书记说借我的车接一下人，驾驶员给我看纸上写的客人名字，是你！老朋友来了，怎么能让驾驶员接呢？我就一早开车从上面赶来了！"从香格里拉到丽江，山高路险，速度快也要三个小时才行。熊三爷如此热情，如此对待朋友，真让我不知道说什么好。

三爷开车上了路，我坐在他旁边和他聊天儿。他说的话题多与高原花卉有关，特别是郁金香和杜鹃。他说，当年欧洲人从云南引走许多花卉品种，可以说，如果没有云南的花卉，就没有欧洲的现代园艺。熊三爷把车停在金沙江边的一家饭馆前，说这里的辣椒很特别，吃起来非常香，要让远方来的客人尝一尝。辣椒端上来，一吃，果然不同凡响！

过了金沙江，进入迪庆高原。新路还没有竣工，我们走的还是"十二栏杆"那条老路。路况虽然不好，但沿途风景绝佳。汽车在险峻的路上盘旋而上，像颠簸在波涛中一叶小舟，三位初到迪庆的朋友在惊心动魄中欣赏着世界最壮美的景观。

后来，我跟熊三爷有过多次接触，也曾经两次到他的花卉基地参观。他的基地之美是不可言说的，蓝天，白云，黑土，雪山，在它们的衬托下，郁金香花园简直就是一个童话！

熊三爷待人诚恳，热情，豪爽质朴得让人目瞪口呆。那次我们从盐井回到香格里拉，他请我们到他家去吃饭，说要亲手烙饼给我们吃。饼，烙了好几种，吃过嘴里香喷喷的；而让人瞠目结舌是他炖的鸡，里面竟然放了二百根虫草！

行吟山野

——读汤世杰新著《在高黎贡在》

为了写一部关于高黎贡山的书,在两年多的时间里汤世杰奔走于山野之间。书写出来后,他一时为没有合适的书名而煞费心思。是啊,一架在中国西南部绵延四百多公里的,孕育保护了无数生命的,充满灵性的,融合着自然和人类雄伟悲壮而浪漫多彩历史的……山脉,怎么能用几个字来概括呢?想来想去,书名一直不能确定。有一天,他的女儿说,不如就叫《在高黎贡在》!汤世杰欣然接受。第一个“在”是介词,谁都会用;第二个“在”有些奇妙,它在云南话里表达了多种意思,比如居住,停留,玩耍,而且背后都有舒适安逸的含义。我就听云南朋友说过:那个地方好“在”。

这些年以来,汤世杰行走过丽江坝子、迪庆高原、楚雄山林和云南众多的山山水水,写出了关于那些地方的“田野考察散文”。田野考察散文是我给他这些作品下的一个定义。在云南,我见过几个做田野考察的社会学者,也读过他们的一些著作。这是些令我佩服的人,他们长年累月地行走于云南的高山大川之间,在村寨地头向各民族的男女老少调查，然后用实例和数字理性地写出关于这一民族，这一地区，或者这一个村寨的历史、现实、发展、希望、危机……这些田野考察报告无疑是极其宝贵的。但是，由于这些社会学者的严谨和理性，他们的著作也使我在阅读时感到些许枯燥。汤世杰的田野考察散文却不同。虽然他们有着类同的考察方式，但由于汤世杰是作家，他写出的是文学作品，在这些作品中理所当然地呈现出了更多的个人感情色彩。通过行走、观察、谈话、思索和发酵，大自然和人们的历史与现实在他的心中活动起来，于是，一个个故事诞生了，一个个形象生动了，一个个思想成熟了，《殉情之都》《灵息吹拂》《古摇篮》《烟霞边地》《冥想云南》……他把一部又一部田野考察散文奉献给读者。

高黎贡山如同喜马拉雅山一样，在许多人的心里遥远而神秘，同时也吸引着人们向它走去。汤世杰也被吸引。后来他写道："2002年正月初九的那个夜晚，我是在高黎贡山原始森林里，与世界杜鹃花王——大树杜鹃一起度过的。两年的高黎贡山之行，堪称良宵的最后一个夜晚过去，清晨从原始森林的酣睡与寂静中醒来……烟岚涌动，水声铿锵，高黎贡大城'闹市'中新的一天就此开始。那个奇异的'城市'，名字就叫高黎贡，就叫自然。人类太粗俗太自以为是了，要学会享用这样的奢华，还得努力再努力，才能成为'高黎贡大城'的合格居民，与大地、山峰、河流、树木、灌丛、花朵、野兽、昆虫，还有我看不见的大地之神（我确信她就在我的身边）和谐相处……"《在高黎贡在》以这样的诗一般的语言开篇，然后以同样的诗意贯穿全书。仅以这样精致的文字而论，汤世杰写作一部二十多万字的作品，肯定是大费心血！我到过高黎贡山，他去过的地方我也去过一些，他见到的人我也见过几个；但是，我只是走马观花，蜻蜓点水，同时受我的审美能力和认知世界水平的限制，在读这本书的时候，我仍然感到新鲜，受到震撼。这部作品唤起了我的记忆——当站在百花岭，背靠高黎贡山无边无际莽莽苍苍的原始森林，眺望怒江对岸饱受摧残的怒山山脉时，我也曾感谢上苍给了我们高黎贡山这样一个生命的最后避难所；当徘徊在国殇墓园，向为抗战而牺牲的英烈们顶礼时，我也曾热泪长流，为我们的英雄感到骄傲……然而，随着时间的推移，我的感受渐渐淡去。感谢汤世杰又唤起了我的记忆！

我和汤世杰相识二十年，并有过两次愉快的合作，一直视他为兄长。他是湖北宜昌人，大学毕业到云南至今整整四十年。听他说起彩云之南，那简直就是说起家乡，说起他在世界上最爱的地方。从《在高黎贡在》中，我看到了熟悉的汤世杰，高挑的身材，坚毅的性格，文雅的谈吐，果敢的行动；同时我也看到了另一个不熟悉的汤世杰，面对大自然和一切生灵，面对哀牢古国和汉永昌郡的历史文化遗存，面对永不消散的滇西抗战烽火，面对生活在高黎贡山的各族人民，他是那样满怀柔情，那样缠绵悱恻，那样忧伤慈悲。他行吟于山野，把自己锻造成了诗人。

世杰兄已经年过花甲，但我仍可以期待他新的田野考察散文问世。

慈悲母狼源何处

2005年3月，我在云南迪庆藏族自治州。上午，我们从神秘的香格里拉出发，驱车前往更加神秘的梅里雪山。越野车在横断山中盘旋，无尽的大山像波涛一样奔腾而来，又奔腾而去。两个小时以后，汽车停在金沙江边的奔子栏，我们要在这里吃午饭。奔子栏是个小镇，只有一条沿江的小街，是到梅里雪山的必经之地。小镇虽小，当年却名播四方，是由茶马互市形成的茶马古道上的名镇，云南四川来往于西藏的大批马帮都要由这里渡江，在这里休整住宿。如今马帮已经消失了，但来往于这条路上的车辆行人还在这里打尖吃饭。

高原上的阳光正烈，我坐在小饭馆的矮桌旁喝茶，看着几个年轻的喇嘛打台球。同行的一位朋友匆匆走来，说在旁边的小店里有一尊藏传佛像，让我去看看。起身来到小店，进去一看柜台和橱窗里摆着一些自制的铜碗银碗，小老板坐在柜台后面埋头忙着手里的活计，对客人毫不理会。朋友拿起佛像进了柜台，和小老板谈论起来，我却一下被橱窗最高一层的一个物件吸引。

这是一尊青铜造像。在一个长方形的铜台基上，一头青铜铸的母狼昂首向上，双耳警惕地竖立，两只炯炯有神的眼睛注视着天空，身体瘦骨嶙峋，几根肋条清晰可见，肌肉却坚实有力，四只爪子坚定地抓着地面。我伸手从橱窗里取下铜造像，这才发现在母狼的身下有两个仰面朝天的裸体小孩儿，正在吸吮母狼的巨大乳房！铜造像手感圆润，凡有棱角处都已经不再扎手，这儿一片，那儿一片布满坚实的绿锈。我拿着它，心不禁一阵狂跳，想：这里天高地远，山雄水狂，人们不免充满了自然崇拜，神山，神树，神湖，神瀑，所到之处，比比皆是，也许这铜造像是某个少数民族所崇拜的图腾！

香格里拉的人，自古就有与自然界保持和谐的理念和传统。当地的学者王晓松曾给我们讲过一个热巴舞所表现的故事——混沌初开时，人和其他动物在一起生活，彼此没有区别。传说山中有一股泉水，喝了以后就会变聪明。大家都不清楚那泉水在哪里，只有兔子知道。当然，没有谁想喝那泉水，因为大家平等相处，都觉得美好幸福。然而，后来“人”却有了想法，便去找兔子问泉水何在。兔子把秘密对“人”说了，“人”便找到泉水喝下去，一下变得比别的动物聪明起来。他开始制造箭弩，射杀其他动物，引起动物界的一场大混乱。愤怒的动物们抓住“人”，把他身上的毛撕扯下来。老熊心地慈悲，觉得“人”太可怜，便把他的头夹在腋下保护起来。后来，动物们奔走相告：以后见到身上没有毛，只有头上有毛的那个叫“人”的动物，一定要远远地躲避！

也许这母狼哺养小孩儿铜造像，正是表现了人对动物的感恩和忏悔？

与小老板讨价还价之后，我买下了铜造像。

那天，因为白马雪山大雪封路，我们没有到达梅里雪山，又从原路返回了。晚上,我拿着铜造像求教藏学院的王晓松先生。他仔细看了看,说,藏族和这个地区的少数民族没有这种图腾。

我的猜想落空了。

回到北京,报社的一个年轻同事看到铜造像的照片,说这好像是罗马的城徽。他在电脑网络上搜寻,果然找到了依据——罗马城的象征是一只母狼哺乳两个婴儿的青铜像。据《罗马史诗》记载,罗马城第一任国王就是被母狼哺育的两个婴儿中的一个。从此,罗马人将狼视为恩兽,以母狼育婴雕像作为罗马的城徽。

问题似乎解决了。可是,这罗马城徽怎么会出现在横断山的深处呢?我现在的猜想是:一、早年,外国传教士曾经在这里传教并建立了教堂,他们当中有意大利人,也有法国人;那些传教士把铜造像带到中国的大西南来,或者体现了一种思乡之情,或者标志他们和罗马(梵蒂冈)的神圣关系。二、茶马古道通往印度,是某一个马帮的马锅头或者马脚子把铜造像作为艺术品,从印度跋山涉水带了回来。

我喜欢这尊青铜造像,更喜欢它所表现的主题。

艾轩印象

那天黄昏，北京大热，夕阳竟像中午的烈日一样喷着火。我并不认识艾轩，但那个在落日中走来的穿红色 T 恤衫的人，却让我一下就认定是他。

朋友果然说："这是艾轩。"

艾轩咧嘴笑着，那模样与其说是厚道开朗，还不如说是有点儿"傻"。他本人竟和我想象中的如此吻合！

此前，我看过一些艾轩的油画作品，那里面充满孤独、阴郁、苍茫和忧伤。以个人经验，我以为一个深刻的艺术家，他的作品总是和他本人性格形成反差，让你捉摸不定哪个真的是"他"。看到艾轩，和他聊天，听他大笑，你会想：这就是那个画西藏的艾轩吗？

西藏是艾轩灵魂的寄存地。在他找到那里以前，他的灵魂像他的人一样，没有故乡，四处漂泊。但是，一旦找到西藏，认识西藏，他的心被西藏强烈地震撼之后，他的灵魂便被西藏俘获。两者融合的结果，就是他那些以西藏为题材的作品。我两次到过藏区，在雪山、草甸、寒风、蓝天和白云面前，我更多感受到的不是壮丽和辽阔，而是作为人的孤独和渺小。当置身在那片神秘高原上的时候，你会觉得自己不但远离了尘世的喧嚣,也远离了人群,甚至远离了地球。在那里你会不自觉地常常想到这样一些问题:我从哪里来?又到哪里去?在这个广大的宇宙里,哪儿才是我的真正栖息地?生命真实的意义究竟是什么?读艾轩的油画作品——《有风从双肩掠过》《也许天还是那样蓝》《说不清明天的风》《她走了,没说什么》《蒲公英在荒野飘散》《吹进梦里的风》《歌声离我远去》《只有风在荒原低语》……这种感觉,这些想法,一次又一次地回到我的心中。据我看,艾轩不但是个画家,还像他的父亲艾青一样,是个诗人。不信,你试着读读以上的题目,那不是一首很好的诗吗?

作品的苍凉并不一定反映内心的苍凉,内心的苍凉也并不一定造成性格的苍凉。艾轩的人和艾轩的作品都是矛盾的。和他聊天,听他谈话,我没有感觉到一丝一毫的压抑,只觉得他热情奔放,酣畅淋漓,妙趣横生。他嘻嘻哈哈,大大咧咧,却不断地强调画画儿要有“功夫”,有“毅力”,要“耐得住性子,一点儿一点儿去磨”。他对自己的作品很自信,认为中国人好的油画在世界是“中上等”,甚至是“上品”,却对大师们佩服得五体投地,连比画带说:“刷刷刷,就那么几笔,你不佩服不行,这才叫大师!这才是上上品!”他鄙视艺术创作中的商业意识,却又告诉我在美国访问时,为了生计,他和王沂东用“查余范厚”的笔名画了一幅画,送到一家画廊——过了好一会儿他才说:“后来,我们又自己去把它拿回来了。”这时,他显得十分不好意思,臊麻搭的,好像做错了什么事。

艾轩对我说:“真是越活越觉得有意思,可以画画儿啊。我也有恐惧,最大的恐惧是怕自己哪天不会画了。”我暗自笑了,你活得挺带劲的,尽管画去吧;等什么时候你真的不会画了……那时再说吧。你不是也挺喜欢钓鱼吗?钓鱼也很好啊。

王沂东印象

王沂东好像是艾轩的对立面，沉静、内向，甚至有点儿木讷。他的画却充满了热烈的暖色调，以纯净的立意呈现给人们一种强烈的美好。我对他说，你只想要单纯，不想要复杂，这是你看待世界，对待生活的态度吗？

他似乎一时不知该怎么回答我。

最早看王沂东的画是二十多年前，那幅画叫《沂蒙新春》，画的是沂蒙山老区过年贴对联，表现的是军民鱼水情。多少年过去了，王沂东仍然把自己的根深深地扎在沂蒙山，画他的家乡，画他的乡亲，只是他所表现的不再仅仅是画面上的那一点点故事，而是在画那些人物，特别是那些可爱女子的内心，以及她们背后的故事。这些画乍一看让人觉得每一个人物都那么秀美，那么沉静，但细细地品读，你会发现王沂东画笔下的女人和男人，每一个都有不同的内心世界，或者叫精神风采。《约会》使人想起"人约黄昏后"的诗句，那姑娘在焦急的期待中有着几许慌乱。《秋风掠过山梁》透露的是忧伤和无奈，让人感觉那女子一定是一个小媳妇，她在生活中察觉了岁月的悄然流逝。《暖冬》和《融雪》似乎是同一个色调，但是，透过对人物的不同"描写"，人们看到了年轻人对冬天（或者说时间）的无所畏惧和满不在乎，还有老年人对春天（也可以说美好）的向往与珍惜。我知道王沂东所画的小女孩儿都是他的女儿，但是，在这同一个"女儿"中，我们看到了不同的女孩儿，有的天真，有的惊奇，有的文静，有的慌乱。即便是他以热烈红色为主的"新娘、婚礼"系列中，我们也看到了一个个不同的新娘和其他各色人等。同是在新婚的洞房里，有的新娘对人生的重大转折充满期望，有的却怀有几分恐惧，有的虽然和喝得烂醉的新郎手拉着手，却是一脸的无奈，有的独守着寂寞的新房，对着卜算命运的扑克牌愣愣发呆……虽然如此，我们却在这些油画作品中了解了画家，王沂东其实是一个心里充满了火一样激情的人。当然，当他进行创作的时候，他有意地使自己和"人物"保持了一定的距离，以便在心里保持最有利于创作状态的"温爱"，而不是"热爱"。也正是缘于此，王沂东保持了画风的质朴，锻造了高超的技法，在作品中体现了他对家乡和乡亲的深深的情意。

无论是面对王沂东，还是看他的油画作品，我都感觉到画家的镇定。他是一个有故乡的人，是一个把根常常扎在中国大地上的优秀画家。"顿觉眼前生意满，须知世上苦人多。"我猜想，王沂东的心里一定有更能令自己感动的题材和人物，你只需看他 1985 年创作的《刘二叔》就知道了。或许，他要等到自己心里更有底气的时候再动笔画吧。那时，一个更加深刻，充满了内心苦难意味的王沂东将无愧于油画大师的称号。

铜　壶

秦汉雄风，大唐威仪，对陕西向往久矣，今年终于到了那里。会议以后，别人都去了延安，我却一个人到乾陵去了。我去乾陵，只是听说那里是陕西唯一没有遭破坏被偷盗过的古代陵墓。

汽车在梁山脚下刚一停稳，一场暴雨就突然来临。闪电掠过天空，霹雳砸着山梁，雨幕把乾陵遮得模模糊糊。站在豪雨之中，一把随身带的小伞根本不起作用，身上被打湿了一片，我躲进了一溜儿货摊的遮阳伞下。立刻就有人问我要不要买点儿什么，我看了看摊上的东西，与国内其他景区的货摊没有区别，全是些新造的粗陋假古董，就连忙摇头。摊主是个女的，锲而不舍，热情反增，一再相问。我只好随口问了一句："有没有老的东西？"

"有哩。"她弯腰从货摊底下拿出一个用旧报纸包着的东西，"你看看这个。"

我接过那东西，手感挺沉，剥去包裹的报纸，是一件铜制品。可这到底是个什么玩意儿呢？圆咕咙咚，还歪歪地伸出一个把儿。"这是个啥？"我问。

“壶。倒流壶。”她说,“这是个老东西,老百姓家里传下来的。”

倒流壶倒是听说过,耀州青瓷就有倒流壶,可我怎么看手里的东西也不像一个壶。壶是这个样子吗?

摊主向我解释:“你看,这个歪把把儿是个壶嘴儿哩。”她把那东西倒过来,比画着又说,“壶底的这个眼眼是灌水用的,水灌满了,就从壶嘴嘴里流出来。”

我拿着那个倒流壶仔细看,终于看明白,它像葫芦的变种——匏,歪歪的壶嘴就是葫芦蔓儿。壶面上的錾花纹饰非常细致,能看出做它的匠人当年是花了很大功夫的。布满壶身的“画片”,内容让人有点儿琢磨不透,大锛儿头的南极仙翁——寿星老儿拄杖而立,他的身边三个年轻女子打得难解难分,两个手持双剑,一个手持单剑,不知道谁跟谁是一伙的,在左边的一座城楼上,几个人正在观战。一般来说,“画片”上有人物应该是一个故事。可我看不懂这是个什么故事。要不是那三个年轻姑娘,我还以为是“空城计”或者“盗仙草”呢。可“空城计”里没有女人,“盗仙草”应该是两个女的打一个和尚。这画片表现的是什么内容,好像谁也说不清。开始我对于纹饰只是觉得不错,后来一个同事看后说“有点儿像西北少数民族或者阿拉伯民族的”,仔细一琢磨,果然像。西安是丝绸之路的起点,历史上的陕西胡汉杂居,汉族的“画片”和西域的纹饰一体,似乎正是这一带文化传统的生动体现。

倒流壶沉甸甸的,差不多用了二斤黄铜。壶体上留着清晰可见的錾刻的人工痕迹。我无法断定它的年代,只能说它决非秦汉唐宋之物,因为它并不显得很“古”。但也不会是现在新做的,现在有谁会用二斤黄铜,花不少人工,然后只卖给我一百块钱呢?它诞生的时候只能是过去，虽然相对于秦汉大唐来说，那并不算得古老。

是东西都要有个称呼，离开乾陵时，我给它起了个名字：黄铜錾花倒流匏壶。汽车在黄土地上疾驶，我想象着，一个骑着骆驼的古代商人从腰间摘下这个壶，仰头痛饮——不是水，而是中国的烈酒。劝君更进一杯酒，西出阳关无故人。

王跃文与“官场小说”

王跃文是个不折不扣的湖南人。他刚到北京,去宾馆餐厅吃饭的时候,问的第一句话就是:“这里有湘菜吗?”那里没有湘菜,只有粤菜,他吃起来兴致不高。据他的夫人说,王跃文在家里最喜欢做的事是做饭。那一定是非常地道的湘菜,又香又辣,色彩鲜艳。

我们约好在宾馆的大堂里见面。我去的时候,大堂里空空荡荡,只有靠角落的沙发上坐着几个人。我走过去,在沙发上坐了下来。右首是一男一女,互相不说话,也没有眼神的交流,看来不是一势的;左首一对年轻的夫妇,带着一个小男孩儿,有说有笑,话音里带湖南味儿。我断定这男的是王跃文,可是我不打算跟他搭话,因为我与生人第一次见面总是怀有一种莫名的恐惧。说来好笑,在过后我们的谈话中,王跃文说到官场上有这样一种现象,两个人参加同一个活动,坐在一起,或许还有一点儿认识,但谁也不先开口打招呼,总要另外有人从中做介绍,他们才能说话。他说这是一种官场的“定力”。我虽然并非有定力,而只是有恐惧,但我坚持着没打招呼。终于,等来了可以从中为我们做介绍的人。

王跃文的小说被人称为“官场小说”。他自己似乎也认可了这一说法。近些年我很少读小说，却几乎读了王跃文的所有作品。当有人说他的小说是“官场小说”时，我曾经不以为然，认为小说就是小说，不能以写作题材来界定小说的类别。比如写工厂生活，不能因此而说是“工业小说”，写农村生活，不能因此而说是“农业小说”，写银行家生活，也不能因此说是“金融小说”……但与王跃文谈话以后，我觉得这些界定也无所谓，小说就是在写人和生活，人和生活总是分布在社会的各个角落和层面，官员也是人，官场也是社会生活，叫“官场小说”就叫“官场小说”吧。

王跃文正是把官员当作人，把“官场”当作生活来写的。用他自己的话来说，就是“用自己习惯的语言，写自己熟悉的生活，说自己想说的话”。

王跃文熟悉“官场”生活。

王跃文的家乡在湘西的溆浦县，那是一个山高水险的地方。屈原写《九歌·涉江》时曾经到过那里。遭群小嫉恨，被楚王放逐，诗人徘徊吟唱在雪峰山下，沅江之滨，这个画面一定深深地印在从小喜欢文学的王跃文的脑海里。他说，我一向有一种社会责任感。父亲土改时参加工作，聪明，直率，倔强，是个有文化的人，1957 年，给领导提意见，说了类似“只许州官放火，不许百姓点灯”的话，被打成“右派”，开除党籍，开除公职，遣送回农村，受尽磨难。母亲一直让王跃文吸取父亲的教训，要紧闭口，慢开言。他谨遵母训，大学毕业参加工作以后，因为少年老成，又有工作能力，很得领导赏识，三年后被提拔成副科级干部，再一年，升任县政府经济研究室主任。正值仕途坦荡，官运亨通之际，王跃文却写起了小说。他天生就是一个搞文学的人，在别人看来，官场得意是一件非常愉悦的事，但他却觉得空虚，周围生活中的各种熟悉的人物和事在心里闹腾，让他寝食不安。这是一种痛苦的折磨。这种创作的冲动是无法控制的，像高山上的流水，总要夺路而出。于是，小说成了他的生存方式。作家写什么，与作家的性格和观察生活的视角有密切关系。王跃文是一个敢于直面人生，并对“官场”生活有敏锐观察力的人，他对我说，官员作为社会的一分子，与其他人相比，有其特殊性，也有其共同性。比如一个领导干部，在他的权力范围里，往往旁若无人，别人跟他热情地打招呼，他也只是面无表情地慢声相应。但是，一旦这位领导干部退了下来，情况就会发生很大变化。王跃文就碰到过这样的事。一天，他在机关大院里见到一位退下来的领导，他习惯地叫了一声，并上前与老领导握手；老领导一反以前的风格，表现得非常热情，用两只手紧紧地同他相握，显得有些激动。王跃文说，也许有人觉得可笑，但我不这样认为。你得理解他呀，社会存在决定他的思想和做法，他曾经是一个领导，现在退下来了，更需要人们的尊重。这种理解，我们在他的中篇小说《秋风庭院》中可以看到。

在王跃文的“官场小说”里，我们很少看到作家的道德评判，却总是可以看出他对于作为人的官员的人性刻画。他说，人性当中有许多美好的东西，也有不少丑陋的东西。从主观把握上，我不去做道德评判，但实际上不可能一点都不做，那是我自己道德规则的自然流露。作为一个有良知的作家，一个知识分子，我关注的是人性中丑陋的东西，那些人性的弱点一旦与权力体制中的弊端结合，可能就是光明的东西想发挥而发挥不了，黑暗的东西却发挥得淋漓尽致。在社会生活中，合乎自己“人性”的东西，不一定也是合乎别人的。所以，人性中的不少东西在没有限制的情况下，满足了自己，却伤害了别人。

我对他说，你的小说与本世纪初的谴责小说有本质上的不同，你没有停留在谴责的层面，而是对“官场”的弊端进行批判。那么，你是单纯地批判，还是提出警示，并想推动社会进步？

王跃文想也没想就说，我对我们的社会，包括权力机构还是满怀希望的，所以我才去写“官场小说”。但是，作为知识分子，不但要有“知”，更重要的是要有“识”。可是作家又不能也不应该把自己的思考直白地写出来，我要把它们写成小说，把规定环境下的活动的人物真实客观地刻画出来，由读者自己去评判。我想，看了我的小说以后，许多读者可能不会想到这些官员本身的好坏，而是会想我们的生存空间还存在哪些问题。打个比方，澳洲的苍蝇能吃，别的地方的苍蝇就不能吃；这不是苍蝇的问题，而是环境不同，清洁度不一样。就说腐败吧，不只是官员，民众当中就没有吗？食堂大师傅打菜时手中勺子抖动的程度，都决定于同对方熟不熟。我认为，这不是一个世界观问题，而是一个生存环境问题。我看到了包括官员在内的人性中的缺点，我有一种批判的态度在作品里面，但是对于如何改变这种状况，我确实开不出药方。恩格斯说过一句话，大概的意思是，一个作者没明确表达他的观点，他也完成了他的使命了。我写出了小说，有许多读者看，我的使命也就完成了。

王跃文以长篇小说《国画》驰名。

虽然我认为王跃文的几部中篇小说比他的长篇小说《国画》更好，但是，我更关心《国画》的写作和他写了《国画》之后的情况。

王跃文告诉我说：“《国画》的创作过程中没有什么故事，我只不过还是在写自己熟悉的生活，说自己想说的话而已。但书出版以后却有一些故事。北京植物细胞研究所的一个年轻的科研人员给我来信，说：'我们搞这个科研非常辛苦，天天泡在图书馆和实验室里，看了你的小说以后，觉得描写的现实同我想象的完全不一样，请问王先生，我们的研究还有必要进行下去吗？'我看了信之后觉得，这是一位很真诚很善良的学子。但问题似乎有些严重，便马上给他写了封回信，告诉他要对我们的社会有起码的认知，要有承受力，我们要共同对国家和社会负起责任来。后来他写来信对我表示感谢，并决心认真搞好科研工作。"

王跃文非常感谢他的父亲母亲。

前面说到因为父亲在1957年被打成"右派"，王跃文遵循母训，紧闭口，慢开言，是一个少年老成的人。可谁想到他竟写出了《国画》！好你个王跃文，你怎么能写这样的"官场小说"呢？！一时间流言四起。王跃文对自己究竟做了什么心里是有数的，无非是写了一些作为人的官员，不过是一部以"官场"为题材的小说罢了。揭露"官场"腐败，推动社会变革，是每一个公民的责任和义务。虽然，他清楚地知道，以言论定罪的时代已经过去，但是，父亲母亲在听到各种议论后会怎么想呢？他忘不了自己小时候，父亲以戴罪之身所受的压抑，忘不了全家人因为父亲的问题而经受的种种磨难。1979年，父亲知道自己将要"改正"时，是多么的喜悦多么的兴奋啊！那时，王跃文正在吉首读高中，一天，一个同学告诉他，听北京的亲属讲，中央要给错划的"右派"改正了，便给父亲写了一封信，托一个回溆浦的同学带回去。他小小的年纪就已经知道"言论"的厉害，一个劲儿吓唬那个同学："不许拆开看，私拆别人的信是犯法的！"后来放假，王跃文回家乡，看见父亲站在离家门老远的地方，朝着他慈祥地微笑。走到父亲身边，一贯严厉的父亲竟轻轻地拍了拍他的头。王跃文知道，父亲那是在心里说，我的儿子长大了，懂事了。父亲事先得到了儿子通报的消息，好多天一直闷在家里写申诉材料，然后把材料递了上去。许久没有音讯，几十年都非常沉得住气的母亲却沉不住气了，找办事的人去催问。人家说："你们不要着急，我们要一碗水端平。"他指着房里的蚊帐，"你看蚊帐有四个角，要都挂上去才行嘛。"母亲也指着蚊帐说："是这样，但也有一个先挂哪个角的问题呀！"现在，因为《国画》而引起的流言，父母会是什么态度呢？

历来让儿子要谨慎做人的父母说，你没有说假话，怕什么！看来，社会的开明与进步，让老一代人真正得到了第二次解放。

实际情况也是这样，王跃文并没有因为《国画》而感受到多少压力；如果说有压力，那也只是一种客观存在，这并不对已经不想当"官"的王跃文构成威胁。王跃文需要的是一种成就感。他说："成就感就是自己喜欢；我写的小说有人爱看，这说明我有了一点成就，当作家本身并没有多么风光。"

最后，他对我说："说实在的，做官也不容易。"

我看怒江

那是几年前的一个元旦，我来到云南怒江边的潞江坝。

对云南的向往，缘于四十多年前读的一部长篇小说《边疆晓歌》。时光荏苒，记忆都成了碎片，只记得那是讲云南一个农场种橡胶树的故事，一群年轻人，有一天早晨还飞来了几只孔雀。别的就记不住了。说起这件事，云南作家汤世杰告诉我，那小说写的背景是潞江坝，作者叫黄天明。

我不知道为什么，地处怒江河谷的坝子不叫怒江坝，却叫潞江坝。问汤世杰，他也不知道，并说问过好多人，都说不清楚。我便以为或许是因为本地人的口音，"怒"和"潞"不分。但不好确定，只能在这里存疑。

来到潞江坝，当在老桥村看到怒江的时候，我不相信这就是怒江——在高黎贡山和怒山夹峙的大峡谷中，像天蓝色绸缎似的江水平缓地从北边流到眼前，一如明媚含羞的少女款款而来，袅袅婷婷，让人怦然心动。

没见到怒江的时候，我以"怒"字自忖，以为它必然像千军万马，奔腾呼啸，雷霆万钧。

可是，我眼前的怒江却不“怒”。

非但不“怒”，简直就是温柔，温柔得风情万种，即便流水碰上江中的巨石而泛起的雪白浪花，也丝毫没有威势，倒像一个多情姑娘的“嗔怒”，十有九分是喜悦和羞涩。

在我的印象和臆测里，横断山区并流的三条大江——金沙江、澜沧江和怒江，应该是三条闯荡世界的好汉，它们劈开高山大岭，威武雄壮，一路上吊儿郎当，吆吆喝喝，不成曲调；其实它们根本就不要曲调，从来也不会浅吟低唱。我在虎跳峡见到的金沙江就是这个样子，江水被约束在陡峭逼仄的峡谷中，胸中充填着愤懑和豪气，一头撞向江心的虎跳石，把自己撞得粉碎，然后再盘旋着聚到一起，夺路而去，去寻找下一个拼命的目标。我曾站在梅里雪山的对面，想象过峡谷中看不见的澜沧江。那时，就在二十分钟前，浓雾突然散开，卡瓦格博峰出现在面前。我完全被它吸引，心中被眩晕和崇拜占据，头脑里一片空白，无暇再顾及其他。而当云雾突然又从脚下升起，遮住神奇的雪山的时候，我首先想到的就是澜沧江，猜想或许就是它用排天的巨浪把氤氲的水汽送到眼前，化成了浓浓的不可驱散的云雾。如果不是它，谁能幻化出这么大的力量，在瞬间就改变了我眼前的世界？

于是，我想怒江也应该是这个样子，雄险暴怒，拒人千里之外，神秘莫测，令人胆战心惊。

可这会儿，怒江一点儿也不怒。江水就这么像一个少女似的从远方款款而来，又向着远方款款而去。我站在江边，弯下腰掬起了一捧清清的江水，然后看着江水从手指缝里又落回到江中，内心充满了温情。我这是第一次见到怒江，可是，这满是温情的江水又似乎在哪里亲近过……我猛地想起了家乡的鸭绿江。我生在鸭绿江边，当我离开它的时候，江对岸正是一片炮火。因为那时才刚刚两岁，我对鸭绿江没有一点点印象。我后来知道鸭绿江，是从那首《志愿军军歌》中：雄赳赳，气昂昂，跨过鸭绿江……于是，我想象中的鸭绿江总是浊浪排空，惊涛裂岸，伴随着炮火硝烟。可是，当我三十多年以后回到家乡的时候，一眼看到鸭绿江，竟是那么温顺，那么柔情，碧绿碧绿的江水扭动着腰肢，在弯曲的河道中流淌，映着岸边的山，山上的树，树下的花……

看着怒江边的龙眼树、甘蔗林、小粒咖啡和含苞待放的攀枝花，祥和与安宁溢满心中。我问陪同我们的艾怀森："怒江从来都是眼前的这个样子吗？"

小艾说："那可不是。现在是冬天枯水季节，要是在雨季，江水要比现在高出五米吧，你想想，那时的怒江该是什么样子！即使现在这个季节，在六库以上的地方，河道狭窄，江水湍急，冲击江中的巨石，那也是很吓人的。"他指着身边残存的桥头堡说："这里原是一个渡口，你看见这座桥了吗？它叫惠人桥，民国时期建的，滇西抗战时炸掉了。"

惠人桥原是一座铁索桥，现在只在江的两岸留有桥头堡的遗迹。对岸的桥头堡镶嵌在悬崖上，远远望去，像一颗不屈不挠的头颅；我们面前的桥头堡，断壁残垣中已经长出野树荒草，如果不知道它的历史，它一定会轻易地从我的记忆中失落。小艾告诉我，当年滇西抗战，日寇从缅甸攻占腾冲，我军炸掉了惠人桥和惠通桥，以怒江天险和无畏的民族精神阻敌数年，粉碎了侵略者进犯保山昆明，进而进攻重庆的梦想。中国抗日远征军司令部在保山，保山成了日寇袭击的主要目标，侵略者不但派飞机狂轰滥炸，还使用了细菌战，在江东的大片土地上投放病菌，致使鼠疫横行，死人无数。

看着眼前和平安详的怒江，听着小艾充满感情的介绍，我心中默念着《吊古战场文》：“浩浩乎！平沙无垠，夐不见人。河水萦带，群山纠纷。黯兮惨悴，风悲日曛。蓬断草枯，凛若霜晨。鸟飞不下，兽铤亡群……”

怒江是当年侵略者不可逾越的天险。她现在是一个标志，是一种象征。当天夜里，我住在高黎贡山自然保护区的一个工作站，晚饭后踏着星光来到各民族杂居的汉龙村，见到一位叫吴朝明的老人。他在拿出核桃招待我们的同时，还给我看了他刚刚写完的《滇西抗战血记》。那是篇写在小学生作业本上的两万多字的真实回忆，记录了发生在老人少年时代的那场战争，控诉了日寇的罪行，歌颂了我国军民的顽强抵抗……那薄薄的一本记录，虽然文字并不太通顺，但通篇燃烧着血与火！第二天，我在腾冲的国殇墓园，看到几千个按中国抗日远征军原来部队建制整齐排列的墓碑，覆盖了整整一座小山。我又想起了湛蓝碧绿的怒江——中国非藏污纳垢之地，乃报仇雪恨之乡！

对于伟大的滇西抗战我们以往知道得很少，其原因十分可笑却非常真实——它完全是由国民党军队进行的。抗敌卫国，并把法西斯侵略者打败，是一个民族，一个国家的光荣，是人类的正义行为，作为中国人为什么不去大力宣扬，却只让它几十年来静静地沉默在西南大山之中呢？我到过莫斯科为纪念二战牺牲的英雄而建的无名烈士墓，它日夜由士兵守护，常年有鲜花簇拥，无论是在苏联时期，还是在现在俄罗斯时期，年轻人结婚的时候都要来这里献花敬礼，把他们的无上敬意献给卫国战争时的英雄。我为那些俄罗斯(苏联)的卫国英雄感到安慰,同时……

好在,我听说已经有人在写滇西抗战的历史了。

天人永隔话龙云

——写在话剧《小井胡同》复排之际

2012年8月5日——在深夜的死寂之中,医院里灯光幽暗,虽然相隔两三米,却如同隔开两个世界。他躺在病床上,我站在病房的门廊。我想走近些仔细看看他,他的弟弟来敏拉住了我,说,他太痛苦,别惊扰他。灯光很暗,他那么瘦小,那么苍老,那么痛苦。悄悄退到走廊里,我还对他的生命抱有一点点希望。来敏却说:“今儿早上他清醒了一会儿,看着他那个样儿,我扛不住哭了。他看着我说:‘来敏,别这样儿,我是你哥,永远是!咱不含糊,咱不含糊吧!’说完,他又昏迷过去了。进元大哥,他恐怕挺不过今天夜里了。”我无言可对,心如刀绞。这时,我的女儿赶来了,我陪她又一次进入病房,忍着泪水向近在眼前,却又远在天边的他张望,注视……然后默默退回走廊。女儿轻声对我说:“那……是他吗?”

那当然是他。是李龙云。

第二天早上收到短信:李龙云今晨六点十七分故去。

我和龙云相识三十三年,但知道他还要再早好几年。那正是口号标语满天飞的年代，北大荒的《兵团战士报》有一天登出了一组诗《风雨楼中的歌》。那些描写垦荒生活的诗至今已经一句也记不起来了，但那诗里的情绪却依然清晰——豪迈中透着柔情，欢乐中夹裹着苦涩，明丽中泛出一片苍茫。我至今认为，那是北大荒知青诗歌中最好的作品。后来，听说李龙云写了一部独幕剧《闪光的基石》。再后来，听说因为创作的"思想倾向有问题"，这出戏挨了批判。

1979 年，当年爱好写作的北大荒返城知青聚在一起，在文学创作上发起"集团冲锋"。我在恭王府的后罩楼和已从黑龙江大学转入南京大学读研究生的龙云第一次见面。我们从小都生活在北京的南城，而且住家都与天坛为邻，他在东北角，我在西南角。说起三年挨饿时期翻坛墙，撸榆钱儿，摘桑葚儿的共同经历，两个人相见恨晚。他说："没准咱俩十岁的时候就见过面，或许还因为摘桑葚儿干过架呢。"他请我看他在黑龙江大学读书时创作的话剧《有这样一个小院》。之后，中国剧协举办的这部话剧的讨论会，龙云找到我，说："你一定得去参加一下，肯定有热闹。"果然，会上，有人指责李龙云是"借周总理的灵堂，哭自己的凄惶"。我和知青朋友们同指责者展开了激烈的争论，那时，我还血气方刚，把一场争论变成了争吵，只差没有骂出脏话来。会后，走在东四八条的胡同里，朋友们依然沉浸在会议的氛围里，龙云说："'文革'把中国人弄成这样儿，我怎么就不能哭一哭自己的凄惶呢？我他妈就不信在中国没有说理的地方！"

龙云在南京大学读研究生时是自由的，总是往返于南京和北京之间，我们时常见面。聊天时，他常常会突然莫名其妙地说："陈九龄谁也不服，整个一个半膘子，二百五，他特别骄傲地把屎盆子往自己脑袋上扣……小环子就是一个胡同混子，弄身美国夹克，吃饭不给钱，临了，还揣走人家一把醋壶和几双筷子……”陈九龄是谁？小环子是谁？我以为是他们胡同的老街坊，便没深问。他还不时问起我小时候的事情，比如：“‘大跃进’那年你干什么了？”我说，春天连着三天上房轰家雀儿，夏天开始在永定门小学跟老师大炼钢铁，勤工俭学，每个学生发十条肥皂，蹲在永定门桥头卖了一天也没卖出去，那儿有好几十个学生都卖肥皂呢，结果晚上都让我妈给买下来了。他笑了起来：“我那时候跟你干过同样的事儿。”……后来他告诉我，他正在写一个新的戏，叫《小井胡同》，陈九龄和小环子都是剧中的人物。

由于剧本创作的特殊性，对于人物、结构、情节和冲突等等，往往需要几个人在一起讨论，反复推敲才行。我逐渐琢磨明白了，龙云在聊天当中不时说起他戏中的人物，而且每次的描述都有不一样，他这么做，其实是在不断地丰富修正他们，好让这些人物在自己的眼前活起来。他说他查遍了有关史料，也走了许多地方，北京的胡同带“井”字的特别多，什么湿井胡同、干井胡同、甜水井胡同、大井胡同、龙头井胡同……唯独没有小井胡同。他认定“小井胡同”是他今后创作的一片领地，他创作的主要营养就来自生活在那里的老街坊们。

1982年，龙云从南京大学研究生毕业之后，分配到北京人艺创作室，我们的来往更加多了起来。转过年二月，他送一份油印的《小井胡同》剧本给我，说：“哥们儿，剧院要上这个戏了！这份标着17号，除去剧院的头儿，你这份可是挺靠前的，你得好好看看。”我连夜读剧本，读得几次哑然失笑，又几次热泪横流，差点儿哭出声来。《小井胡同》里的一个个人物，就跟我小时生活的永定门东坛根胡同的老街坊们一样，善良，本分，胆小，遵从着老礼儿，他们盼望着好好过日子，可一次次政治运动总是把他们这点小小的愿望给打得粉碎！夏天，《小井胡同》在首都剧场上演，当我从外地出差回到北京时，龙云却告诉我这戏只演出三场就让停了！我至今不明白，一部对人民群众怀有深厚感情，真实地再现底层百姓生活的话剧，为什么竟不明不白地被停演了呢？难道是因为它写了那两个“特殊的年代”？可是，“大跃进”和“文化大革命”不是曾经真实地出现在中国大地上吗？党的历史决议不是已经承认“大跃进”是错误的吗？“文化大革命”不是作为一场浩劫而要彻底否定吗？我想不明白。好在，龙云经过痛苦的妥协和并不情愿的修改后，1985 年《小井胡同》再次与观众见面，并引起强烈反响和高度评价。

龙云把文学视为上帝，不允许自己和别人对她有任何亵渎。1984 年春天，我们一起到温州参加《文学青年》举办的笔会。在一次座谈会上，有人在发言中提出文学创作要有商业意识，作品应该像商品一样，要想方设法招揽读者，并建议《文学青年》改个刺激点儿的刊名。龙云坐在我旁边，听到这儿，脸上充满不屑，小声说：“妈的，什么东西呀！这不是把文学当成婊子了！我提个建议，《文学青年》干脆改叫《文学青年避孕套》得了，这才吸引人哪！”

知青生活是我们的共同经历，也是我们共同的创作源泉。龙云说，咱们知青就好像从屠宰场出来的猪一样，屁股上都盖着一个蓝戳儿——检疫。北京南城的底层百姓出身和北大荒的知青经历，就是咱们相片上的底色，永远都不会褪色。1985 年，我们一起到黑龙江的兴凯湖参加文学活动。晚饭后在湖岗的柞树林中散步，披着如火的晚霞，仰望着满天的繁星，知青和文学创作就成了主要话题。我一直认为不能把知青上山下乡只看成一场灾难，它是我们这一代人不可避免的历史际遇,从文学创作而言,既是磨难也是财富。龙云比我思考的更深入,他说,咱们都见过荒原是什么样子,可咱们这一代人心灵的荒原是什么样子呢?无论是知青还是当年的转业官兵,在命运面前都表现出了倔强和悲壮;在大自然面前既有自尊又有自卑;人在和自身与生俱来的弱点对抗的同时,也不得不做出妥协;当心中的乌托邦坍塌之后,人们要重建理想,这个过程该是多么顽强与苍凉;面对茫茫宇宙,人们都在寻找归属,这个艰难的寻找又让我们时时感到茫然无措……说起这些,龙云感叹道:一个作家应该关注人,关注人的命运,而这个世界上最残酷的斗争,恰恰是人与自身的搏斗。

在这次活动中,一天晚上,一个朋友突然发烧到三十九度多,我们几个人要了一辆卡车送他到密山县城医院看病。汽车颠簸在茫茫的荒野上,车灯只能照亮前方的公路,四周一片漆黑。站在车斗上,我仿佛又回到当年的生活,便突然问龙云:"要是他老人家又站了起来,把巨手一挥,又让咱们上山下乡到这儿来,你怎么办?"龙云看着远方,隔着黑暗,不远处就是当时的苏联,他说:"别的我说不准,但有两点是肯定的——第一,这会儿的我决不会像当年的我那样,我会想许多问题;第二……"他用一只手抖着身上的白衬衫,"第二,我虽然心里不高兴,甚至骂他们祖宗,但绝不会把这件白小褂儿脱下来,用树枝挑着跑那边儿去。借《茶馆》常四爷的一句话——我爱大清国呀!"

那时,龙云正在构思创作他最钟爱的话剧《洒满月光的荒原》(后改名为《荒原与人》)。

龙云热爱文学,把话剧创作当作自己的文学手段,是大家公认的最有创作实力和创作激情的作家。但是，上个世纪九十年代，除一组短剧曾经在短暂地出现在北京人艺的舞台外，他好像与人艺的舞台“绝缘”了。我曾问过他这是为什么。他说：“写不写是我的事，演不演是别人的事，咱们管不了。”话虽说得平和，但语气中透出一种无奈和愤懑。

一天晚上，家里电话铃响了，我拿起电话，话筒里传来龙云的声音：“进元，我……”接着就是呜呜的哭声。我连声问怎么了，他却只管哭了起来，两三分钟之后，他才说：“兄弟，他们他妈的不让我写东西呀！”我说你放下电话，我马上到你那儿去。骑车到他安华西里的家以后，我一进门，他满脸堆着笑说：“真抱歉，刚才那会儿实在是想不开，就想找人好好哭一场。”我说：“我来了，你好好哭吧。”他夫人王新民在一旁说：“刚才在电话里跟你哭完了，现在人家好了，你们好好聊吧。”

到了2000年，他改编的话剧《正红旗下》由上海话剧中心演出。后来这个戏到北京演出，龙云请我去看，看完后，在剧场外面，我对他说：“味儿不大对，有点儿可惜了。”他马上说：“进元，你千万别这么说，这是人家上海看得起咱们哥们儿，我得好好谢谢人家才对！”

2001年，人艺创作室的一位同志给我打电话说，我们领导请您来看话剧《金鱼池》。看完以后，又请我到北京日报社参加座谈。在座谈会上，与会者对这个戏说了不少好话，也提出许多修改意见。人艺的领导非让我也发言，我便斗胆说，这个戏按现在这个框架和构思无法改好，应该重新写。领导马上说，好，进元，你来写怎么样？我连忙摆手说：“我写不了，要重新写有现成的人，李龙云从小在金鱼池一带生活，应该让他来写。”以后时间不长，龙云调离北京人艺，到国家话剧院工作。再后来,听说市委宣传部决定请李龙云写金鱼池危房改造的话剧。他去封闭写作那天,我和王梓夫一直把他送到怀柔,临别还特意握了握手,颇有些悲壮的意味。四十天之后,《万家灯火》写完;不久,李龙云的戏再一次搬上了北京人艺的舞台!

李龙云是个大孝子。他在北京搬过好几次家,不管多远,他总是三天两头回到父母的家里,陪老人说说话,吃顿饭。写了什么作品,他总是要读给母亲听。刚写完中篇小说《古老的南城帽》时,他笑着跟我说:“那天我给我妈读这个小说,她闭着眼在躺椅上听,听着听着,老太太忽然睁开眼,挥了挥手:‘来,友子,先别往下念了,你写的这是小说吗?’我问她,那您觉得我写的这是什么呀?你猜我妈怎么说的,她坐了起来,说:‘东一榔头西一棒子的,你写的这是杂志!’你听听,这老太太的学问够有多大呀,杂志!”后来,龙云的母亲去世,我去向老人家做最后的告别。一见面,龙云就上前搂住我,低声哭了起来:“进元,我没妈了,我没妈啦……”

龙云2011年得了胰腺癌,一直向家人之外的所有人封锁消息。前一年夏天,中国文字著作权协会请我约几个作家到北大荒参加活动,我第一个联系的就是龙云。他说:“我过几天和我们六师宣传队的一起回建三江,你能不能设法把你们这次活动往后推些日子,我回来以后歇两天,马上跟你们再去一趟。”我说没问题,日子就定在八月中旬吧。龙云笑了起来:“你瞧哎,这种事还带赶场的,咱们对北大荒怎么这么大的劲儿呀!”在他患病的期间,我曾经在电话里向他通报上海一位好朋友去世的消息,他只是无言地听着,最后才说:“你也好好保重身体吧。”我十分奇怪,这不是龙云的为人呀,对好朋友的离去,他不该如此木然啊!我哪里知道他这时已经病入膏肓了。

他去世的第二天,我和刚刚从上海赶回北京的杨立新到他家去致哀。北京人艺的领导马欣、濮存昕和崔宁已经在那里了。当时,濮存昕两次对龙云的夫人王新民说:“北京人艺对不起龙云老师。”他的话让我十分感动,我说:“纪念龙云最好的方式就是重新把《小井胡同》搬上人艺的舞台。”不久,杨立新告诉我,剧院要重排《小井胡同》,并有意让他来当导演。我马上说这是好事,千万别推辞,以你对话剧和对龙云的理解,又有北京南城的生活基础,还有咱们在云南合作《我的西南联大》的经验,一定会把《小井胡同》弄好。

《小井胡同》复排了,我多次到人艺排演场看杨立新和演员们排戏。看着他们在酷暑中一遍遍排练,反复切磋,我仿佛也看到李龙云背着手踱步在他们中间,嘴里还不停地小声说着:“嘿,有点儿意思,是这么回事,我又看见小井的老街坊们了!”

作为李龙云的老朋友,我向北京人艺,向《小井胡同》剧组的全体人员表示衷心的感谢。

玩儿是一种健康的心态（代后记）

我天生是一个爱玩儿的人。

我生在鸭绿江边。据母亲说，在我很小的时候，她在江边洗衣裳，岸边栽一根木桩，绳子的一头拴着木桩，另一头拴着我，我在浅浅的江水里玩儿，一点儿也不闹。后来朝鲜打仗，母亲她们挑豆子，把不好的挑出来，留着自己吃，好的当军粮，送到朝鲜前线。母亲她们把豆子摊在一块大木板上，好的放这一头，不好的放另一头。我则似乎是干着别的事，眼睛却一直瞄着木板上的豆子。待她们挑的差不多了，我便装作没事一样走过去，一伸手，把已经挑好的豆子搅到一起，然后嘎嘎笑着飞跑藏了起来。大人们只好又从头做起。待豆子又挑得差不多时，我再次出现，故伎重演。如此再三再四，二舅妈忍无可忍，揪住我，说："我让你破坏抗美援朝！"顺手拿了一个小罐子，用火点着纸在罐子里一燎，一下拔在我的腮帮子上。我于是大哭，从此再也不敢接近那些豆子，以致到现在也有些惧怕二舅妈。

无论是泡在江水里不闹，还是"破坏抗美援朝"，在我都是"玩儿"；而腮帮子被拔上罐子，则是"玩儿"的心态被无情地毁灭了。要不，我为什么先笑后哭呢？

检索人生，几乎一事无成，都是因为无论干什么，先存了一个"玩儿"的心态。也是因为有了这个"玩儿"的心态，我把成败荣辱看得很淡，心情大致不错。那么较劲干什么？玩儿呗！

普通人的一生，有没有"玩儿"的心态很重要。大凡成就事业者，首先，总是有一些先决条件的，或天分高，或祖业好，或门路多，或根基深。其次，才能说到勤奋啊，刻苦啊，努力啊，头悬梁锥刺股什么的。旧时因科举不第，现在因谋官不成，或做生意赔了血本，都出现过精神错乱，甚至自杀身亡的。可是，如果在办这些事之前，你先存了一个"玩儿"的心态，那结果就会大不一样。或者，在事后你能想得开，安慰自己说，这不过是陪太子读书，玩儿罢了，那结果也会好得多。世界上怕就怕认真二字。认真啊认真，多少人因为你误了卿卿的性命！

读唐诗，从来都喜欢李白。"仰天大笑出门去，我辈岂是蓬蒿人"，你们不待见我，我还不待见你们呢，拜拜您哪。"人生在世不称意，明朝散发弄扁舟"，既然借酒浇愁如同抽刀断水，那我"玩儿"去还不行吗？虽然李白曾经供奉翰林，伺候过杨贵妃，写过什么"云想衣裳花想容"，但是，李白毕竟是李白，他没把那些当成事儿，一言不合，咱们猪八戒摆手——不侍猴（候）儿啦。李白所以能如此，跟他永远有一颗爱"玩儿"的童心大有关系。正所谓大丈夫不失其赤子之心。试想，如果李白成天老是想着如何报效君王，沉思国家的前途、人类的命运，那么，中国盛唐就没有了李白，诗坛就减少了绚丽的色彩，以他的无与伦比的才气，我们就会看到那时有两个杜甫并立。果真这样，难道那不是一种深深的遗憾吗？还好，盛唐的恢弘大气造就了李白，安史之乱成就了杜甫，我们后人可以骄傲地向世界说：我们既有"诗仙"，也有"诗圣"！

"玩儿"的心态是一剂医治痛苦的良药。

知青上山下乡，并非一开始就呈现出一片苦难，除非那些先知先觉者，绝大部分当事人的心里也没有太多的痛苦。所谓蹉跎岁月，那只是后来才觉悟到的。只是随着时光流逝，人和人的矛盾，人和自然的矛盾越来越复杂，越来越尖锐，特别是林彪死了以后，心灵痛苦才在知青中间弥散开来。我那时在北大荒的生产建设兵团，经历了大家以"玩儿"来集体度过痛苦的全过程。

刚到北大荒，十六七岁，大家还都是孩子呢，除去干活儿累，有时想家，谁的心里也没有太多的痛苦。对于“学习”，我们也没有太多的兴趣，天天读，心里厌恶，却没有人敢说，每天集体装样子。深恶痛绝那是以后的事。毕竟年轻啊，精力充沛。女青年在一起有说不完的话，还可以把本来没有脏的衣裳洗来洗去，男青年就得找点儿什么来玩儿一玩儿了。体育运动是首选。生产连队不大，却有两百多名知青，每天吃过晚饭之后，篮球场总是一片笑语喧哗。打球的，分成两拨儿，还有一个裁判；看球的，围成一圈，没有倾向性，乱出主意，瞎起哄，主要是逮谁哄谁。篮球能参与的人少，有人提议踢足球。小学校的操场就成了战场，会踢不会踢的一起上阵，弄得一片狼烟滚滚。晚上则是打乒乓球、打扑克。由于年纪还小，除个别人偷偷谈恋爱以外，大家对于男女问题也没有什么兴趣，甚至相互间的接触都很少。那时的玩儿是一种纯粹意义上的玩儿。后来出了林彪事件，我们好像一下长大了，心里有了一种不可言说的痛苦。伟大领袖选定的接班人都这样儿了，这世界上还有什么可信的呢？我们上山下乡，说是接受再教育，今后接革命的班，可是谁教育谁，接谁的班呀？面对着一片谎言，人人感到自危，又不能对任何人说，玩儿吧！比以前“玩儿”得更厉害。正常的娱乐不足以麻醉痛苦的灵魂，荒诞不经的狂放和没有恶意的恶作剧就成了流行时尚。

记得那是1971年的冬天，在修水库的工地上。我们住的地窨子在半山坡上——地上挖一个巨大的长方形的坑，宽五六米，长二三十米，或三四十米不限，深一米，用原木架上房架子，上面覆以树枝、洋草和土，顶头安一个门，这就是地窨子。但这还不能住人，还要装修一下内部。地窨子两边是通铺，每边各占两米，铺以树枝、洋草，中间留出一到两米的通道，通道的适当位置埋两个半截的油桶，当作取暖的炉子。地窨子根据大小可住几十人到百儿八十人不等。白天，抡镐刨土，抬筐上大坝；晚上，几十人龟缩在地窨子里，一起熬漫长的冬夜。那天下工以后还没有开饭，我一个人走到地窨子外，坐在木头堆上吹箫。我并非爱好吹箫，只是穷极无聊，觉得这玩意儿有点儿“雅”。

我吹的是《苏武牧羊》，心里想的词儿却是："苏武老头儿卖豆腐，卖豆腐不够本儿，回家打媳妇儿。媳妇儿说不怨我，怨你给得多……"暮霭四沉，炊烟袅袅，周围一片静寂。我的心里空落落的，既不敢瞻前，又不愿顾后，只好反复地让苏武打媳妇儿。有人大喊了一声"开饭啦"，我走回地窨子里。那年活该倒霉，夏天时向上面把小麦产量报高了，只好把口粮也上缴了国库，我们几个月以来一直吃苞米面。又是苞米面大饼子，四两一个。我心里一个劲儿骂娘，却不敢骂出声来。也不知道是怎么起的头，大家不约而同地夸起老陈大哥，引诱他使劲吃大饼子。老陈大哥姓陈，是哈尔滨知青，因为谦虚而客气，总管别人叫大哥，他自己成了"老陈大哥"。

"老陈大哥真能吃！"

"老陈大哥真棒！"

"老陈大哥平时不露是不露，只要一露就镇倒一大片！"

"老陈大哥……"

老陈大哥不经夸，明知道大家是拿他开涮，他还是管不住自己，四两一个的苞米面大饼子，就着冻白菜汤，吃了一又一个，在大家的夸奖声中，他一共吃了六个！老陈大哥撑得弯不下腰，一打嗝，稀溜溜的苞米面顺着鼻孔往外冒。地窨子里的几十号人这下高兴了，笑声响成了一片。现在也许有人会对这一举动提出关于"人道主义"的责难，但细想那时，没有一个人是出于要戕害一个革命同志的目的，大家只不过是觉得好玩儿罢了。老陈大哥牺牲了自己，大家度过了一个"美好"的夜晚。

那时打扑克牌还不兴赌博，但见了输赢没点儿刺激也不行。于是，冬天买一斤糖块，胜者吃一块糖，负者舔糖纸，要求是要舔得咂咂有声。夏天则是买一堆西瓜，胜者吃西瓜，负者头顶西瓜皮。我就曾经顶着好几块西瓜皮，弄得满头满脸都是西瓜汤。这一类活动不分男女组，而是男女混合编队。贫下中农有话：男女混杂，干活不乏；男女搭配，干活不累。

就知青的整体而言，如果没有"玩儿"的这一剂药，那漫长的上山下乡过程，一定会更加痛苦，一定会有更多的人死于自杀。在那个不健康的年代，不健康的“玩儿”成了化解痛苦的健康手段。

就是到了相对来说比较健康的现在，“玩儿”依然是一种健康的心态。抱着“玩儿”的心态，不把自己当回事儿，敢于嘲笑自己，也肯于嘲笑自己的人，日子一定过得比那些老拿自己当事儿的人要滋润。

那年和一个朋友去云南，在昆明一下飞机我们就去了民族风情园。我是第十一次到云南，而那位朋友则是头一次。他总是问我：“滇池在哪儿？”滇池就在几百米外，可我有点儿累，不愿再往远处走，便一直顾左右而言他。到后来，那位朋友实在觉得没有看到滇池的希望了，便指着旁边的一个小水坑，说：“这就是滇池吧？”我十分庄重地点头，说：“对，这就是滇池。”如此一来，他虽然没有看到滇池，却玩儿得非常开心；我也没有因为亏待了朋友而觉得有愧。以后我们常常说起这件事，总是会引起一阵开怀大笑。

文人好像都有个书房，这书房又大多有个好听的名字。我偶然也成了文人，便也有一个书房，那书房也有一个名字，叫“二能不易斋”。这是一个有些曲折意味的名字，和我“玩儿”的意识有关。活了大半辈子，时至今日，一事无成，但我并不觉得有什么遗憾。想想过去，看看周围的人，我绝对比上不足，也绝对比下有余。没上过大学，成了编审；认识几个字，写了一点儿东西，成了所谓作家。我还有什么不知足的呢？可是，我却又的确时时感到惆怅，心头泛起一阵阵苍茫。常常想到死，不是从现在才想到的，很小的时候我就想过这个问题，只不过是现在想得比以前勤了。我知道这是人类的一个永恒的恐惧，而我又不能回避它拒绝它。于是，活着就成了一件幸福美好的事。我“好读书，不求甚解”，内容太沉重的书我从来没有从头到尾读完过，读金庸倒是可以不吃不睡，原因只有一个：好玩儿。无论写什么东西，都不求闻达，事先绝不会有要写《红楼梦》或其他名著的想法，只是写自己熟悉的人和事，不管别人怎么样，自己瞧着亲切就行。自知不是当官的材料，也没有那个命，因此也就没有仕途功名心，不用为了升迁而累得贼死。然而，我还是一年不如一年，饭量小了，还常常失眠，吃饭睡觉就成了大事。可我毕竟不是桃花源中人，能吃能睡也不容易！于是，我的书房便被命名为“二能不易斋”。这在我也是一种“玩儿”，可以使我从永恒的恐惧中解脱出来。

人生在世，不如意者常八九。但，人来世上走一遭不容易。在做“忠臣孝子”的同时，要尽量活得轻松些，潇洒些，自由些，这应该不算是消极或者颓废吧。

“玩儿”很重要。“玩儿”是一种健康的心态。